항아리

항아리   정호승 우화소설

비채

작가의 말

　로맹 롤랑은 우리가 계속 가질 수 있는 행복,
　유일한 행복이 이 세상에 있다면
　그것은 서로를 이해하면서 사랑하는 것뿐이라고 합니다.
　참으로 가슴 깊이 새겨둘 말씀이 아닐 수 없습니다.
　이 우화는 나 자신의 존재의 의미와 가치가 무엇이며
　그것을 어떻게 무엇으로 알 수 있는가 하는 문제를
　깊이 생각하기 위해 썼습니다.
　저는 이 우화를 쓰는 동안
　결국 서로를 이해하면서 사랑하는 가운데에
　나 자신의 존재적 가치와 의미가 있다는 것을 알 수

있었습니다.
 내가 누구이며 어떻게 사랑해야 하는가
 나의 상처를 어떻게 해야 하는가
 하는 문제 또한 아울러 알 수 있었습니다.
 저는 여러분과 이 우화를 통하여
 서로 사랑과 위로의 관계가 되고 싶습니다.
 우리 선조들은 종각 밑에 항아리를 묻어
 항아리로 하여금 음관의 역할을 하게 함으로써
 아름다운 종소리를 내게 하였습니다.
 당신이 하나의 종이라면
 나는 당신의 종각 밑에 묻힌 항아리가 되어
 당신의 아름다운 종소리가 되고 싶습니다.
 당신이 없으면 내가 없습니다.

2025년 여름

정호승

작가의 말

1부

    항아리 13

    밀물과 썰물 23

    선인장 이야기 30

    비익조比翼鳥 35

    손거울 43

    물과 불 49

    상사화相思花 54

    섬진강 61

    어린 왕벚나무 69

    동고동락同苦同樂 78

    네가 있어야 내가 있다 83

2부

　　두 그루의 오동나무 91

　　인면조人面鳥 96

　　족제비 탑 107

　　가을 파리의 슬픔 115

　　어느 손 이야기 121

　　창덕궁 잉어 127

　　탁목조啄木鳥 135

　　소나무와 사과나무의 대화 144

　　벼와 피 151

　　그림 밖으로 날아간 새 157

　　기차 이야기 165

3부

    모닥불 175

    오동도 183

    나무의 말 191

    종과 종메 199

    월식月蝕 209

    서울역 눈사람 215

    극락조極樂鳥 225

    작은 예수 230

    돌멩이의 미소 237

    조각배 245

    풀과 낫 250

4부

    참게 __257__

    상처 __262__

    열쇠와 자물쇠 __268__

    백두산자작나무 __275__

    몽당빗자루 __283__

    새 잡는 그물 __291__

    하늘로 날아간 목기러기 __296__

    자살바위 __308__

    발 없는 새 __315__

    가시 없는 장미 __322__

    푸른목타조 __328__

해설

정채봉 – 연필로 눌러쓴 그림일기 같은 우화 __337__

안도현 – 사랑의 본질을 찾아서 __343__

1부

항아리

나는 독 짓는 젊은이한테서 태어났다. 젊은이는 스무 살 때 집을 떠나 멀리 도시로 나갔다가 아버지가 세상을 떠나자 가업을 잇기 위해 다시 고향으로 돌아와 독을 짓기 시작한 젊은이였다. 나는 그 젊은이가 맨 처음 지은 항아리로 태어났다.

그런 탓인지 나는 그리 썩 잘 만들어진 항아리가 아니었다. 어릴 때부터 할아버지와 아버지의 어깨너머로 독 짓는 법을 쭉 배워왔다고는 하나 처음이라서 그런지 젊은이의 솜씨는 무척 서툴렀다. 곱게 질흙을 빚는 것도, 가마에 불을 때는 것도, 디딜풀무질을 하는 것도, 잿물을 바르는 것도 모두 서투르기 짝이 없었다.

젊은이는 내가 세상에 태어나자 아주 못마땅한 얼굴로 나를 쳐다보았다. 마치 내가 무슨 큰 잘못이라도 저지른 듯 나를 쳐다보는 눈길이 아주 기분 나빴다.

그러나 나는 뜨거운 가마 밖으로 빠져나온 것만 해도 기뻤다. 처음에 가마 속에 들어갔을 때 불타 죽는 줄만 알았지, 내가 다른 무엇으로 다시 태어난다고는 생각하지 못했다. 그런 내가 아래위가 좁고 허리가 두둑한 항아리로 태어났으니 그 얼마나 스스로 대견스럽고 기쁘던지…….

그러나 그것은 나만의 기쁨일 뿐 젊은이는 나를 달가워하지 않았다. 나는 그대로 뒷간 마당가에 방치되었다.

나의 존재는 곧 잊혔다.

버려지고 잊힌 자의 가슴은 무척 아팠다. 항아리가 된 내가 그 무엇을 위해 소중하게 쓰이는 존재가 될 줄 알았으나, 나는 버려진 항아리 이외의 아무것도 아니었다.

소나기가 지나가면 빗물이 고였다.

빗물에 구름이 잠깐 머물다가 지나갔다.

가끔 가랑잎이 날아와 맴돌 때도 있었다.

밤에는 이따금 별빛들이 찾아와 쓰다듬어주었다.

만일 그들마저 찾아와주지 않았다면 나는 아마 그대로 죽고 말았을 것이다.

그러나 그들만을 위해 존재하고 있기에는 나 자신이 너무나 초라하고 안타까웠다. 나는 그 누군가를 위해 사용되는 가장 소중한 그 무엇이 되고 싶었다. 그래야만 뜨거운 가마의 불구덩이 속에서 끝끝내 살아남은 의미와 가치가 있을 것 같았다.

그러던 어느 가을이었다. 하루는 젊은이가 삽을 가지고 와서 깊게 땅을 파고는 모가지만 남겨둔 채 나를 묻고 그대로 돌아가버렸다.

땅속에 파묻힌 나는 내가 무엇으로 쓰일지 알 수 없었다. 그렇지만 가슴은 두근거렸다. 이제서야 내가 버려진 존재가 아니라 남을 위해 무엇으로 쓰일 수 있는 존재라는 사실에 그저 한없이 가슴이 떨려왔다.

그날 밤이었다. 감나무 가지 위에 휘영청 보름달이 걸려 있었다. 어디선가 나를 향해 다가오는 젊은이의 발걸음 소리가 들렸다. 나는 가슴을 억누르고 두 귀를 쫑긋 세웠다. 젊은이의 발걸음 소리는 바로 내 머리맡에 와서 딱 멈추었다.

나의 가슴은 크게 고동쳤다. 달빛에 비친 젊은이의 그림자가 바람에 흔들렸다. 나는 고요히 숨을 죽이고 젊은이를 향해 마음속으로 크게 팔을 벌렸다.

아, 그런데 이게 도대체 무슨 일인가. 젊은이는 고의

춤을 열고 주저 없이 나를 향해 오줌을 누는 것이었다. 그러고는 뒤도 돌아보지 않고 다시 방 안으로 들어가버렸다. 아, 나는 그만 오줌독이 되고 만 것이었다.

나는 참으로 슬펐다. 아니, 슬프다 못해 처량했다. 지금까지 참고 기다리며 열망해온 것이 고작 이것이었나 싶어 참담했다.

젊은이는 밤낮을 가리지 않고 찾아와 오줌을 누고 갔다. 젊은이뿐만 아니었다. 젊은이의 아이들도, 가끔 들르는 동네 사람들도 오줌을 누고 갔다. 내가 오줌독이 되기 위해서 이 세상에 태어난 것은 결코 아니라는 생각이 들었으나, 결국 나는 오줌독이 되어 가슴께까지 가득 오줌을 담고 살고 있었다.

곧 겨울이 다가왔다. 날은 갈수록 차가웠다. 강물이 얼어붙자 오줌도 얼어붙어버렸다. 나는 겨우내 얼어붙은 내 몸의 한쪽 구석이 그대로 금이 가거나 터져버릴까 봐 조마조마해서 한시도 마음을 놓을 수가 없었다.

다행히 내 몸이 온전한 채 봄이 찾아왔다. 물론 얼었던 강물도 녹아 흐르고 얼어붙었던 오줌도 다 녹아내렸다.

사람들은 밭을 갈고 씨를 뿌렸다. 씨를 뿌리고 난 뒤에는 내 몸에 가득 고인 오줌을 퍼다가 밭에다 뿌렸다.

배추밭에는 배추들이 싱싱하게 자랐다. 무밭에는 무

들이 싱싱하게 자랐다. 나는 그들이 싱싱하게 자라나는 것을 보는 것만으로도 큰 위안이 되었다. 내가 오줌독이 되어 오줌을 모아줌으로써 그들이 건강하게 잘 자랄 수 있게 된다고 생각하니 그런대로 나는 살 만한 가치가 있는 존재였다.

그러나 시간이 가면 갈수록 그것만은 아닌 것 같았다. 나는 오줌독이 아닌 다른 무엇인가가 되고 싶어 늘 가슴 한쪽이 뜨겁게 달아올랐다.

일 년이 지났다.

나는 여전히 오줌독으로 남아 있었다.

이 년이 지났다.

나는 여전히 오줌독으로서의 역할밖에 하지 못했다.

오랜 시간이 흘렀다.

이제 내게 오줌을 누러 오는 사람조차 없었다. 굳이 누가 있다면 새들이 날아가다가 찔끔 똥을 갈기고 가는 게 고작이었다.

독 짓는 젊은이는 독 짓는 늙은이가 되어 병마에 시달리다가 세상을 떠났다. 독 짓던 가마 또한 허물어지고 폐허가 되어 날짐승들의 보금자리가 되었다.

어디에도 사람의 그림자는 보이지 않았다. 나는 어느새 오줌독의 신세에서 벗어나 있었다.

나는 날마다 마음을 고요히 가다듬었다. 이번에야말로 오줌독 따위가 아닌, 아름답고 소중한 그 무엇이 되기를 간절히 열망했다. 사람의 일생이 어떠한 꿈을 꾸었느냐 하는 그 꿈의 크기에 따라 달라진다면, 나도 큰 꿈을 꿈으로써 내 삶을 크게 변화시키고 싶었다.

그러던 어느 해 봄이었다. 두런두런 사람들의 목소리와 발소리가 들리더니 폐허가 된 가마터에 사람들이 집을 짓기 시작했다.

집은 제법 규모가 큰 절이었다. 사람들은 몇 해에 걸쳐 일주문과 대웅전과 비로전은 물론 종각까지 다 지었다. 종각이 완공되자 사람들은 에밀레종과 비슷하나 크기는 보다 작은 종을 달았다.

종소리는 날마다 달과 별이 마지막까지 빛을 뿜는 새벽하늘로 높이 울려 퍼졌다. 새벽이 올 때까지 잠들지 못하고 그대로 땅속에 파묻혀 있는 내게 종소리는 새소리처럼 아름다웠다.

그런데 참으로 이상한 일이었다. 사람들은 종소리가 아름답지 않다고 야단들이었다. 종소리가 탁하고 울림이 없어 공허하기만 하지 맑고 알차지 않다는 것이었다.

절의 주지 스님은 어떻게 하면 맑고 아름다운 소리를 내는 종을 만들 수 있을까 하고 고민에 고민을 거듭하였다.

그러던 어느 날 아침이었다. 내 머리맡에 흰 고무신을 신은 주지 스님의 발이 와서 가만히 머물렀다. 주지 스님은 선 채로 한참 동안 나를 내려다보시더니 혼잣말로 중얼거렸다.

"으음, 이건 아버님이 만드신 항아리야. 이 항아리가 아직 남아 있다니. 이 항아리를 묻으면 좋겠군."

스님은 무슨 큰 보물이라도 발견한 듯 만면에 미소를 띠었다.

나는 두려움에 떨며 곧 종각의 종 밑에 다시 묻히게 되었다. 도대체 내가 무엇이 되기 위하여 종 밑에 묻히는지는 알 수 없었다.

그러나 그것은 그리 두려워할 일이 아니었다. 나를 종 밑에 묻고 종을 치자 너무나 놀라운 일이 일어났다. 종소리가 내 몸 안에 가득 들어왔다가 조금씩 조금씩 숨을 토하듯 내 몸을 한 바퀴 휘돌아나감으로써 참으로 맑고 고운 소리를 내었다. 처음에는 주먹만 한 우박이 세상의 모든 바위 위에 떨어지는 소리 같기도 하다가, 나중에는 갈대숲을 지나가는 바람이나 실비 소리 같기도 하고, 그 소리는 이어지는가 싶으면 끝나고, 끝나는가 싶으면 다시 계속 이어졌다.

나는 내가 종소리가 된 게 아닌가 하는 착각에 몸을 떨었다. 그러면서 그때서야 깨달을 수 있었다. 내가 그토록 오랜 세월 동안 참고 기다려온 것이 무엇이며, 내가 이 세상을 위해 소중한 그 무엇이 되었다는 것을. 누구의 삶이든 참고 기다리고 노력하면 그 삶의 꿈이 이루어진다는 것을.

고요히 산사에 종소리가 울릴 때마다 요즘 나의 영혼은 기쁨으로 가득 찬다. 범종의 음관 역할을 함으로써 보다 아름다운 종소리를 낸다는 것, 그것이 바로 내가 바라던 내 존재의 의미이자 가치였다.

밀물과 썰물

 밀물은 우리나라의 서해를 사랑한다. 덕적도, 영흥도, 제부도 등의 아름다운 섬들이 서해에 있기 때문이다. 섬이 없는 바다가 어디 있겠는가마는, 밀물은 서해의 섬만큼 바다를 아름답게 하는 섬은 없다고 생각한다. 맑은 하늘 아래 수평선 한 자락을 살며시 부여잡고 있는 섬들도 아름답지만, 말없이 옅은 안개 사이로 언뜻언뜻 보이는 섬들이야말로 그대로 한 폭의 수묵화라고 생각한다.
 밀물은 서해의 여러 섬들 중에서 덕적도를 가장 사랑한다. 아름답기로 치자면 덕적도 바로 앞에 있는 굴업도가 더 아름답지만 밀물은 그래도 덕적도를 더 사랑한다. 그것은 여름철이 되면 덕적도를 찾아오는 수많은 사람들과 부지런히 바다를 들락거리는 꽃게잡이 어선들을 볼 수 있기 때문이다. 늘 바다의 물고기들만 보다가 덕적도 서포리 해수욕장을 찾아오는 사람들을 보면 그렇게 반가울 수가 없다. 또 하루에 두 번씩 그물에 걸린 꽃게를 건지러 가는 어부들의 모습을 보면 한없이 가슴이 벅차오른다. 어디 그뿐인가. 멀리 수평선 너머로 사라지는 저녁 해를 바라보면 산다는 것은 이런 아름다움 때문이라는 생각이 든다.

밀물은 그날도 덕적도에 다가가 고요히 섬 기슭을 어루만지고 있었다. 그러다가 저녁이 되자 문득 육지가 그리워, 육지와 좀 더 가까운 제부도 쪽으로 달려가 고요히 제부도의 가슴을 어루만지고 있었다.

그날 밤, 밀물은 제부도를 걷는 한 남녀의 이야기를 우연히 엿듣게 되었다.

"여보, 내일 썰물 때 우리 아이들을 데리고 고기잡이하러 가요. 맨손으로 고기를 마음껏 잡을 수 있대요. 아이들이 얼마나 좋아하겠어요."

밀물은 그때 처음으로 썰물이라는 존재가 있다는 것을 알게 되었다. 바닷물에 자신 외에 다른 존재가 있다는 것은 놀라움이자 큰 기쁨이었다.

이튿날, 밀물은 썰물이 누구인지 보고 싶어 은근히 제

부도 갯벌 쪽으로 달려갔다. 갯벌엔 사람들이 커다란 그물을 쳐서 고기들을 빠져나가지 못하게 해놓고 손으로 고기를 잡으며 즐거워하고 있었다. 어떤 사람은 갯벌 바닥에 미끄러졌는지 얼굴에 온통 개흙이 묻어 있어 웃음이 절로 터져 나왔다.

밀물은 사람들이 그토록 즐거워하는 모습을 본 게 처음이었다. 그래서 그런지 파닥거리는 물고기들의 고통스러워하는 신음 소리가 귀에 들어오지 않았다.

밀물은 고기 잡는 아이들이 너무 귀여워 아이들 가까이 성큼 다가갔다. 그러자 엄마들이 하나둘 아이들의 손을 잡고 갯벌을 빠져나가기 시작했다. 밀물은 조금 더 속력을 내어 아이들 가까이 다가갔다. 그러자 사람들이 서둘러 갯벌을 빠져나가면서 투덜댔다.

"아이, 왜 이렇게 밀물이 빨리 오는 거야. 아직 고기를 제대로 잡지도 못했는데……."

밀물은 사람들이 왜 자기를 싫어하는지 알 수 없었다. 사람들 가까이 다가간다 하더라도 사람들을 해칠 생각은 조금도 없었으나 사람들은 급히 갯벌 밖으로 빠져나갔다.

"엄마, 언제 또 썰물이 되는 거야?"

밀물은 아이들마저도 자기보다 썰물을 더 좋아한다는

사실에 은근히 썰물에 대해 미움의 감정이 일었다.

밀물은 쓸쓸한 마음으로 다시 덕적도 부둣가로 돌아왔다. 부둣가에는 꽃게잡이 어부 몇 명이 소주잔을 기울이고 있었고, 수평선 위로 휘영청 달이 떠 있었다.

"요즘은 밀물 때가 아주 좋아. 아주 신이 나. 내일도 새벽 일찍 나가자고."

"그래, 이제 술은 그만 먹고 일찍 들어가서 자지. 올해는 꽃게가 좀 잡히려나 봐."

밀물은 어부들의 말을 통해 자기를 싫어하는 사람만 있는 게 아니라 좋아하는 사람도 있다는 것을 잘 알 수 있었다. 그렇지만 도대체 썰물이란 녀석이 어떤 녀석인지 궁금했다.

밀물은 부지런히 썰물을 찾아 나섰다. 그러나 쉽사리 썰물을 만날 수가 없었다. 아이들이 좋아하는 썰물이 되고 싶어서 아무리 썰물을 찾아다녀도 어디에 있는지조차 알 수 없었다.

"갈매기야, 도대체 썰물이란 녀석이 어떻게 생긴 녀석이야?"

하루는 썰물을 찾다 못해 갈매기한테 물어보았다.

"글쎄, 난 썰물이란 이름조차 처음 들어보는걸."

갈매기는 밀물을 힐끔 쳐다보고는 더 이상 상대하기

싫다는 듯 부둣가 쪽으로 날아가버렸다.

밀물은 다시 바닷가에 높이 서 있는 촛대바위한테 다가가 어디에 가면 썰물을 만나볼 수 있느냐고 물어보았다. 촛대바위도 모른다고 고개를 가로젓기는 마찬가지였다. 이번에는 물속에서 놀고 있는 소라한테 물어보았다. 그러자 소라 대신 모시조개처럼 생긴 작은 조개가 대답했다.

"그걸 우리한테 물으면 어떡해? 아무튼 너랑 똑같이 생긴 녀석이야. 우린 썰물 때마다 고달파 죽겠어. 사람들이 우릴 마구잡이로 잡아간단 말이야."

조개는 마치 밀물이 썰물이라도 되는 양 한참 동안 밀물을 노려보았다. 밀물은 하는 수 없이 높은 절벽 위에 허리를 구부리고 서 있는 소나무한테 말을 걸었다.

"노송님! 도대체 썰물이란 녀석은 어떻게 생긴 녀석인지요? 다들 잘 모른다고 합니다. 노송님이 아시면 꼭 좀 가르쳐주세요."

"으음, 그건 알아서 뭐하게?"

노송도 뭔가 못마땅하다는 듯 한쪽 가지를 높이 치켜들었다.

"저도 썰물이 되고 싶어서 그렇습니다."

"하하, 네가 썰물이 되고 싶다고?"

"네, 그렇습니다."

밀물의 대답이 채 끝나기도 전에 노송이 갑자기 가지를 휘청거리며 웃음을 터뜨렸다.

밀물은 조용히 노송의 웃음이 그치기를 기다렸다. 노송은 한참 동안 웃어대다가 천천히 입을 열었다.

"내 말을 잘 들어라. 밀물아, 네가 바로 썰물이다."

"네?"

"너 자신이 바로 썰물이란 말이다."

"바로 저 자신이라고요?"

"그래, 그렇다. 썰물과 밀물은 일심동체─心同體다. 그걸 사람들이 편의상 그렇게 부를 뿐이다. 육지에서 바닷물이 멀리 물러나면 그것을 썰물이라고 그러고, 가까이 다가오면 그것을 밀물이라고 그런다. 이제 알겠느냐?"

"네에."

밀물은 노송에게 얼른 대답은 그렇게 했지만 노송의 말을 잘 이해할 수 없었다.

밀물은 노송에게 고개를 숙이고 물러나 고요히 자신의 모습을 지켜보았다. 노송의 말씀대로 밀물은 얼마 지나지 않아서 자신이 부둣가에서 멀리 수평선 쪽으로 물러나는 것을 느낄 수 있었다.

'아, 우리는 하나구나. 하나의 바닷물이구나. 공연히

내가 썰물을 미워했구나.'

 밀물은 한순간이나마 썰물을 미워했던 자신을 생각하자 일몰 때처럼 얼굴이 벌겋게 달아올랐다.

선인장 이야기

그는 자신이 사막에서 태어난 선인장이라는 사실에 대해 늘 불만이 가득했다.

내가 부모를 선택해서 태어날 수 있었다면 얼마나 좋았을까. 가시 많고 비쩍 마른, 어디 한 군데 아름다운 구석이라고는 없는 선인장이 아니라면 얼마나 좋았을까. 아니, 가시가 많다 하더라도 아름다운 장미꽃으로 태어났더라면 얼마나 좋았을까. 이 메마른 땅, 뜨거운 태양빛만 이글거리는, 물이라고는 한 방울도 찾아볼 수 없는, 늘 모래바람만 부는 이곳이 나는 정말 싫어.

그의 이러한 불만은 세월이 갈수록 더욱 커져갔다.

어느 날, 그는 더 이상 참지 못하고 불만에 가득 찬 목소리로 아버지한테 말했다.

"아버지, 난 꽃으로 태어났으면 좋았을 걸 그랬어요."

"아니다. 선인장인 네가 훨씬 더 보기에 좋다."

"좋기는 뭐가 좋아요? 나는 꽃도 피울 수 없잖아요."

"아니다, 너도 꽃을 피울 수 있다."

하늘 높이 떠오른 태양 빛에 온몸을 내맡기고 있던 아버지가 그에게 빙긋 미소를 띠었다.

"아버지도 참, 내가 어떻게 꽃을 피울 수 있어요? 태양 빛에 타들어가면서 당장 목이 말라 이렇게 고통받고 있는데, 어떻게 꽃을 피울 수 있다고 그러세요? 그런 거짓말은 아예 하지도 마세요."

그는 아버지를 향해 더욱 불만에 가득 찬 목소리를 내었다.

"아니다. 네가 참고 노력하면 꽃을 피울 수 있다. 네가 진정으로 선인장이라는 사실을 자랑스러워할 때, 네가 진정 사막을 사랑할 수 있을 때, 너는 장미보다 더 아름다운 꽃을 피울 수 있다."

아버지는 여전히 잔잔한 미소를 잃지 않았다.

그는 그런 아버지가 미웠다. 자신을 이런 척박한 사막에 태어나게 한 아버지가 원망스러웠다.

"아버지, 사막이 아름답지 않은데, 어떻게 내가 아름

다울 수가 있어요? 아버지도 생각 좀 해보세요."

"아니다, 아들아. 사막은 아름답다. 사막의 밤하늘을 보아라. 이제 곧 태양이 사라지고 밤이 오면 밤하늘에 별들이 빛난다. 별들이 빛나는 사막의 밤하늘은 그 얼마나 찬란하냐. 아빠는 밤하늘을 바라볼 때마다 선인장으로 태어나게 해주신 신에게 늘 감사한단다."

그는 갈수록 아버지의 말이 우스워 경멸하는 눈초리로 아버지를 쳐다보았다.

"사막을 사랑하는 이는 아버지밖에 없어요. 아버지는 왜 그걸 모르세요?"

"아니다, 아들아. 낙타를 보아라. 낙타도 사막을 진정 사랑하지 않느냐."

"낙타는 낙타고 나는 나예요. 낙타가 사막을 사랑한다고 해서 내가 사막을 사랑해야 된다는 법은 없어요."

"아들아, 나는 네가 이 아름다운 사막을 사랑하길 바란다."

"바라지 마세요, 아버지. 나는 사막이 싫어요. 사막을 사랑할 수 없어요. 무엇보다도 목이 말라서 견딜 수가 없어요. 이건 정말 형벌이에요. 전 하루속히 이 갈증의 고통에서 벗어나고 싶어요. 지금 이 순간만 해도 혓바닥이 천 갈래 만 갈래 찢어지는 것 같아요."

"아들아, 선인장이라면 그 정도 고통쯤은 참고 견딜 수 있어야 한다."

"견디기 싫어요."

"아니다. 참고 기다려라. 기다리면 비가 온다."

며칠 뒤, 그가 잘 참고 기다린 건 아니었지만 사막에 비가 왔다. 그는 입을 마음껏 벌리고 꿀꺽꿀꺽 빗물을 받아먹었다. 그는 더 이상 목마름의 고통에 시달리지 않도록 온몸을 빗물로 가득 채우고 있었다.

"아들아, 그렇게 한꺼번에 너무 배불리 먹지 마라. 아무리 목이 말라도 욕심내지 말고 적당히 알맞게 먹어라. 그러지 않으면 넌 목숨을 잃게 된다."

"괜찮아요, 아버지. 걱정 마세요."

"어허, 너무 많이 먹지 말라니까. 이제 그만 입을 다물어!"

아버지의 목소리는 조용하고 단호했다.

그러나 그는 아버지의 말을 듣지 않았다. 목이 말라 정신없이 빗물을 들이켜는 그에게 아버지의 충고는 너무나 우스운 것이었다.

그는 자신의 온몸을 빗물로 가득 채웠다.

"아, 이제야 좀 살 것 같군."

그는 포만감에 젖어 팔다리를 쭉 뻗었다. 멀리 사막의

언덕이 보였다. 비가 그친 사막의 언덕에서 맑고 깨끗한 바람이 불어왔다.

 사막의 밤은 깊어가 밤하늘에 별들이 찬란히 빛나는데도 바람은 계속 불어왔다.

 바람이 불어올 때마다 그는 흔들렸다. 바람이 조금만 강하게 불어도 뿌리째 그의 온몸이 흔들렸다.

 다시 날이 밝았다. 사막엔 선인장 하나가 제 몸무게를 이기지 못하고 쓰러져 죽어 있었다. 배고픈 사막의 새들이 그 선인장을 신나게 쪼아 먹고 있었다.

비익조 比翼鳥

 세상에 태어나면서부터 팔다리가 한 짝뿐이라면 여러분들의 마음은 어떠할까. 어쩌면 세상을 살고 싶은 마음이 없을지도 모른다. 그런데 '비익조'라는 새로 태어난 나는 불행하게도 태어나면서부터 왼쪽 날개 하나뿐이었다.
 처음에는 그런 사실을 잘 몰랐다. 그저 알에서 부화해서 눈부신 세상의 공기를 맛보는 기쁨으로만 가득 차 있었다. 엄마가 물어다 주는 먹이를 부지런히 받아먹는 재미에 빠져 내가 날개가 한 짝뿐이라는 사실을 전혀 모르고 있었다.
 차차 시간이 지나고 날기를 배워야 할 때쯤 되어서야 나는 내가 날 수 없다는 사실을 알게 되었다. 물론 처음에는 날기 위하여 온몸에 피멍이 들 정도로 수없이 둥지 밖으로 뛰어내렸다. 날지 못하는 새는 새가 아니라는 생각에, 그 정도 고통쯤은 어디까지나 날기 위한 하나의 과정일 뿐이라는 생각에 정말 열심히 둥지 밖으로 뛰어내렸다.

그러나 나는 곧 날개가 한 짝뿐이기 때문에 날 수 없다는 사실을 알게 되었다. 아무리 노력을 해도 날 수가 없어 내 몸을 자세히 살펴보자 뜻밖에도 날개가 한 짝밖에 없었다. 한쪽 날개만으로는 균형을 잡을 수 없어 아무리 노력해도 날 수가 없었다.

"엄마, 왜 내 날개가 하나뿐이지? 왜 하나뿐이야?"

나는 놀란 목소리로 엄마한테 물었다.

"너만 그런 게 아니다. 놀라지 말아라. 봐라, 이 엄마도 날개가 하나뿐이다."

엄마는 별일이 아니라는 듯 천천히 몸을 움직여 당신의 하나뿐인 날개를 보여주었다.

엄마의 날개도 정말 하나뿐이었다. 내가 왼쪽 날개 하나뿐인 데 비해 엄마는 오른쪽 날개 하나뿐이었다.

"엄마……."

나는 제대로 말을 잇지 못하고 멍하니 엄마를 쳐다보았다. 언제 어디서나 마음껏 하늘을 나는 엄마가 날개가 하나뿐이라고는 미처 생각하지 못한 일이었다.

"엄마뿐만이 아니다. 이곳에 사는 새들은 모두 날개가 하나뿐이다. 그러니 너무 걱정하지 마라."

"엄마, 날개가 하나뿐인데 어떻게 날 수가 있어요? 나는 지금 날개가 하나뿐이기 때문에 날 수가 없잖아요?"

나는 엄마가 날개가 하나이면서도 날 수 있다는 사실을 도저히 이해할 수 없었다.

"그건 엄마가 어른이기 때문이다. 너도 어른이 되면 날개가 하나라도 얼마든지 날 수 있다. 그러니까 날기 위해서는 먼저 기다릴 줄 알아야 한다."

나는 엄마가 말하는 기다림을 이해할 수가 없어 다시 물었다.

"엄마, 기다림이 뭐예요?"

"그건, 우리를 날 수 있게 하는 귀한 것이다. 그러니까 우리들은 날기보다 먼저 기다림을 배워야 한다. 우리는 기다림 끝에 날 수 있다."

나는 엄마의 말씀에 적이 안심이 되었다. 어른이 될 때까지 참고 기다리기는 싫었지만 그날부터 어른이 되기를 기다렸다.

무엇을 기다린다는 것은 참으로 힘들고 인내를 필요로 하는 일이었다. 나는 둥지 안에서 늘 어른이 되기를 기다렸다.

시간은 흘렀다.

어느 날 아침 햇살이 나를 보고 "너도 다 컸구나!" 하고 말했다. 나는 그 말을 듣는 순간 내가 어른이 된 것을 알게 되었다.

나는 당장 둥지 밖으로 나와 날기를 시도했다. 그러나 여전히 날 수가 없었다. 그저 오리처럼 뒤뚱거리다가 날개가 없는 오른쪽으로 픽 쓰러지기만 할 뿐이었다. 강한 바람이 불기를 기다렸다가 재차 시도해보아도 결과는 마찬가지였다.

"엄마, 어른이 되어도 날 수가 없잖아요?"

나는 원망이 가득 찬 눈길로 엄마를 쳐다보았다. 그러자 엄마가 빙긋 웃으면서 말했다.

"사랑을 한번 해보렴. 사랑을 해야 날 수가 있단다."

그 말을 듣는 순간, 나는 바위에 머리를 부딪친 것같이 정신이 멍했다. 그 말은 내가 생전 처음 들어본 말이었다.

"엄마, 사랑을, 어떻게 하죠?"

"네가 직접 한번 경험해보렴."

"사랑을 하지 않으면 날 수 없나요?"

"그렇단다. 우리는 사랑을 하지 않으면 날 수 없단다.

엄마가 한쪽 날개만으로 날 수 있는 건 바로 사랑을 하기 때문이란다."

날기 위해서는 사랑을 해야 한다는 사실을 나는 그때 처음으로 알았다. 엄마가 어른이 될 때를 기다려야 한다고 한 것은 바로 사랑할 수 있을 때까지 기다려야 한다는 것이었다.

나는 들뜬 마음으로 사랑을 찾아 길을 떠났다. 그러나 사랑이 어디 있는지 알 수 없었다. 엄마한테 물어보아도 어디까지나 내 힘으로 사랑을 찾아야 한다고만 할 뿐 더 이상 아무것도 가르쳐주지 않았다.

"풀잎아, 사랑이 뭐니?"

나는 길을 가다가 풀잎에게 물었다. 풀잎은 그저 말없이 웃을 뿐이었다.

그런데 한참 길을 가다가 나랑 똑같이 생긴 새 한 마리를 만나 그만 눈이 딱 마주치고 말았다. 순간, 내 가슴은 떨려왔다.

사랑은 눈이 마주치는 것이었다. 그리고 마음속에 있는 것이었다. 풀잎처럼 눈에 보이는 것이 아니었다. 사랑을 무슨 풀잎의 이름인 줄 알았던 나 자신이 우스워 그만 픽 웃음을 터뜨렸다. 그러자 그 새도 나를 보고 웃음을 터뜨렸다. 우리는 처음 만나자마자 그렇게 한동안 웃음을 터뜨렸다.

우리의 사랑은 그렇게 웃음 속에서 시작되었다. 우리는 날기 위하여 서로 사랑을 찾아나섰다는 사실을 곧 알아차렸다. 그도 사랑하면 날 수 있다는 사실을 잘 알고 있었다.

우리는 얼마 지나지 않아 같이 날기를 시도했다. 그러나 엄마의 말과는 달리 우리는 날 수가 없었다. 강한 바람이 불기를 기다려 서로 몸을 밀착시키고 함께 날개를 움직였으나 날기는커녕 그대로 언덕 아래로 곤두박질쳐 버리고 말았다.

나는 엄마한테 대들듯이 말했다.

"엄마, 사랑을 해도 날 수가 없어요. 왜 그런 거짓말을 하세요?"

"그건 네가 왼쪽 날개를 지닌 새를 만났기 때문이다."

엄마가 다시 빙긋이 웃으면서 말했다.

"넌 왼쪽 날개를 지니고 있기 때문에 서로 힘을 합쳐 날기 위해서는 오른쪽 날개를 지닌 새를 만나야 한다. 그러니까 왼쪽 날개를 지닌 새는 오른쪽 날개를 지닌 새를 만나야 하고, 오른쪽 날개를 지닌 새는 왼쪽 날개를 지닌 새를 만나야 한다. 그게 우리들의 만남의 불문율이다."

아이 참, 진작 그런 말씀을 해주시지.

나는 엄마한테 그런 말을 하고 싶었으나 속으로 꾹 참고 돌아섰다. 그러자 엄마가 조용히 나를 불러 세웠다.

"아들아, 중요한 것은 사랑에는 어떤 목적이 있어서는 안 된다는 것이다. 사랑은 그 어떤 목적을 이루기 위해서 있는 게 아니야. 사랑을 하다 보면 자연히 원했던 삶이 이루어지는 거야."

나는 엄마의 말씀을 가슴에 새기며 사랑을 찾아 다시 길을 떠났다. 나의 첫사랑은 분명 날아야 한다는 데에 목적을 둔 사랑이었다. 목적을 이루기 위한 사랑은 곧 파괴되고 만다는 사실에 마음이 쓰라렸다. 산다는 것이 생각보다 무척 힘든 일이라고 여겨진 것은 그때가 처음이었다.

"아들아, 엄마가 또 하나 빠뜨린 게 있다. 무엇보다 중요한 것은 사랑을 하더라도 진실로 해야 한다는 것이다."

언제 다가왔는지 엄마가 다시 나를 불러 세웠다. 그리고 이번에는 내 눈을 똑바로 쳐다보면서, 여전히 엷은 미소를 잃지 않은 채 말했다.

"진실로 사랑하지 못하면 우리는 날 수가 없다. 우리가 사랑을 한다는 것은 바로 나머지 하나의 날개를 얻는다는 것이다. 그러니까 아들아, 사랑을 잃지 않도록 해라. 사랑을 잃으면 우리는 다시는 날 수 없게 된다. 그러기 위해서는 네가 먼저 사랑해라. 사랑을 받을 생각을 하지 마라. 줄 생각만 해라. 그러면 자연히 사랑을 받게 되고, 우리는 영원히 나머지 한쪽 날개를 얻게 된다."

나는 엄마의 말씀을 명심했다. 그리고 말씀 그대로 노력하고 실천했다.

지금 나는 한쪽 날개만으로도 마음껏 하늘을 날고 있다. 어떻게 날 수 있었느냐고요? 그건 더 이상 얘기하지 않아도 아마 여러분들이 잘 아실 것이다.

손거울

 조그만 여성용 손거울 하나가 있었다. 그 손거울은 다희라는 한 젊은 여성과 함께 살았는데, 다희는 심심하면 손거울을 꺼내 요모조모 자신의 얼굴을 들여다보곤 했다. 다희는 출퇴근길 지하철 안에서도 손거울을 꺼내 화장을 다듬었으며, 어떤 때는 사람들이 쳐다보는 줄도 모르고 초승달 모양의 눈썹을 그리기도 했다.

 처음에 손거울은 그런 다희를 창피한 줄도 모르는 여성이라고 생각했다. 그러나 지금은 다희가 창피한 것을 알든 모르든 핸드백에서 자신을 자주 꺼내주기만을 바랐다. 처음에는 세상 구경을 하는 게 어리둥절하고 좀 겸연쩍은 점이 없지 않았으나 차차 시간이 지나자 어둠

침침한 핸드백 안에 처박혀 사는 것보다는 잠시라도 바깥바람을 쐬는 게 훨씬 더 낫다는 것을 알게 되었다.

물론 세상을 구경하는 일도 갈수록 재미있고 신기했다. 지하철 안에서 이런저런 사람들을 구경하는 것도 좋지만, 다희가 거리를 산책하거나 시골의 들판에라도 나갈 때가 더욱 좋았다. 5월의 푸른 들길을 걷다가 다희가 잠시 자신을 꺼내 들여다볼 때면 어떤 행복감마저 느껴졌다. 싱그러운 바람과 맑은 햇살은 그에게 새로운 생명의 온기를 불어 넣어주는 것 같았으며, 비록 한순간이긴 하지만 햇살에 자신의 온몸이 빛날 때면 자신이 무슨 큰 보석이라도 된 듯한 느낌이 들었다.

그뿐만 아니었다. 들길에서 꽃들을 만날 때의 그 감격스러움을 무엇으로 표현할 수 있을까. 가끔 다희가 다니는 카페나 커피숍에서 장미나 백합 등을 구경할 때도 있었지만, 봄길에 피어난 제비붓꽃이나 수선화를 보는 기쁨은 더없는 것이었다. 또 나무와 나무들 사이로 날아다니는 새들을 보는 기쁨 또한 한없는 것이었다. 고요히 나뭇가지 끝에 앉아 있는 멧새 한 마리는 마치 새들의 성자 같기도 했다. 어떤 때는 노고지리 한 마리가 봄 하늘을 끝없이 날아가다가 그만 사라져 보이지 않을 때엔 끝까지 노고지리를 따라가 보고 싶은 충동조차 일었다.

아무튼 손거울은 다희와 함께 사는 삶이 늘 기뻤다. 세상을 볼 수 있는 시간이 너무 짧다는 게 문제였지만, 다희는 누구보다도 손거울을 자주 꺼내 보았기 때문에 그런대로 아쉬움을 달랠 수 있었다.

그러나 손거울은 시간이 지날수록 다희에게 섭섭한 마음이 자꾸 생기게 되었다. 그것은 다희가 자신을 별로 소중하게 생각해주지 않는다는 점 때문이었다. 손거울은 다희의 얼굴이 더 아름다워질 수 있도록 애를 쓰는 데 비해 다희는 손거울의 그런 마음을 조금도 알아주는 것 같지가 않았다. 먼지를 닦아주지 않는 일은 그렇다손 치더라도 화장하다가 파운데이션이 묻어도 그냥 모른 척하는 일은 여간 섭섭하지 않았다.

다희의 그런 무심한 마음은 갈수록 더 심해졌다. 손거울은 그런 다희가 몹시 섭섭했다. 그래서 하루는 다희의 얼굴이 손거울에 비치지 않도록 해보았다. 다희를 한번 골려줄 생각이 들었던 것이다.

"아니, 내 얼굴이 어디 갔지? 왜 내 얼굴이 안 보이는 거지?"

다희가 깜짝 놀라 소리쳤다. 그러자 손거울이 짐짓 장난기가 섞인 목소리로 말했다.

"다희야, 이제부터 네 얼굴이 안 보일 거야."

"내 얼굴이 안 보이다니, 도대체 그게 무슨 소리야?"

"그 대신 널 사랑하는 남자의 얼굴이 비칠 거야."

손거울은 어떻게 하면 다희를 골려줄까 하는 생각을 하다가 다희가 자기를 사랑하는 남자를 찾고 있다는 것을 알아차렸다.

"널 사랑하는 남자의 얼굴만 비치게 할 거야. 그러면 다희 너도 참 좋을 거야. 남자들이 널 사랑하는지 싫어하는지 당장 알 수 있으니까 말이야."

다희는 그것도 괜찮겠다는 생각이 들어서 손거울에게 더 이상 싫은 소리를 하지 않았다. 오히려 멋진 남자 얼굴을 비추어달라고 부탁하는 말을 했다.

다희는 손거울을 들여다보는 일이 예전보다 더 많아졌다. 예전과는 달리 손거울에 조금이라도 먼지가 앉거나 화장 분이 묻으면 닦아내었다. 그러나 오랜 시간이 지나도 손거울엔 좀처럼 다른 사람의 얼굴이 비치지 않았다.

"왜 아무 얼굴도 안 비치는 거야?"

다희가 이렇게 중얼거리면 손거울은 그저 기다려보라는 말만 할 뿐이었다.

그런 어느 날이었다. 다희가 친구 결혼식에 갔다가 손거울을 꺼내자 손거울에 한 남자의 얼굴이 비쳤다. 다희는 뛸 듯이 기뻤다. 그 남자는 신랑 친구로 평소 다희 혼자 마음속으로 짝사랑해오던 남자였다.
"손거울아, 고마워!"
다희는 "쪽!" 소리가 나도록 손거울에 입을 맞추었다. 그러나 손거울은 "마음대로 잘 안될걸" 하고 속으로 회심의 미소만 지을 뿐이었다.
다희는 평소와는 달리 그 남자에게 적극성을 띠게 되었다. 그 남자가 자기를 사랑한다는 사실을 알게 된 이상 주저할 필요가 없었다.
어느 날, 카페에서 다희는 그 남자에게 사랑을 고백했다.
"우리, 결혼했으면 좋겠어. 나도 널 사랑해."
다희는 한 남자에게 사랑을 고백한 자신이 너무나 아름답게 느껴졌다.
그러나 남자는 아무 말이 없었다. 다희는 자기가 그런 말을 하면 그 남자도 으레 같은 말을 할 줄 알았으나, 남자는 의외라는 듯 얼굴이 차갑게 굳어졌다.
"왜 아무 말이 없는 거야?"
다희는 사랑이 담뿍 담긴 눈으로 남자의 눈을 뚫어져라 쳐다보았다.
"결혼은 무슨…… 우린 이대로가 좋아."
남자가 다희의 눈길을 애써 피하며 천천히 입을 떼었다.
"왜 그래? 날 사랑하잖아?"

"글쎄……. 난 널 사랑하지는 않아. 난 널 단지 친구로서 좋아할 뿐이야."

다희는 놀라 자리에서 벌떡 일어났다.

거리엔 바람이 불었다. 눈물이 절로 나왔다.

다희는 손수건을 꺼내 눈물을 닦았다. 얼룩얼룩 화장이 지워졌다. 지워진 화장을 고치려고 손거울을 꺼내 보았다. 손거울엔 여전히 그 남자의 얼굴이 비쳤다.

다희는 손거울을 길바닥에 내동댕이쳐버렸다. 손거울은 산산조각이 나 나뒹굴었다. 손거울은 자신이 이렇게 비참하게 죽게 될 줄은 미처 알지 못했다.

물과 불

봄이 오자 산과 들에 꽃이 피었다. 산에는 진달래가 피고, 들에는 민들레가 피었다. 강가엔 풀잎들이 바람에 흔들렸다.

그러나 봄을 기다리던 사람들의 마음속에는 꽃이 피지 않았다. 사람들의 마음속에는 여전히 메마른 겨울이 계속되었다.

그것은 오랜 가뭄 때문이었다. 첫눈이 내리면서 시작된 가뭄은 봄이 와도 여전히 계속되었다.

사람들은 모두 봄비가 오거나 봄눈이라도 내리기를 간절히 바랐다. 그러나 비는 오지 않았다. 눈도 내리지 않았다. 산에는 조금만 바람이 불어도 흙먼지가 일었다.

간혹 회오리바람이 불면 멀리 산기슭에 부옇게 바람꽃이 피었다.

강물은 자꾸 말라갔다. 이대로 조금만 더 계속 비가 오지 않으면 그대로 바닥을 드러낼 판이었다.

사람들은 전국에 건조주의보를 내려놓고 걱정했다.

"이렇게 날이 가물면 곳곳에 산불이 일 텐데 정말 큰일이야."

걱정은 걱정으로 그치지 않았다.

산에 불이 일었다. 불은 산을 태우며 좀처럼 꺼질 줄을 몰랐다. 진달래도 철쭉도 노란 산수유도 불길에 휩싸였다. 경칩 때 땅속을 뛰쳐나온 개구리도 불타 죽었다.

겨우겨우 산을 휘돌아 흐르던 강물은 산불을 보자 은근히 화가 치밀었다.

"불아, 힘자랑 좀 그만해. 지금 온 세상이 가물어서 야단인데, 왜 너까지 나서서 그러니?"

불은 물이 가소로웠다. 비쩍 말라 물소리조차 잘 내지 못하는 강물을 아예 상대도 하지 말까 하는 생각을 하다가 입을 열었다.

"잔소리하지 마. 공연히 남의 일에 참견하지 말라구."

"남이라니? 우린 남이 아니야. 원래 친구야. 우린 서로에게 약해. 불은 물에 약하고, 물은 불에 약해. 서로에게 약하다는 것은 서로 친하다는 뜻이야."

"웃기는 소리 하지 마."

불은 물의 말을 무시하고 거침없이 산을 태웠다. 이제 막 움이 돋기 시작한 나무와 풀들이 불길에 재를 남기고 하나둘 사라져갔다. 소방관들이 산의 낙엽을 제거하고 방화선放火線을 구축하고 등짐 펌프로 밤새 잔불 제거에 나서도 아침에 바람이 불면 또 불은 거세게 일었다. 나중에는 소방 헬기가 공중에서 물을 뿌려도 불은 그치지 않았다.

"제발 좀 그만해. 부탁이야. 네가 산을 태우면 산에 사는 나무와 벌레들이 다 타서 죽어버려. 너는 그걸 알아야 해."

물은 불에게 빌었다.

"그건 내가 알 바 아니야."

"아니야, 반드시 네가 알아야 할 일이야. 넌 지난겨울에 참으로 네가 해야 할 일을 다 했어. 추운 곳을 따뜻하게 하고, 얼어붙은 것을 녹여주었어. 때로는 사람들의 마음까지도 말이야. 그런데 지금 넌 도대체 무슨 짓을 하고 있는 거니? 도대체 무슨 심술이 난 거야?"

불은 그런 말을 하는 물이 정말 가소로웠다. 잠시 불길을 멈추고 물을 바라보자 물이 마치 강바닥을 기어가는 목마른 물뱀과 같아 우습기 짝이 없었다.

"더 이상 잔소리하지 마. 누구도 나한테 이래라저래라 할 수가 없어. 한마디만 더 하면 아예 널 삼켜버리고 말 테야."

불은 발을 뻗어 강기슭까지 달려와 뜨거운 목소리를 토해내었다. 물은 한 발자국 뒤로 성큼 물러서면서 소리쳤다.

"난 널 꺼뜨릴 수도 있어. 네가 겸손해지지 않는 한, 넌 나한테 당할 수가 없어."

"하하, 정말 웃기는 소리를 하는군. 어디 다시 한번 그런 말을 해봐."

불은 물을 덮쳤다. 물은 불의 열기에 몸이 증발되기 시작했다.

물은 화가 났지만 참았다. 널름거리는 오만한 불길을 바라보며 고요히 비가 오기를 기다렸다.

비는 좀처럼 오지 않았다. 소방관들이 소방 헬기를 타고 계속 산에 물을 뿌렸으나 산불은 좀처럼 가라앉지 않았다.

그런 어느 날이었다. 강가에 어린 제비붓꽃이 막 꽃망울을 터뜨렸을 때였다. 갑자기 날이 흐려지더니 비가 오기 시작했다. 비는 처음에 봄비답게 부슬부슬 내렸으나 곧 여름 장대비처럼 거세게 쏟아졌다.

 산불이 꺼지고 강물은 불어났다. 사람들이 이리저리 빗속을 뛰어다녔다.

 불은 참담했다. 아무리 애를 써도 쏟아지는 빗방울을 감당할 수 없었다.

 불은 마지막 남은 불씨 하나를 가슴에 품고 강물로 풍덩 뛰어들었다. 그때 물이 불을 힘껏 껴안으면서 말했다.

 "무서워하지 마. 넌 이제 나와 하나가 된 거야. 난 널 사랑해."

상사화相思花

 여러분들은 인간들이 모두 천국에 산 적이 있다는 사실을 아시는지? 이 이야기는 인간들이 모두 천국에서 살 때의 이야기다.

 요즘 우리들은 천국은커녕 지옥과 같은 곳에서 살고 있지만, 실은 인간들이 모두 천국에서 살 때가 있었다. 참으로 그리운 시절이 아닐 수 없다. 지금은 '마음이 너희의 천국'이라는 말만 남아 있지만 그 시절엔 그렇지 않았다. 그 시절엔 인간의 마음뿐만 아니라 육체까지도 천국에서 살고 있었다.

 물론 그때 인간들도 오늘 우리들처럼 서로 밥을 먹고 똥을 누고 사랑을 했다. 사랑 없는 인간의 삶이란 있을 수 없었다. 인간의 삶은 언제나 사랑을 이해하는 데서부터 시작되었다. 그때나 지금이나 사랑을 이해하지 못하면 인간의 삶 전체를 이해할 수 없었다.

사랑에 으레 따르는 고통도 있었다. 고통 없는 사랑은 있을 수 없었다. 비록 천국이었지만 그곳에서도 사랑이 시작되면 고통도 동시에 시작되었다. 그리고 그 고통 속에 기다림도 있었고 외로움도 있었다. 인간이 본질적으로 외로운 존재라는 것을 이해해야만 인간의 삶을 이해할 수 있다는 것은 천국에서도 마찬가지였다.

그런 천국에서 한 남녀가 사랑을 했다. 서로 사촌 형제끼리였다. 열여섯 살 된 사촌 누나와 열다섯 살 된 사촌 동생이 그만 처음으로 사랑에 눈을 떠버리고 말았다.

그들은 어느 날 밤, 천국의 바닷가를 걷고 있었다. 둥근 보름달이 떴을 때였다. 우리 지구에도 바닷가에 보름달이 뜨면 황홀할 정도로 아름다운데 천국이니 그 아름다움은 한이 없었다. 그들은 파도에 어른거리는 달빛 밟기 장난을 치면서 서로 다정하게 걸었다.

소년이 말했다.

"누나, 아기는 어디로 나와?"

소년은 사춘기였다.

"아직 그것도 몰라?"

누나는 물결에 빛나는 달빛을 툭 차면서 말했다.

"응, 난 아직 몰라."

소년도 누나를 따라 달빛을 툭 찼다.

"거기로 나와."

누나가 달을 쳐다보면서 말했다.

"거기?"

"그래."

소년은 부끄러웠다. 괜히 누나한테 쓸데없는 것을 물었다 싶어 물결에 빛나는 달빛을 자꾸 차면서 앞으로 뛰어갔다.

누나도 달빛을 차면서 소년의 뒤를 따라갔다.

그때였다. 누나가 작은 바윗돌에 걸려 그만 넘어지고 말았다. 소년은 누나가 넘어지는 소리를 듣고 얼른 달려와 누나를 일으켜주었다.

누나는 무릎을 다쳤는지 잘 일어서지 못했다. 파도는 달려와 누나의 몸을 적셨다. 누나는 바닷물에 온몸이 자꾸 젖었다.

"자, 일어나봐, 누나. 일어나 한번 걸어봐."

소년은 누나를 거의 끌어안다시피 해서 겨우 일으켜 세웠다. 그러나 누나는 걷기가 힘이 들어 소년에게 안긴 채 그대로 가만히 있었다.

누나와 동생은 그렇게 한참 동안 서로 끌어안고 바닷가에 서 있었다.

동생은 자꾸 몸이 떨려왔다. 추위 때문은 아니었다. 누나는 덜덜 떠는 동생의 몸이 햇살처럼 따스했다. 언제까지나 동생의 품에 안겨 그대로 있고 싶었다.

동생은 몸을 떨다 못해 그만 누나의 입술에 자신의 입술을 가만히 포개었다. 아니, 누나가 동생의 입술에 자신의 입술을 가만히 포개었다. 성큼 바다 위로 떠오른 보름달이 그들을 보고 빙그레 미소를 지었다.

그 뒤 그들은 단 하루라도 보지 않으면 견디지 못했다. 그들은 만날 때마다 포옹과 키스를 나누었다. 동생은 누나의 품속이 언제나 어머니의 품속보다 더 포근하고 아늑했다.

그들은 보름달이 뜨면 꼭 바닷가로 산책을 나갔다. 그러다가 한번은 누나가 걸려 넘어졌던 바윗돌에 앉아 키스를 하다가 그만 부모님께 들켜버리고 말았다.

부모님은 야단을 쳤다.

"너희들은 형제야. 서로 결혼할 수 없는 몸이야. 인간의 질서에도 천국의 질서에도 그런 사랑은 있을 수 없어."

부모님께 호되게 야단을 맞았지만 그들은 서로 사랑하는 마음을 어찌하지 못했다.

그들은 부모님 몰래몰래 만났다. 부모님이 무슨 말을 하든 그들의 사랑은 변하지 않았다.

"난 누나를 사랑해. 언제까지나 사랑할 거야."

동생은 별을 보고 누나에게 사랑을 고백했다.

"나도 그래. 난 죽어서도 널 사랑할 거야."

누나도 바다에 뜬 별을 보고 동생에게 사랑을 맹세했다.

그 뒤 많은 시간이 지났다.

그들의 사랑은 부모님 몰래 계속되었다. 부모님들은 그들의 사랑이 계속된다는 것을 알았지만 어쩌지 못하고 그냥 가만히 있었다.

그 뒤 또 많은 시간이 지났다.

천국에 사는 모든 인간이 지구에 내려가 살게 되었다. 시간이 지날수록 인간의 마음이 자꾸 더러워져 천국이 인간의 마음으로 더럽혀질까 봐 내려진 신의 결정이었다.

인간들은 하는 수 없이 지구로 내려갔다. 누나와 동생도 지구로 내려갔다. 그런데 그들은 다른 사람들처럼 인간의 몸을 하고 지구로 내려갈 수가 없었다. 천국에 사는 동안 인간의 질서를 깨뜨린 사람들은 모두 지구에서 인간 외의 다른 존재가 되어 살아가라는 명을 받았다. 지구에서는 천국에서처럼 인간의 질서를 깨뜨려서는 안 된다는 것이 신의 생각이었다. 특히 사랑해서는 안 될 사랑을 한 사람들은 꽃이 되되 각자 꽃과 잎으로 나누어지라는 명을 내렸다. 그래서 누나는 꽃이 되고, 동생은 그 꽃의 잎이 되어 지구로 내려갔다.

참으로 불행한 일이었다. 그러나 그들은 한 몸으로 하나가 되어 같이 살게 된 것만 해도 감사한 일이라고 생각했다. 그들은 비록 인간의 몸으로 지구에서 살지는 못하지만 하나의 꽃으로 한 몸이 되어 산다는 것만으로도 기뻤다.

지구에도 천국에서처럼 봄이 찾아왔다. 그들은 꽃으로 피어나기 위해서 숨을 죽였다. 그런데 그들이 미처 예상하지 못한 일이 일어났다. 꽃과 잎이 함께 피어나지 않는 것이었다. 잎이 먼저 피어 다 지고 나면 그제서야 꽃이 피었다. 다른 꽃들은 잎이 그대로 있는 상태에서 꽃이 피는데 왜 그런지 알 수가 없었다.

동생인 잎은 누나인 꽃이 보고 싶어 꽃이 필 때까지 지지 않으려고 견뎌보았지만 번번이 꽃이 피기 전에 시들고 말았다.

누나인 꽃도 마찬가지였다. 어떻게 하든지 잎이 있을 때 꽃을 피우려고 애를 썼으나, 꽃이 피고 나면 어느새 잎은 시들어 사라지고 난 뒤였다.

이렇게 잎은 꽃을 보지 못하고, 꽃은 잎을 보지 못하

는 불행은 계속되었다. 아무리 잎이 꽃을 보고 싶어해도, 아무리 꽃이 잎을 보고 싶어해도, 잎은 꽃을 보지 못하고 꽃은 잎을 보지 못했다.

그들은 늘 서로가 보고 싶었다. 그들은 늘 서로가 그리웠다. 지구에 봄이 오면 그들은 늘 그 그리움으로 잎을 피우고 꽃을 피웠다.

지금도 그들은 지구의 구석구석 여기저기에서 끊임없이 피어난다. 비록 잎은 꽃을 보지 못하고 꽃은 잎을 보지 못하지만, 서로 사랑하기 때문에 단 한 번도 피어나지 않은 해가 없다. 그래서 지금 그 꽃을 지구의 한쪽 모퉁이 한국 땅에 사는 사람들은 '상사화'라고 부른다.

섬진강

 지리산에 먼동이 트기 시작했다. 새벽별들이 하나둘 스러지고 산등성이마다 햇발이 길게 뻗치기 시작했다. 섬진강은 구례를 지나 하동 쪽으로 흘러가다가 잠시 흐르기를 멈추고 고요히 지리산을 돌아보았다.

 해는 어느새 천왕봉 위로 막 얼굴을 내밀고 있었다. 해는 처음엔 갓난아기의 작은 혀 같기도 하고 입술 같기도 하다가, 차차 아기의 얼굴만 해지더니 가늠할 수 없는 크기로 불쑥 얼굴을 내밀었다.

 섬진강은 눈이 부셨다. 헤아릴 수 없는 수많은 햇살들이 몸 위로 떨어졌다. 섬진강은 바로 이 순간이 자신이 가장 아름다워지는 순간이라는 것을 잘 알고 있었다. 그것은 자신이 바로 지리산의 아들이기 때문이었다.

"어머니……."

섬진강은 낮은 목소리로 가만히 지리산을 불러보았다.

"아들아, 지금 어디쯤 흘러가느냐? 어디 아픈 데는 없느냐?"

지리산은 여전히 포근하면서도 웅장한 모습을 잃지 않은 채 산새 소리와 바람 소리 같은 목소리로 아들에게 말했다.

"어머니, 저는 다시 어머니의 품에 안기고 싶어요. 이젠 어머니를 향해 흘러가게 해주세요."

섬진강은 어린 시절처럼 높고 깊은 지리산, 그 어머니의 품에 안기고 싶었다.

"그건 안 된다. 나도 널 안아보고 싶은 마음 한량없다만, 그건 안 되는 일이다."

"어머니, 그러지 마시고 저를 다시 어머니의 품 안에서 살게 해주세요. 이제 더 이상 어디인지도 모르는 곳으로, 누구를 만나게 될지도 모르는 곳으로 마냥 흘러가는 삶은 살기가 싫습니다. 너무 힘들고 외로워요. 이제는 흐르지 않고 좀 쉬고 싶어요."

섬진강은 이제 정말 흐르지 않겠다는 듯 그대로 멈추어 선 채 말했다.

"어허, 안 된다니까. 아들아, 어서 흘러가거라. 흐르는 것이 네 삶의 전부다."

어머니의 목소리는 부드러웠으나 단호했다.

"넌 너 자신을 위해서나 남을 위해서나 흘러가지 않으면 안 된다. 흐르는 것이 너의 삶이고, 흐르지 않는 것은 너의 죽음이다. 흐르지 않으면 너는 썩어 죽고 만다. 네가 죽으면 다른 이들도 함께 죽게 된다. 아들아, 무엇보다도 이 점을 명심해라."

섬진강은 잠시 할 말을 잊고 햇살에 반짝이는 자신의 물결을 한참 동안 쳐다보았다.

"어머니, 그러면 제가 어디로 흘러가는지, 그것만이라도 좀 가르쳐주세요."

"그것 또한 가르쳐줄 수 없다. 흘러가보면 안다. 내가 미리 가르쳐주면 넌 참고 인내하는 삶의 진정한 기쁨을 얻지 못한다. 너의 삶은 흘러가는 과정이 중요하다. 그 과정을 통해 너 스스로 삶의 비밀들을 깨달아야 한다."

"그래도 어머니, 전 어머니와 같이 살고 싶어요. 왜 저를 이렇게 먼 곳으로 쫓아내버리십니까?"

"난 언제까지나 너와 함께 살 수 없다. 그것이 너와 나의 숙명이다. 그러니 이제 입을 다물고 조용히 흘러가도록 해라."

그 말을 끝으로 지리산은 더 이상 말이 없었다. 섬진강이 아무리 말을 시켜도 묵묵히 입을 다물고 햇살에 이슬을 털고 있을 뿐이었다.

섬진강은 지리산이 야속했다. 아무리 애원해도 더 이상 안아주지 않는 지리산이 참으로 섭섭했다.

해는 성큼 천왕봉 위로 떠올라 있었다. 섬진강은 더 이상 흐르지 않고 가만히 있었다. 섬진강은 곧 흐르지 않는 강이 되었다. 마음이 편안했다. 미래에 대한 불안 따위는 없었다. 흐르지 않음으로써 오랜만에 피곤을 풀고 깊은 잠에 빠져들 수 있어서 더없이 좋았다.

얼마나 잤을까. 은어 한 마리가 급히 다가와 섬진강의 잠을 깨웠다.

"섬진강아, 너 왜 흐르지 않는 거니? 너 때문에 우리 물고기들이 숨이 막혀 죽겠어. 썩는 냄새가 진동해 헤엄조차 칠 수가 없어."

은어는 화가 나서 못 견디겠다는 듯 꼬리로 섬진강의 가슴을 자꾸 쳤다.

"내가 왜 흘러가야 되는 거지?"

섬진강은 은어에게 얻어맞은 가슴을 천천히 쓰다듬으면서, 물고기들이 헤엄을 치지 못하게 되었다는 것과 강물이 흐르지 않고 있다는 것이 무슨 상관인지 모르겠다는 듯 무심한 표정을 지었다.
"섬진강아, 흐르는 게 너의 삶이야. 그게 네 삶의 방식이야."
"글쎄, 내가 무엇 때문에 어디로 흘러가야 하는지 알 수가 없는데, 굳이 흘러갈 필요가 있을까. 난 이렇게 흐르지 않고 가만히 있는 게 더 좋아."
은어는 답답하다 못해 화가 났다. 어떻게 하면 섬진강을 흐르게 할 수 있을까 하고 아무리 생각해도 아무런 방법이 없었다.
"넌 정말 사랑이 없구나. 이런 너를 믿고 우리는 섬진강으로 몰려들었어. 너를 믿은 우리가 바보야."
은어는 섬진강을 믿은 자신이 후회스러웠다. 그러나 섬진강은 은어가 말하는 사랑이 무엇인지 알 수 없었다.
"은어야, 사랑이 뭐니?"
"네가 흘러가는 것이 사랑이야. 자신의 삶을 열심히 사는 게 바로 사랑이란 말이야."
"그래?"
섬진강은 은어의 말을 조금은 이해할 수 있을 것 같았다. 그러나 여전히 흐르고 싶지는 않았다.
"은어야, 난 아직도 내가 왜 흘러가야 하는지 모르겠어. 혹시 네가 알고 있다면 좀 가르쳐줄 수 없겠니?"

"누구나 그 이유를 알고 흐르는 게 아니야. 그냥 흐르다 보면 기쁨을 만나게 되는 거야."

"기쁨?"

"그것 또한 설명할 수 없는 거야. 자신만이 직접 느낄 수 있는 거야."

섬진강은 두려웠지만 다시 흐르기 시작했다. 은어가 가르쳐준 사랑과 기쁨을 조금이나마 직접 느끼고 싶은 마음 때문이었다.

얼마나 흘렀을까.

섬진강이 하동 철교 밑을 지나 '진월'이라는 곳에 다다랐을 때였다. 갑자기 차갑고 짠 물이 그의 손끝을 간지럽혔다.

"넌 누구니?"

섬진강은 깜짝 놀라 소리쳤다.

"놀라지 마. 난 바다야."

"바다라니?"

"네가 되고 싶은 삶이야."

"내가 되고 싶은 삶?"

"그래, 난 네가 살 곳이기도 해. 넌 지금까지 바다가 되기 위하여 여기까지 온 거야. 난 널 만나기 위해 미리 마중 나온 거고."

"싫어. 내가 왜 바다가 되어야 해? 난 싫어."

섬진강은 다시 지리산 쪽으로 거슬러 올라가려고 몸부림쳤다. 그러나 거슬러 올라가기는커녕 곧 바닷물과 한데 몸을 섞게 되고 말았다.

섬진강은 서서히 자기의 몸이 차가워지고 있는 것을 느꼈다. 따스한 지리산의 정기가 사라지고 갑자기 온몸이 풀어져 없어져버리는 듯한 느낌이 들었다.

"맞아. 나는 지금 죽어가고 있는 거야. 나를 잃고 만 거야."

섬진강은 사라져가는 자신을 생각하며 슬픔에 젖은 목소리로 말했다. 그러자 바다가 다정히 섬진강의 어깨를 다독거려주면서 말했다.

"아니야. 넌 죽은 게 아니고, 나랑 하나가 된 거야."

"싫어. 너랑 하나가 되기 싫어. 나는 나 자신을 잃고 싶지 않아."

"하하, 섬진강아, 나를 잘 봐. 내 속에 바로 네가 있어. 난 네가 없으면 바다가 될 수 없어. 우리는 하나가 된 거야."

"우리가 하나가 되었다구?"

"그럼, 원래 나도 너처럼 강물이었어. 내가 너랑 하나가 되는 게 아니고, 네가 나랑 하나가 된 거야. 그러니까 지금 네가 바다를 만들고 있는 거야. 내가 바다를 만들고 있는 게 아니야."

섬진강은 무슨 말을 해야 할지 몰랐다. 그러나 바다의 말에 자신이 무엇인가를 새롭게 만들고 있다는 생각이 들었다.

'그래, 맞아. 내가 지금까지 흐르는 삶을 산 것은 이렇게 바다를 만들기 위해서야.'

섬진강은 그제서야 자기가 왜 흘러가지 않으면 안 되었는지, 지리산이 왜 그토록 자기를 냉혹하게 대했는지 알 것 같았다. 그리고 은어가 말한 사랑과 기쁨이 무엇인지도 조금은 알 것 같았다.

'아, 어머니……'

바다가 된 섬진강이 멀리 지리산을 바라보았다. 멀리 지리산이 다도해가 된 섬진강을 향해 다정히 손을 흔들었다.

어린 왕벚나무

 도시에서 가로수로 살아가는 어린 왕벚나무 한 그루가 하루는 깊은 고민에 휩싸였다. 그것은 어떻게 살아야 한 그루의 나무로서 참된 삶을 살아갈 수 있을까 하는 문제 때문이었다. 그는 허구한 날 가만히 땅에 뿌리를 박고 서서 육체를 살찌우는 삶은 진정한 삶이 아니라는 생각이 들어서 늘 괴로웠다.
 "동생아, 뭘 그렇게 고민하니?"
 고개를 떨군 채 고민에 빠져 있는 어린 왕벚나무를 보다 못해 형이 먼저 말을 걸었다.
 "아니야, 아무것도."
 "말해봐. 우린 형제야. 이 형에게 무슨 못 할 말이 있겠니?"

"사는 게 따분해서 그래. 이렇게 한곳에만 뿌리를 내리고 사는 것 말고, 또 다른 삶은 없어? 꼭 이렇게 살아야만 돼?"

어린 왕벚나무는 마침 잘되었다는 듯이 형에게 큰 소리로 물었다.

"우리에게 또 다른 삶이 뭐 있겠니? 우린 가로수야. 지금 이곳에서 도시를 아름답게 하는 일에만 충실하면 돼. 네 마음을 이해하지 못하는 건 아니지만, 주어진 현재의 삶을 열심히 사는 것이 보다 중요한 거야."

형은 바람이 불자 이제 막 돋기 시작한 이파리 하나를 살짝 떨어뜨려 동생의 가슴을 다독여주었다.

"정말이야?"

"그럼 정말이고말고. 오늘이 없는 미래는 없어. 오늘 하루하루가 쌓여 미래가 되는 거야."

어린 왕벚나무는 형의 말이 적이 위안이 되었다. 현재의 삶을 열심히 사는 것이 계속 이어지면 미래의 삶도 열심히 살게 될 것이라는 생각이 들어 마음이 편안했다.

어린 왕벚나무는 예전보다 더 열심히 땅속으로 뿌리를 뻗어 흙 속의 영양분을 빨아들였다. 그러자 다른 왕벚나무들보다 청록색의 잎들이 더 빨리 돋기 시작했다.

"어머, 저 새잎 봐. 정말 예쁘다 얘!"

어린 여학생들이 탄성을 지르며 지나갈 때마다 그는 가슴이 뿌듯해서 더 열심히 뿌리를 뻗었다. 개미들이 기어 올라와 자꾸 몸을 간지럽혀도 은근한 미소로 대했다.

4월은 깊어갔다. 어린 왕벚나무는 곧 연분홍 꽃을 피웠다. 꽃을 피운 것은 처음이었다. 그는 자신의 몸속에 그렇게 아름다운 꽃이 숨어 있으리라고는 미처 생각하지 못했다. 형과 아버지가 꽃을 피우는 것을 보고 언젠가는 자기도 꽃을 피울 수 있으리라고 생각한 적은 있었지만, 정작 이렇게 아름다운 꽃을 피우리라고는 생각도 하지 못한 일이었다.

수많은 사람들이 어린 왕벚나무를 찾아왔다. 그는 자신이 꽃을 피우는 존재인 것이 퍽 자랑스럽게 느껴졌다.

"아가야, 너도 크면 저 벚꽃처럼 어여쁘거라."

젊은 엄마가 아이를 등에 업고 와서 하는 이야기를 들으면 온종일 가슴이 두근거렸다.

그러나 꽃은 며칠 지나지 않아서 곧 지고 말았다. 한 번씩 바람이 불어올 때마다 꽃잎은 흰 눈처럼 땅바닥에 떨어졌다. 온몸을 꼿꼿하게 세우고 바람과 대항해보았으나, 바람이 조금만 강하게 불어오면 우수수 꽃잎을 떨어뜨리고 말았다.

"형, 꽃은 꼭 이렇게 떨어져야 되는 거야? 항상 피어 있으면 안 돼?"

꽃이 지고 나자 그는 마음이 쓸쓸했다.

"하하, 처음에 나도 그런 생각을 했는데, 어쩜 너도 그러냐?"

형은 입가에 웃음을 머금고 한참 동안 동생을 바라보았다.

"꽃은 지지 않으면 꽃이 아니야. 항상 꽃이 피어 있으면 사람들이 아름다움을 모르게 돼. 꽃은 지기 때문에 아름다운 거야."

그는 형의 말을 잘 이해할 수 없었으나 그대로 가만히 듣고 있었다.

"또 꽃은 열매를 맺기 위해서 피는 거야. 그런데 꽃이 지지 않으면 열매를 맺을 수가 없어. 만일 우리가 열매를 맺지 못한다면 그건 참 슬픈 일이지."

그는 형의 말을 여전히 잘 이해할 수 없었다.

"우리는 꽃이 피었던 자리에 '버찌'라고 하는 작고 붉은 열매가 맺힌단다. 그런 열매를 맺어야 새들이 그걸 먹고 배가 고프지 않게 돼. 새들뿐 아니라 아이들도 그걸 따 먹는단다."

어린 왕벚나무는 형의 말을 깊이 생각해보았다. 꽃이

지는 건 훌륭한 열매를 맺기 위해서라는 형의 말을 어느 정도 이해할 수 있을 것도 같았다.

"그러니까 동생아, 꽃이 진다고 너무 안타까워하지 말고 너도 한번 기다려봐라. 곧 아름다운 열매를 맺게 될 테니."

형의 말대로 여름이 되자 꽃이 피었던 자리에 붉은 열매가 달렸다. 어린 왕벚나무는 열매를 보자 너무나 놀라웠다. 꽃이 필 때와 마찬가지로 자신의 가슴에 그런 아름다운 열매가 맺히리라고는 미처 생각하지 못한 일이었다.

그는 가슴에 붉은 열매를 달고 푸른 하늘 아래 서 있는 자신이 퍽 자랑스러웠다. 새들이 날아와 열매를 쪼아 먹을 때는 마치 자신이 새들의 엄마라도 된 것 같았다. 아이들이 찾아와 버찌를 먹을 때에도 마치 엄마가 되어 아이들에게 맛있는 과자를 나누어 주는 것 같았다.

날씨는 여름답게 차츰 더워졌다. 날이 더워지고 햇볕이 강하게 내리쬐면 내리쬘수록 사람들은 그의 그늘을 찾아왔다.

사람들에게 그늘을 제공하게 된다는 사실 또한 그로서는 미처 생각하지 못한 일이었다. 그는 사람들에게 그늘을 만들어준다는 기쁨에 가능한 한 더 넓은 그늘을 만들기 위해 노력했다. 그러면서 이제 비로소 자신이 왜 한곳에 뿌리내리며 사는 삶을 살아야 하는지, 한곳에 뿌리박고 사는 삶이 얼마나 매력적이며 소중한 것인지 잘 알게 되었다. 만일 나무가 사람처럼 이리저리 걸어 다니며 산다면 그늘을 찾아올 사람들이 없었을 터였다.

이렇게 어린 왕벚나무가 꽃을 피우고 열매를 맺고 사람들의 그늘이 되어 열심히 살고 있던 어느 날이었다. 대낮에 갑자기 먹구름이 끼더니 한밤처럼 하늘이 캄캄해지고 갑자기 비가 퍼붓기 시작했다. 그리고 곧 번개가 치고 천둥소리가 요란했다.

그는 쏟아지는 빗줄기에 자신을 내맡겼다. 시원했다. 도시의 찌든 먼지가 앉은 이파리를 깨끗하게 씻어주는 빗줄기가 참으로 감사했다.

번개는 계속 쳤다. 번개가 번쩍 빛을 발하는 순간, 하늘은 두 쪽으로 갈라졌다. 그는 날카로운 번개의 빛줄기를 보자 '내가 무슨 죄를 지은 것은 아닌가' 하는 생각이 들어 덜컥 겁이 났다.

그런데 바로 그 순간이었다. 중년의 한 사내가 왕벚나무 아래로 급히 뛰어 들어와 비를 피하던 순간이었다. 다시 한번 하늘이 갈라질 듯 번개가 치더니 갑자기 형 옆에 늠름히 서 있던 아버지가 "쿵!" 하는 소리를 내면서 허리를 꺾고 쓰러졌다.

"아, 아버지!"

그는 달려가 벼락을 맞고 쓰러진 아버지를 번쩍 일으켜 세우고 싶었으나 땅속에 너무 깊게 뿌리를 박고 있어 꼼짝달싹도 할 수 없었다. 그저 쓰러져 나뒹구는 아버지를 그대로 묵묵히 지켜보는 수밖에 없었다.

다음 날. 하늘은 언제 그렇게 비를 퍼부었나 싶게 맑고 푸르렀다. 그는 눈에 눈물을 가득 담고 형에게 소리쳤다.

"형, 아버지가 왜 돌아가셨어? 아버지가 무슨 죄가 있다고 벼락을 맞은 거야? 아버지같이 좋은 분을 왜 벼락이 내려친 거야?"

그는 있는 힘을 다해 형에게 소리쳤다. 그런 그를 형이 한참 동안 지켜보다가 조용히 말했다.

"동생아, 울지 마라. 아버지는 인간을 위해 돌아가셨다. 인간의 죄를 위해 돌아가셨어. 이 세상의 모든 나무들은 누구나 일생에 한 번은 죄 많은 인간들을 대신해서 벼락을 맞는다. 그것이 우리들의 운명이다. 언젠가 이 형도 아버지처럼 저렇게 죽을 거다. 또 언젠가는 너도 그렇게 죽게 될 거다."

어린 왕벚나무는 형의 말에 한동안 무슨 말을 해야 할

지 알 수 없었다.

오랜 침묵이 흘렀다.

"인간들이 그것을 아나요?"

그는 조금 떨리지만 그러나 착 가라앉은 목소리로 형에게 물었다.

"그건 모른단다."

"인간들은 나무를 위해 벼락을 맞나요?"

"그건 아니란다."

어린 왕벚나무는 슬펐다. 눈에 가득 담긴 눈물이 그제서야 주르르 밖으로 흘렀다.

"동생아, 인간들이 우리를 위해 벼락을 맞는가 아닌가는 그리 중요하지 않다. 중요한 것은 우리가 인간을 위해 벼락을 맞는다는 거야. 우리가 인간을 사랑하기 위해서는 그런 희생이 꼭 필요하단다."

어린 왕벚나무는 형의 말에 무슨 대답을 해야 할지 알 수 없었다.

"그게 우리 나무들이 참되게 사는 길이다. 넌 참된 삶을 살기 위해 잠 못 이루며 고민하던 밤이 있었잖니."

어느덧 밤하늘에 다시 어둠은 찾아오고 별들은 푸르렀다.

어린 왕벚나무는 형의 말을 이해할 수 없었다. 그러나

세상을 좀 더 살고 좀 더 크고 나면 어쩌면 이해할 수 있을 것도 같았다.

동고동락 同苦同樂

사방은 고요했다. 바람 지나가는 소리도 들리지 않았다. 풀잎에 맺힌 아침 이슬도 고요히 숨을 죽이고 있었다. '동고동락' 네 글자 속에 누워 있던 '락' 자는 살며시 눈을 뜨고 한동안 햇살에 반짝이는 아침 이슬을 바라보았다. 간밤에 잠 한숨 제대로 자지 못했으나 머리는 무척 맑았다. 아마 아침 이슬을 바라본 탓인 듯했다.

'아, 나도 저렇게 맑고 영롱한 삶을 살았으면……'

'락' 자는 아침 이슬을 바라보며 자신의 지나온 삶을 생각했다. 아무리 생각해도 자신의 삶은 절망과 고통투성이였다. 실타래처럼 온통 엉켜 있기만 할 뿐 무엇 하나 제대로 풀리는 일이 없었다. 명색이 '즐길 락' 자임에도 불구하고 기쁘고 즐거운 일이란 하나도 없었다. 차라리 다른 벗들처럼 '풍류 악' 자나 '좋아할 요' 자로 읽히고 싶은 날들이 더 많았다.

'내 사는 게 왜 이리 괴로울까. 도대체 무엇 때문일까.'

'락' 자는 자신의 삶이 왜 고통투성이인지 곰곰 생각해보았다.

그것은 함께 살고 있는 '고' 자 때문이 아닐 수 없었다. '고통스러울 고' 자 때문에 하루하루가 즐거워야 할 자신까지 고통을 받는다고 생각되었다.

"야, 일어나, 이 잠꾸러기야."

'고' 자는 날이 밝은 지 한 시간이 지났는데도 도무지 일어날 생각을 하지 않고 있었다.

"어서 일어나 저 아침 이슬을 좀 봐."

'락' 자는 '고' 자의 옆구리를 툭 건드렸다.

'락' 자가 옆구리를 계속 툭툭 건드리는데도 '고' 자는 일어날 생각을 하지 않았다.

"저 이슬을 좀 봐. 얼마나 아름답니. 넌 어떻게 아름다움에 대해 그렇게 무관심하니?"

'고' 자는 '락' 자가 아무리 깨워도 도무지 일어날 기색이 없었다. '락' 자는 그런 '고' 자와 지금까지 함께 살아온 자신이 참으로 한심스럽게 생각되었다.

해는 더욱 높이 떠오르고 있었다. 풀잎에 앉은 아침 이슬들이 햇살에 하나둘 사라져가고 있었다.

'락' 자는 사라지는 아침 이슬을 보며 자신의 삶을 다시 한번 곰곰 생각했다. '괴로울 고' 자보다 더 고통스러운 삶, 그것은 아무리 생각해도 '고' 자 때문이 아닐 수 없었다. '고' 자 곁에 살면서 '동고동락'이라는 하나의 낱말을 이루고 있는 데에 그 고통의 원인이 있었다. '락' 자는 '동고동락' 네 글자 속에 갇혀 사는 것이야말로 자신의 삶이 아니라고 생각되었다. '락' 자는 하루속히 '동고동락' 네 글자 속을 빠져나가고 싶었다.

마침 기회는 좋았다. '고' 자는 해가 중천에 떠도 일어나지 않았다. '락' 자는 '고' 자가 늦잠 자는 사이를 틈타 살며시 '동고동락' 네 글자 사이를 빠져나왔다.

'락' 자는 정처 없이 길을 걸었다. 푸른 바다가 보고 싶어서 바다가 있는 마을로 가고 싶었으나 어디로 가야 할지 알 수 없어 발길 닿는 데로 길을 걸었다.

가도 가도 바다는 나오지 않았다. 거칠고 험한 산만 나왔다. 산을 넘으면 또 산이 나왔다. 온몸이 지칠 때까지 아무리 걸어도 푸른 바다가 있는 마을은 나오지 않았다.

몇 해를 걸었을까.

어느 산기슭에 쓰러진 '락' 자는 더 이상 걸을 수가 없었다. 목이 마르고 온몸이 쑤셔왔다. 밤에는 그토록 미워했던 '고' 자가 그리웠다.

그리움은 자꾸 그리움을 낳았다. 날이 갈수록 '락' 자는 '고' 자가 그리웠다. 죽어도 '고' 자 곁에 가서 죽자는 생각이 들었다. '락' 자는 겨우 힘을 내어 다시 '고' 자가 있는 고향으로 발걸음을 돌렸다.

그렇게 또 몇 해를 걸었을까.

하루는 멀리 뿌연 흙먼지 속으로 '고' 자가 걸어오는 모습이 보였다. '고' 자가 먼저 '락' 자를 발견하고 달려와 '락' 자를 덥석 껴안았다.

"날 버리고 어디 갔었니? 내가 널 얼마나 찾아다닌 줄 아니?"

'고' 자는 '락' 자를 껴안고 좀처럼 놓으려 들지 않았다.

'락' 자도 손에 힘을 주어 '고' 자를 힘껏 껴안았다.

'락' 자는 웬일인지 마음이 편안해졌다. 이제 살았다 싶은 안도의 한숨이 새어 나왔다.

"우리는 함께 있어야 살 수 있어. 그게 우리의 운명이야. 넌 왜 그걸 몰랐는지 몰라. 그동안 네가 혼자 있었기 때문에 너도 외롭고 나도 고통스러웠던 거야."

'고' 자는 '락' 자를 은근히 나무랐다.

"그래, 맞아. 내가 잘못했어. 우린 공생해야 하는 거야.

기쁨도 고통이 있어야 기쁜 건데, 내가 함께 산다는 의미를 잘 몰랐던 거야."

'락' 자는 '고' 자를 껴안은 팔에 더욱 힘을 주었다.

네가 있어야 내가 있다

잣나무 한 그루가 동서남북으로 길게 가지를 뻗고 살고 있었다. 하루는 남쪽 가지가 새들과 함께 마음껏 아침 햇살을 들이마시고 나서 북쪽 가지를 쳐다보았다. 북쪽 가지는 뜻밖에도 자기보다 길이가 짧고 가느다란 게 여간 볼품없는 게 아니었다. 더구나 햇빛이 들지 않아서 그런지 새 한 마리 날아와 앉아 있지 않았.

'아휴, 저렇게 못생기고 형편없는 줄 몰랐군. 어떻게 저런 녀석이랑 지금까지 수십 년을 같이 살았을까.'

남쪽 가지는 자신도 모르게 북쪽 가지를 업신여기는 마음이 일었다.

한번 그런 마음이 일자 남쪽 가지는 북쪽 가지가 자꾸

미워졌다. 북쪽 가지가 가끔 바람과 속삭이는 것도, 북쪽 가지에 가끔 새들이 날아와 앉는 것도 보기가 싫었다.

그런 어느 날 오후였다. 남쪽 가지가 길게 손을 뻗어 북쪽 가지의 어깨를 툭 치면서 말을 걸었다.

"넌 햇빛도 안 드는 그런 데서 어떻게 사니?"

"그래도 살 수는 있어."

북쪽 가지가 남쪽 가지를 보고 반가운 표정을 하고 입을 열었다.

"조금만 참으면 돼. 넌 잘 모르겠지만, 내겐 널 위해 산다는 기쁨도 있어."

"뭐? 날 위해 산다는 기쁨이 있다고?"

"응."

"웃기지 마. 넌 너를 위해 사는 거야."

남쪽 가지는 북쪽 가지의 말이 너무나 어처구니없어 화가 다 날 지경이었다.

"아니야, 그렇지 않아. 넌 내가 없으면, 어쩌면 쓰러질지도 몰라."

"하하, 너 정말 날 자꾸 놀릴래?"

남쪽 가지는 화를 견디지 못하고 길게 팔을 뻗어 북쪽 가지의 어깨를 힘껏 내리쳤다. 북쪽 가지는 팔이 떨어져 나가는 것같이 아팠다.

"왜 치는 거야? 치지 말고 말로 해."

북쪽 가지도 참을 수 없다는 듯 길게 팔을 뻗어 남쪽 가지의 어깨를 툭 쳤다. 그러나 북쪽 가지는 팔이 짧아 남쪽 가지의 손끝에도 가닿지 못했다.

북쪽 가지에 대한 남쪽 가지의 손찌검은 날로 더 심해졌다. 남쪽 가지는 심심하면 북쪽 가지의 어깨며 가슴이며, 심지어 얼굴까지 툭툭 쳤다. 북쪽 가지는 바짝 약이 올랐지만 어떻게 대처해야 할지 알 수 없었다.

"남쪽 가지야, 도대체 왜 그러는 거야? 제발 그러지 마. 우린 그동안 다정하게 잘 지내왔잖니. 그동안의 우정을 생각해봐."

"네가 꼴 보기 싫어서 그래."

남쪽 가지는 입가에 싸늘한 미소를 흘리며 말을 이었다.

"넌 차갑고 음산해. 널 보면 공연히 기분이 나빠져."

"그건 내가 북쪽에 있기 때문이야. 남쪽에 자리 잡고 있는 너와는 달라. 그건 너도 잘 알잖아?"

"그래도 널 보면 보기가 싫어져. 난 네가 아예 없어졌으면 해."

남쪽 가지의 말에 북쪽 가지는 큰 충격을 받았다. 가장 가까운 이한테서 가장 큰 상처를 받는다는 말은 정말 맞는 말이었다. 남쪽 가지가 그렇게까지 자기를 미워하리라고는 미처 생각해보지 못한 일이었다.

 사실 북쪽 가지도 늘 추운 곳에 자리 잡고 있는 자신이 퍽 싫었다. 햇빛이라고 해봐야 해가 지는 저녁나절에 잠깐 볼 수 있을 뿐 늘 몸이 춥고 외로웠다. 무엇보다도 잣나무 가지엔 잣방울이 많이 달려야 멋있고 자랑스러운 법인데 해마다 자기 몸엔 잣방울이 남쪽 가지의 반도 채 달리지 않았다.

 북쪽 가지도 남쪽 가지가 되고 싶었다. 늘 따사로운 햇살을 받아 잣방울이 주렁주렁 달리고 날마다 새들이 날아와 편히 쉬어 가는 그런 나뭇가지가 되고 싶었다.

 그러나 그게 원한다고 해서 그렇게 될 수 있는 일은 아니었다. 그것은 해가 서쪽에서 떠서 동쪽으로 지지 않는 한 이루어질 수 없는 일이었다.

 북쪽 가지에 대한 남쪽 가지의 멸시와 구박은 그치지 않고 계속되었다. 북쪽 가지는 참으로 괴로웠으나 참고 견디는 수밖에 다른 방법이 없었다. 참을 수 없는 것을 참는 것이야말로 진정한 인내이며, 용서할 수 없는 것을 용서하는 것이야말로 진정한 용서라는 생각으로 남쪽 가지에 대해 늘 참고 용서하는 마음을 가지고 하루하루를 살고 있었다.

 그러던 어느 해 늦여름이었다. 여름이 다 끝날 무렵임

에도 불구하고 강한 태풍이 불었다. 바다엔 해일이 일었으며, 산에는 사태가 나 계곡의 바위들이 멀리 산 아래로 떠내려갔다.

태풍은 사흘이 지나서야 겨우 가라앉았다.

아침에 밝은 햇살이 비치는 것을 보고 남쪽 가지는 북쪽 가지를 쳐다보았다. 뜻밖에도 태풍에 북쪽 가지가 부러져 있었다. 어떤 가지는 반쯤 부러진 채 말라 죽어가고 있었고, 또 어떤 가지는 아예 땅에 떨어져 나뒹굴고 있었다.

"그것참 잘된 일이군. 눈엣가시 같았는데 이제 속이 다 시원하군."

남쪽 가지는 북쪽 가지의 죽음을 조금도 슬퍼하지 않았다. 슬퍼하기는커녕 오히려 기쁜 일이라는 듯 싱글벙글 웃음을 띠었다.

태풍이 지나가자 곧 가을이 찾아왔다. 산길 여기저기 낙엽들이 나뒹굴었고, 잣나무도 겨울 채비에 들어갔다. 그러나 잣나무는 언제부터인가 몸의 균형을 잘 잡을 수가 없었다. 하루가 다르게 몸이 한쪽 구석으로 자꾸 쏠리는 느낌이 들었다.

어느 날 잣나무는 가지가 많은 남쪽으로 몸 전체가 비스듬히 기울어졌다. 뿌리도 북쪽에 있는 어떤 뿌리는 아예 땅 밖으로 몸을 불쑥 내민 것도 있었다. 잣방울 또한 제대로 여문 것을 찾기 어려웠다.

가을은 찾아오자마자 곧 깊어졌다.

마을 사람들이 잣을 따기 위해 산으로 올라왔다.

"이 나무는 유독 한쪽으로 기울어진 게 영 보기가 싫구먼."

"잣도 딸 게 별로 없고……."

"차제에 아예 잘라버리고 맙시다. 중국산 수입 잣 때문에 국산 잣 값이 엉망이라 인건비도 안 나오는데 그까짓 걸 따면 뭐 하겠어요. 이런 건 아예 잘라 땔감으로나 쓰는 게 나아요."

마을 사람들의 말에 남쪽 가지는 가슴이 덜컥 내려앉았다. 자신이 땔감으로 쓰인다는 것은 곧 자신의 죽음을 의미하는 일이 아닐 수 없었다.

'아, 이 일을 어떡하나? 북쪽 가지가 있었다면 이렇게 기울어지지는 않았을 텐데, 내가 그걸 몰랐구나. 나를 위해 산다는 북쪽 가지의 말이 맞는 말이었구나!'

남쪽 가지는 통탄했다. 북쪽 가지가 얼마나 중요한 존재인지 그제서야 알 수 있었다. 북쪽 가지가 있음으로 해서 자신이 존재할 수 있다는 사실을 크게 깨닫게 된 것이다. 그러나 그건 이미 때늦은 참회였다.

2부

두 그루의 오동나무

한 소년이 오동나무 묘목 두 그루를 들고 아버지의 뒤를 따라갔다. 아버지는 삽 한 자루를 들고 빠른 발걸음으로 마을 뒷산으로 향했다. 소년은 아버지를 놓치지 않으려고 부지런히 발을 놀렸다.

"여기가 좋겠군."

아버지는 마을이 환히 내려다보이는 남향받이 산 중턱에서 발걸음을 멈추고 이리저리 주위를 둘러보았다.

"아무래도 여기가 좋겠군. 우리 집 안마당이 환히 내려다보이는구나. 자, 여기에다 이 나무를 심기로 하자."

소년이 묘목을 땅에 내려놓자 아버지가 정성스럽게 삽질을 하기 시작했다.

산에는 곧 작은 구덩이 두 개가 생겼다. 소년은 묘목의 실뿌리가 다치지 않도록 조심조심 잘 펴서 구덩이 속에 집어넣었다.

어린 오동나무는 제대로 살 곳을 찾았다는 듯 푸른 하늘을 향해 파르르 몸을 떨었다.

"이 나무는 너를 위해 심는 것이니, 네가 항상 돌보아야 한다."

아버지는 묘목 주위를 발로 꼭꼭 다지면서 소년에게 말했다.

"나중에 네가 어른이 되면, 이 나무는 너 자신을 위해 쓰게 될 것이다. 그러니까 이 나무를 항상 너 자신처럼 잘 돌보도록 해라."

소년은 아버지의 말씀을 가슴 깊이 새기고 늘 자신을 돌보듯 오동나무를 돌보았다. 학교에서 집으로 돌아오는 길에는 꼭 오동나무 앞을 지나 집으로 돌아왔다. 오랫동안 비가 오지 않으면 큰 주전자에다 물을 가득 넣어 오동나무를 찾아가 물을 주었다. 때로는 학교에서 배운 노래를 하루 종일 오동나무한테 들려줄 때도 있었다.

소년은 자라 청년이 되었다. 두 그루의 오동나무도 자라 해마다 6월이면 자줏빛 꽃을 피웠다. 그리고 10월이면 끝이 뾰족한 열매를 익혀 새들의 먹이가 되어주었다.

오동나무는 둘 다 소년을 사랑했다. 그러나 서로 소년을 사랑한 나머지 둘 사이가 좋지 않았다. 소년이 키 큰 오동나무를 쓰다듬어주면 키 작은 오동나무가 키 큰 오동나무를 빈정거렸다.

"뭐 잘난 데가 있다고, 정말 꼴 보기 싫은 일이군."

그런 말을 들으면 키 큰 오동나무도 가만히 있지 않았다. 길게 가지를 뻗어 키 작은 오동나무를 툭툭 건드렸다.

그러면 키 작은 오동나무도 가만히 있지 않았다. 그도 길게 가지를 뻗어 키 큰 오동나무의 팔에 시퍼렇게 멍 자국을 남겼다.

그들의 사이는 해가 갈수록 더 나빠졌다. 자연히 서로의 몸과 마음이 황폐해졌다. 황폐해진 몸과 마음은 더 이상 자라지도 않았다.

'왜 이럴까? 왜 이렇게 늘 시들시들 앓는 모습을 하고 있는 것일까? 내 정성이 부족한 탓일까?'

소년은 더 이상 자라지 않는 오동나무를 보자 마음이 슬펐다. 너무나 슬픈 나머지 가끔 눈물을 흘릴 때가 있었다.

키 큰 오동나무는 어느 날 소년의 눈물을 보자 키 작은 오동나무를 미워한 자신이 후회되었다.

하루는 키 큰 오동나무가 키 작은 오동나무에게 말했다.

"그동안 내가 너무 어리석었다. 미안하다. 사과한다. 이제 더 이상 싸우지 않도록 하자. 우리는 서로 사랑해야 할 한 형제다."

키 작은 오동나무는 키 큰 오동나무가 진정으로 사과하고 용서를 청했음에도 불구하고 그의 말을 듣지 않았다. 여전히 키 큰 오동나무를 미워하고 질시했다.

그러나 키 큰 오동나무는 더 이상 키 작은 오동나무를 미워하지 않았다. 키 작은 오동나무가 그를 미워해도, 심지어 팔을 뻗어 가지를 부러뜨리고 새들의 둥지마저 망가뜨려도 그대로 참고 가만히 있었다.

키 큰 오동나무는 키 작은 오동나무를 사랑하고 나서부터 몸과 마음이 다시 자라기 시작했다.

그동안 자라지 않던 오동나무가 자라자 소년의 기쁨은 컸다. 소년은 툭하면 키 큰 오동나무를 찾아가 그를 껴안아주거나 쓰다듬어주었다.

키 작은 오동나무는 키 큰 오동나무가 더욱 미웠다. 어떻게 하면 키 큰 오동나무를 괴롭힐 수 있을까 하고 생각하는 일만으로도 하루해가 모자랐다. 여름날 천둥 번개가 칠 때에는 "벼락이나 맞아 죽어버려라" 하고 중얼거릴 때도 있었다.

세월이 지났다. 소년이 노인이 되어 죽게 되었다.

마을 사람들은 노인을 묻을 관을 짜기 위해 키 작은 오동나무를 베었다. 키 작은 오동나무는 관이 되어 시신과 함께 썩어버렸다. 그러나 키 큰 오동나무는 베어져 소년의 아들이 연주하는 거문고가 되었다.

오늘도 그 거문고는 남아 애절하고도 투명한 산조 가락으로 우리의 가난한 가슴을 쓰다듬어주고 있다.

인면조 人面鳥

  소년은 채 일곱 살이 되기도 전에 석탑도 만들고 석불도 만드는 아버지 곁에서 잔심부름을 해주면서 하루하루를 보냈다. 물을 떠오라고 하면 물을 떠다 드리고, 붓을 가져오라고 하면 붓을 갖다드리고, 망치를 가져오라고 하면 망치를 갖다드렸다. 그럴 때마다 아버지는 소년의 머리를 쓰다듬어주면서 말씀하셨다.
  "넌 이다음에 커서 내 뒤를 잇도록 하거라."
  소년은 처음에는 아버지의 말씀이 무슨 말씀인지 잘 이해하지 못했다. 그러다가 차차 나이가 들어 열 살쯤 되자 아버지가 자신을 당신처럼 석공으로 키우려고 하신다는 것을 알게 되었다.

소년은 아버지와 같은 석공은 되고 싶지 않았다. 남들은 아버지가 돌을 떡 주무르듯 한다고 칭찬이 대단했으나 소년이 보기엔 그렇지 않았다. 아버지는 항상 돌에 몸의 이곳저곳을 다치기 일쑤였다. 손가락을 다치고 무릎을 다치고 허리를 다치는 일이 한두 번이 아니었다. 어쩌다가 날이 궂고 비라도 오는 날이면 아버지는 소년에게 허리를 주물러달라고 하면서 끙끙 앓는 소리를 내었다. 눈이 오나 비가 오나 뙤약볕이 무섭게 내리쬐나 정과 망치를 들고 돌을 다듬는 아버지가 소년은 너무나 힘들어 보였다.

"자, 이제 너도 열다섯 살이 되었다. 이 돌을 다듬어보도록 해라."

소년이 열다섯 살 되던 날 아침. 아버지는 소년에게 정과 망치를 내어주면서 소년보다 더 큰 바윗덩어리 하나를 가리켰다.

그뿐이었다. 아버지는 정과 망치를 내어주면서 그렇게 말씀만 했을 뿐 소년에게 정을 잡는 법도 망치를 다루는 법도 가르쳐주지 않았다. 아니, 한마디 말씀은 하셨다. 소년이 망치를 들고 정을 내려치다가 손가락부터 찧어 피를 흘리자 끌끌 혀를 차면서 이런 말씀을 하셨다.

"망치를 들기 전에 먼저 돌의 마음을 읽어내어야 한다."

"돌의 마음이라니요? 돌에도 마음이 있습니까?"

소년은 아버지의 말씀을 이해할 수 없었다.

"그래, 돌에도 마음이 있다."

아버지의 표정은 아주 진중했다.

"그럼 어떻게 하면 그 마음을 읽어낼 수 있는지요?"

"그건 너 스스로 배우도록 해라. 그건 너만이 할 수 있는 일이다."

"아닙니다, 아버지. 제가 어떻게 돌의 마음을 알아낼 수 있겠습니까?"

소년은 여전히 아버지의 말씀이 이해가 안 돼 다친 손가락에 친친 감아 맨 헝겊만 만지작거렸다.

"아니다. 네가 다룰 돌의 마음은 너만이 알아낼 수 있다. 이 아비도 어쩌지 못한다. 그건 사람마다 마음이 다 다르듯 돌마다 마음이 다 다르기 때문이다. 돌은 자기를 다루려고 하는 사람에게만 마음을 여는 법이다. 그러니까 네 마음을 다루듯 돌을 다루어라."

돌의 마음을 읽어내기란 여간 힘든 것이 아니었다. 소년은 돌을 쳐다보기도 하고, 쓰다듬어보기도 하고, 뺨을 갖다 대보기도 하고, 말을 걸어보기도 했으나 돌의 마음이 무엇인지 알아낼 수가 없었다. 돌의 마음을 알아내려고 하면 할수록 손가락 다치는 일만 잦았다.

"아버님, 저는 어머니를 도와 그저 농사나 짓겠습니다."

소년은 처음으로 아버지의 말씀을 거역했다.

아버지는 물끄러미 소년을 쳐다보기만 할 뿐 더 이상 말이 없었다. 소년이 정과 망치 대신 삽과 괭이를 들고 농사일을 시작해도 아무 말이 없었다.

그러나 해가 바뀌고 소년의 생일날 아침이 되자 아버지는 소년에게 다시 정과 망치를 내밀었다.

"자, 다시 한번 저 돌을 다듬어보아라."

소년은 이번에도 아버지의 말씀을 거역했다. 아버지가 내민 정과 망치를 아예 쳐다보지도 않았다.

그렇게 다시 몇 해가 지났다. 그동안 소년의 생일날만 되면 아버지는 정과 망치를 내밀었으나, 소년은 그때마다 아버지의 말씀을 들은 척 만 척했다.

그렇게 아버지의 말씀을 거역하는 가운데 소년은 장딴지가 굵고 튼튼한 청년이 되었고, 아버지는 지리산 연곡사鷰谷寺 부도를 만들다가 그만 돌의 파편이 눈에 들어가 한쪽 눈이 멀게 되었다.

아버지는 남아 있는 한쪽 눈만으로도 쉬지 않고 열심히 돌을 쪼았다. 그러나 한쪽 눈은 또 다른 한쪽 눈을 멀게 했다. 양쪽 눈이 다 보이지 않게 되자 아버지는 다시 소년을 불렀다.

"이제 내 눈이 보이지 않게 되었다. 저 연곡사 부도를 이제 네가 완성해야 할 때가 되었다."

아버지는 돌을 어루만지듯 아들의 뺨을 어루만졌다. 평생 돌을 만져 돌처럼 굳어진 아버지의 손길은 뜻밖에 부드럽고 따스했다.

그 따스함과 부드러움 때문이었을까.

소년은 그제서야 자신의 잘못을 크게 깨닫게 되었다.

'아버지를 도와 일찍이 석공이 되었더라면 아버지가 눈이 멀게 되지는 않았을 텐데……'

소년은 아버지가 장님이 된 데에는 자신의 잘못이 무척 크다고 생각했다.

"아버님, 이제부터 저 부도를 제가 완성하도록 하겠습니다. 그동안의 제 잘못을 용서해주십시오."

그날부터 소년은 아버지가 쓰던 정과 망치를 들고 돌을 쪼기 시작했다. 소년의 손에서는 곧 살이 터지고 피가 흘렀다. 돌은 좀처럼 쪼아지지 않았다. 쪼면 쪼을수록 손만 다치기 일쑤였다. 무엇보다도 돌의 마음을 먼저 알아야 한다는 아버지의 말씀을 잊지 않았으나, 어떻게 하면 돌의 마음을 알 수 있는지는 알 수 없었다.

소년은 멍하니 연곡사 대웅전 마당 한 켠에 앉아 연노란 꽃이 만발한 산수유나무를 쳐다보았다. 산수유나무

가지 끝에는 난생처음 보는 새 한 마리가 앉아 초롱초롱한 눈빛으로 소년을 쳐다보고 있었다.

"넌 누구니?"

소년은 힘없는 목소리로 혼잣말하듯 새에게 말을 걸었다.

"난 세상에서 가장 아름답게 우는 새야."

참으로 뜻밖이었다. 소년은 그 새가 말을 하리라고는 미처 생각하지 못했다.

소년은 놀란 눈을 하고 찬찬히 새를 쳐다보았다. 새는 부처님의 몸 뒤로부터 내비치는 후광 같은 빛으로 찬란하게 빛났다.

"넌 정말 보통 새가 아니구나. 그럼 내가 뭘 하나 물어봐도 되겠니?"

소년은 어쩌면 이 새야말로 돌의 마음을 알 수 있게 해줄지도 모른다는 생각이 들었다.

"어쩌면 넌 알고 있을지도 모르겠구나. 어떻게 하면 내가 아버지처럼 돌을 잘 다듬을 수 있을까? 아버지는 돌의 마음을 먼저 알아야 한다고 하시는데, 어떻게 하면 돌의 마음을 잘 알 수 있을까?"

소년은 안타까운 눈길로 새를 쳐다보았다. 그러자 새가 포르롱 돌 위로 날아와 말했다.

"내 소원을 들어주면 가르쳐줄게. 내 소원을 들어줄 수 있겠니?"

"무슨 소원인데?"

"꼭 들어준다고 먼저 약속을 해야 돼."

"그래 약속할게."

소년은 새의 소원을 들어줄 수 있다고 분명히 말했다. 그러자 새가 입을 열었다.

"내 소원은 사람의 얼굴을 한 새가 되는 거야. 그런 새를 인면조라고 하는데, 아직 아무도 그런 새가 되지 못했어. 난 인면조가 되기 위해 지금껏 열심히 살아왔는데, 인면조가 되지 못하고 이제 얼마 살지를 못해. 그래서 하는 말인데, 내가 죽으면 네가 만든 부도에 인면조가 된 나를 새겨 넣어줄 수 있겠니?"

"응, 새겨 넣어줄게."

"꼭 약속할 수 있겠니?"

"응, 꼭 약속해. 내가 아버지와 같은 훌륭한 석공만 될 수 있다면 얼마든지 약속할 수 있어."

소년은 눈을 반짝거리며 새의 다음 말을 기다렸다.

"그럼 내가 말해줄게. 돌은 보름달이 뜨면 마음이 열려. 그땐 누구나 돌의 마음을 만나볼 수 있어. 그때 돌에게 물어봐."

소년은 새의 말대로 보름달이 뜨자 돌의 마음에게 말했다.

"돌의 마음아, 어떻게 하면 네 마음을 알 수 있겠니? 난 널 큰스님의 사리를 넣어둘 부도로 만들어야 하는데 어떻게 하면 잘 만들 수 있겠니?"

돌의 마음은 아무 말 없이 한참 동안 소년을 쳐다보다가 빙그레 미소를 지으며 말했다.

"소년아, 네가 나를 만든다고 생각하지 마라. 내 마음속에 있는 것을 네가 드러낸다고 생각해라."

돌의 마음은 그 말을 하고 나서 얼른 달빛 속으로 숨어버렸다.

소년은 푸른 달빛 속으로 사라진 돌의 마음을 오래 생각했다. 그러다가 문득 돌의 마음이 한 말을 깊게 이해하게 되었다. 그것은 소년 자신이 돌로 무엇을 만드는 것이 아니라, 돌의 마음속에 있는 형상을, 돌이 되고 싶어하는 마음의 형상을 있는 그대로 드러내줘야 한다는 것이었다.

'맞아, 내가 잘못 생각했던 거야. 내가 겸손하지 못했던 거야.'

소년은 다시 정과 망치를 들어 돌을 쪼았다. 돌이 흙처럼 부드럽게 느껴졌다. 소년은 밤낮으로 돌을 쪼았다.

낮이면 맑은 햇살이, 밤이면 밝은 달빛이 언제나 돌을 쪼는 소년의 어깨를 부드럽게 쓰다듬어주었다. 소년은 새와의 약속대로 석탑 모양을 한 부도의 탑신 하단 부분에 인면조를 성심껏 조각했다.

지금 지리산 구례 피아골 연곡사에 가면 그때 그 소년이 조각한 인면조를 볼 수 있다. 인간의 머리 모양을 하고 몸은 새의 모양을 한 '가릉빈가'라는 이름의 인면조를 만나볼 수 있다. 인면조가 부르는 세상에서 가장 아름다운 노랫소리를 마음의 귀가 있는 자는 누구나 들을 수 있다.

족제비 탑

 지리산에 눈이 내리고 있었다. 눈은 잠깐 내렸다가 그칠 눈이 아니었다. 눈은 처음에는 진눈깨비처럼 추적추적 내리다가 곧 함박눈이 되어 퍼붓기 시작했다. 사람의 발길이 잘 닿지 않는 한 작은 암자에서 불경을 집필하고 있던 구곡龜谷 각운覺雲 스님은 잠시 붓을 놓고 창을 열었다. 눈발이 바람을 타고 방 안으로 휘몰아쳐 들어왔다.
 "허허, 좀처럼 그칠 기세가 아니군."
 스님은 한참 동안 퍼붓는 눈을 바라보다가 창문을 닫았다.
 눈은 몇 날 며칠 계속해서 내렸다. 산 아래로 내려가는 길은 끊어져 길은 어디에도 보이지 않았다. 시퍼렇게 하늘만 맑고 투명했다.

　이제 스님은 이듬해 봄이 오고 눈이 녹아야만 바깥출입을 할 수 있었다. 눈이 녹기 전에는 아무 데도 갈 수가 없었다.

　스님은 공양할 쌀이 좀 남아 있는가 싶어 항아리를 열어보았다. 항아리에는 쌀이 반도 채 남아 있지 않았으니 걱정은 되지 않았다. 다만 걱정이 되는 것은 붓이었다. 해동이 될 때까지 지금 쓰고 있는 붓이 제 역할을 다해줄지 그게 걱정이었다.

　붓은 털끝이 많이 닳아 있었다. 우리나라에서 유명하다는 족제비 꼬리털로 만든 황모필黃毛筆을 몇 개 구해 꾸준히 사용해왔으나, 그동안 《염송설화拈頌說話》라는 불경을 스물아홉 권이나 집필한 까닭에 붓끝이 거의 다 닳아 있었다. 그래도 마지막 서른 번째 권을 집필하기에는 그리 큰 지장이 없을 것 같았으나 지금 다시 살펴보니 그게 아니었다. 스님은 이렇게 폭설이 내리고 길이 끊어질 줄 알았으면 진작에 산을 내려가 붓을 장만해 올 걸 잘못했다는 생각이 들었다.

　스님은 붓 걱정을 하며 눈을 치우러 마당으로 나갔다. 암자 앞마당엔 사람 허리께까지 푹 빠질 정도로 눈이 쌓여 있었다. 스님은 땀을 뻘뻘 흘리며 삽으로 눈을 치우며 암자 입구 돌계단까지 길을 내었다. 돌계단엔 폭설에 부러진 소나무 가지가 드러누워 있어 스님은 젖 먹던 힘까지 내어 소나무 가지를 한쪽으로 밀쳐놓았다.

그때 어디에 숨어 있었는지 족제비 한 마리가 나타나 조르르 스님한테 달려왔다.

"오, 너 왔구나. 폭설에 용케도 살아남았구나."

스님은 족제비를 안아 머리를 쓰다듬어주었다.

족제비와 스님은 오랜 친구 사이였다. 한번은 족제비가 독사 한 마리를 잡아먹다가 그만 실수로 온몸에 독이 퍼져 다 죽게 된 것을 스님이 약수와 약초로 해독을 시켜 살려준 적이 있었다. 그 뒤로 족제비는 늘 스님 곁을 떠나지 않았다.

"스님, 무슨 걱정이 있으세요?"

족제비는 스님의 얼굴에 근심스러운 기운이 있는 것을 당장 알아차렸다.

"아니다. 아무런 걱정이 없단다. 먹을 게 없으면 공연히 배곯지 말고 언제든지 날 찾아오너라."

스님은 족제비를 다시 한번 쓰다듬어주고는 방 안으로 들어가버렸다.

족제비는 필시 스님한테 무슨 큰 걱정거리가 있다는 생각이 들어 스님 곁을 떠나지 않았다. 스님이 밤새워 불경을 집필하는 동안 암자 입구 계단 위에 앉아 늘 밤하늘의 달을 쳐다보았다.

그런 어느 날 달밤이었다. 달이 구름 속으로 들어가 한참 동안 나오지 않을 때 갑자기 스님이 방문을 열고 밖으로 나와 서성거렸다.

"히히, 이거 붓이 없어 어떡한다? 이제 조금만 더 쓰면 완결이 될 텐데. 허허, 이거 나의 불찰이야. 산을 내려갈 수도 없고……."

스님은 달이 구름 밖으로 나오자 달을 쳐다보며 땅이 꺼져라 한숨을 푹 내쉬었다.

족제비는 스님이 무엇 때문에 고민을 하는지 잘 알 수 있었다. 벌써 몇 해째 암자에 칩거하면서 《염송설화》를 집필하고 있는 스님이 이제 그 마지막 순간에 붓이 다 닳아 더 이상 집필을 할 수 없게 되었다는 것을 그 누구보다도 잘 알 수 있었다.

그날 밤, 족제비는 잠이 오지 않았다. "무슨 일이 있어도 올겨울엔 완성을 시켜야지" 하시던 스님의 말씀만 자꾸 떠올랐다. 스님도 잠을 이루지 못하고 이리저리 뒤척이는 기색이 역력했다.

족제비는 지금 자신이 스님을 위해 할 수 있는 일이 무엇일까 하고 곰곰 생각했다. 그동안 스님의 은덕으로 겨우 목숨을 부지해온 자신이었다. 온몸에 독사 독이 퍼져 다 죽게 된 것을 스님이 살려주었을 때 무슨 일이 있어도 스님의 은혜만은 갚겠다고 스스로 굳게 맹세해온 그였다.

족제비는 이제 그 맹세를 실천해야 할 날이 다가온 것이라고 생각되었다. 이 한 몸 던져 스님께서 불경을 완성하실 수 있다면 죽어도 죽은 목숨이 아니라는 생각이 들었다.

이튿날 아침, 스님이 일어나 방문을 열었을 때 족제비는 바로 방문 앞에 죽어 있었다.

"아니, 이 녀석이 왜 여기에 쓰러져 있지?"

스님은 놀라 얼른 족제비를 안아 일으켰다.

족제비는 댓돌 위에 놓인 스님의 고무신에 자기의 긴 꼬리를 걸쳐놓은 채 눈은 스님이 계신 방문 쪽을 향해 있었다.

스님은 길게 손바닥을 펴 족제비의 눈을 감겨주면서 족제비의 죽음이 무엇을 의미하는지를 깊게 생각했다.

"이는 필시 우연한 죽음이 아니야. 자기 꼬리로 황모필을 만들어 불경을 완성하라는 족제비의 거룩한 뜻이 담겨 있는 거야."

스님은 족제비가 생명을 바쳐 자기 몸을 보시했다는

사실을 알고 가슴이 뭉클했다. 가슴 저 깊은 곳에서 맑은 불꽃 하나가 솟아나 스님의 온몸 구석구석을 활활 태우는 듯했다.

"족제비의 죽음을 헛되이 해서는 안 돼. 이 족제비 털로 황모필을 만들어 불경을 완성하는 것만이 족제비의 죽음을 높이 받드는 일이야."

스님은 벽장 속 깊숙이 숨겨놓았던 단도 한 자루를 꺼내 정성껏 숫돌에 갈았다.

스님은 아침 햇살이 칼끝에서 날카롭게 빛을 발하자 조심스럽게 두껍고 긴 족제비의 꼬리를 잘랐다. 그리고 깊게 눈구덩이를 파서 싸늘하게 식어버린 족제비의 시체를 묻었다.

"춥지만 여기서 좀 자고 있거라. 봄이 와서 눈이 녹으면 내 널 다시 묻어줄 테니……."

모든 게 원하는 대로 잘 이루어졌다는 듯 족제비의 입가에 잠시 미소가 스치다가 사라지는 듯했다.

스님은 젊은 시절에 몇 번 황모필을 만들어본 경험이 있었다. 먼저 족제비의 꼬리털을 푹 쪄서 잘 말린 다음, 재로 문질러 기름기를 빼내었다. 그리고 기름기가 다 빠진 털을 통 속에 넣어 원추형의 붓털 모양으로 만든 다음, 붓털의 기부基部를 실로 동여매고 인두로 지져서 고정을 시키고, 그것을 다시 붓자루에 끼워 풀로 붙여 제대로 된 황모필을 만들었다.

죽은 족제비의 꼬리털로 몇 자루의 황모필이 만들어졌다. 스님은 그 붓으로 다시 집필을 시작했다. 부처님의 말씀을 위해 목숨까지 바친 족제비의 갸륵한 마음을 높이 받들어 스님은 단 한 순간도 집필의 손을 놓지 않았다.

폭설이 몇 번 더 내리는 동안 겨울은 더욱 깊어졌다가 봄이 다시 찾아왔다. 서른 권째를 마지막으로《염송설화》를 다 완성하자 산에는 눈 녹은 물이 맑게 흐르기 시작했다.

눈이 다 녹자 눈구덩이 속에 파묻어둔 족제비의 시체가 그대로 드러났다. 족제비는 꼬리가 잘린 채 눈이 녹아 질척질척한 땅바닥에 모로 누워 잠에서 깨어날 줄을 몰랐다.

스님은 족제비의 시체를 소중히 거두어 다비茶毘를 해주었다. 족제비의 주검을 태우는 불길은 참으로 아름다웠다. 세상의 아름다움이란 아름다움은 모두 다 모여 한순간 불길 속에 타오르는 것 같았다.

이튿날, 다비의 불길이 다 꺼지고 아침이 되자 햇살에 영롱히 빛나는 것이 있었다. 그것은 사리였다. 족제비의 몸에서 나온 사리가 아침 햇살에 눈부시게 빛나고 있었다.

"아, 족제비의 몸에서 사리가 나오다니!"

스님은 혹시 그 족제비가 부처님이셨을지도 모른다는 생각을 하며 오랫동안 고개 숙여 합장 기도했다. 그리고 몇 해 동안 시주를 거둬 사리탑을 세워 족제비의 몸에서 나온 사리를 정성껏 안치했다.

우리는 지금도 그 사리탑을 찾아가 볼 수 있다. 지리산 영원사靈源寺 위쪽 길을 한참 걸어 올라가다 보면 '상무주암上無住庵'이라는 암자가 나오는데, 그 암자에 있는 삼층석탑이 바로 그것이다.

가을 파리의 슬픔

 어느 시인의 방에 사는 파리 한 마리가 고요히 유리창에 앉아 창밖을 내다보았다. 창밖엔 바람이 불 때마다 우수수 낙엽이 지고 있었다.
 지는 낙엽을 보자 파리의 마음은 퍽 쓸쓸했다. 이제 낙엽이 다 지고 겨울이 오면 곧 죽음이 찾아올 것이었다. 파리에게 겨울은 죽음의 계절일 뿐이었다. 물론 봄이 오면 새로운 삶을 사는 파리들이 태어나겠지만, 그것은 자신의 삶과는 아무 상관이 없는 일이었다.
 파리는 어떻게 하면 겨울을 이겨낼 수 있을까 하는 생각을 해보았다. 그러나 아무리 생각해도 추운 겨울을 이겨낼 수 있는 방법은 없었다. 처서가 지나고 백로가 지나면서부터 슬슬 느껴지는 추위도 잘 견디지 못하고 있는데, 이제 입동이 지나고 본격적인 겨울이 시작되면 도저히 추위를 견딜 수 있을 것 같지가 않았다.

파리는 지금까지 살아온 삶과 이제 얼마 남지 않은 자신의 삶을 생각해보았다. 왕성하게 사랑하고 번식하던 지난여름이 한없이 그리웠다.

그리움은 곧 고통이었다. 파리는 책상에 앉아 시를 쓰고 있는 시인에게 자신의 고통을 호소해보았으나, 아무리 시인이라 할지라도 자신의 고통을 이해하고 위로해주지는 못했다.

겨울이 오기 전에 파리는 이제 마지막 남은 삶을 후회 없이 살고 싶었다. 곰곰 생각해보면 볼수록 그동안 후회스러운 일이 한두 가지가 아니었다. 육체 없는 사랑은 있을 수 없다는 논리를 내세워 육체적 쾌락에 탐닉한 일도 후회스러웠지만, 무엇보다도 친구들을 제대로 사랑하지 못한 일이 후회스러웠다. 배가 부르면서도 배고픈 친구들의 먹거리를 마구잡이로 빼앗아 먹은 일이 가장 후회스러웠다.

그런데 파리의 마음이란 참으로 간사한 것이었다. 음식 생각을 해서 그런지 겨울이 오기 전에 보다 맛있는 음식을 먹어보지 못한다면 정말 후회스러울 것이라는 생각이 들었다. 그는 그동안 살아오면서 먹는 즐거움이야말로 빼놓을 수 없는 즐거움 중의 하나라고 늘 생각하고 있었으나, 정작 지금 생각해보니 무엇 하나 제대로 맛있게 먹어보지 못했다는 생각이 들었다.

파리는 겨울이 오기 전에 마지막으로 무엇이 가장 먹고 싶은지 곰곰이 생각해보았다. 그것은 시인이 늘 즐겨 먹는 꿀이었다. 시인은 설탕을 몹시 싫어한 탓으로 차를 마실 때 꼭 꿀을 넣어 단맛을 내었다. 그럴 때마다 파리는 자기도 그 꿀을 한번 먹어보고 싶었으나 단 한 번도 그럴 기회가 주어지지 않았다.

'꿀은 얼마나 맛있는 것일까. 얼마나 맛있는 것이기에 시인이 저토록 맛있게 먹는 것일까.'

파리는 그동안 시인이 먹는 밥풀도 먹어보고, 양념한 불고기도 먹어보고, 시인이 술을 먹고 토한 토사물도 먹어보았지만 꿀은 그것보다는 더 맛있을 게 분명했다.

파리는 죽기 전에 꿀을 한번 먹어보는 것을 자신의 마지막 남은 일로 정했다. 꿀맛이 어떤 것인지 알고 죽어야만 후회 없는 삶을 산 것이라고 생각되었다. 그러나 꿀을 먹을 수 있는 기회는 좀처럼 오지 않았다.

시인은 시를 쓰다가 인삼차를 곧잘 먹었는데 그럴 때마다 꼭 꿀을 몇 숟갈씩 타 먹었다. 어떤 때는 쌍화차를 먹기도 하고 미숫가루를 물에 타 먹기도 했는데 그때도 꼭 꿀 타 먹는 것을 잊지 않았다.

파리는 꿀을 먹을 수 있는 기회가 찾아오기를 끈질기게 기다렸다. 그에게는 엿보거나 기다리는 자에게는 반드시 그 기회가 찾아온다는 믿음이 있었다. 그런데 그 믿음 덕이었는지 생각보다 기회는 빨리 찾아왔다.

하루는 시인이 꿀을 넣어 인삼차를 타 먹고 꿀병의 뚜껑을 닫지 않고 그대로 두었다. 파리는 그 기회를 놓치지 않고 먼저 뚜껑에 묻어 있는 꿀을 맛보았다. 처음 혀끝에 꿀이 닿는 순간, 파리는 자신도 모르게 "아!" 하고 탄성을 내질렀다. 그것은 일찍이 맛보지 못한 달콤한 맛이었다. 정말 둘이 먹다가 하나가 죽어도 모를 정도로 맛있는 것이었다.

'내가 이 꿀맛도 모르고 죽을 뻔했구나!'

파리는 그런 생각을 하며 뚜껑에 묻어 있는 꿀을 순식간에 먹어치웠다. 그리고 꿀병의 가장자리에 묻어 있는 꿀도 먹었다. 시인이 뚜껑을 닫아버리기 전에 마음껏 먹어두는 것이 마지막 최선을 다하는 삶이라고 생각되어 부지런히 꿀을 먹었다. 자신의 몸이 꿀병 안으로 점점 깊숙이 들어가는 줄도 몰랐다. 자신의 날개 한쪽이 꿀에 살짝 닿아도 아랑곳하지 않았다.

파리는 꿀병 속으로 더 깊숙이 들어갔다. 그런데 이번에는 날개에 꿀이 너무 많이 묻어 꿀병을 빠져나오기가 힘들었다. 혹시 이대로 꿀병에 빠져 죽는 것이 아닌가 하고 덜컥 겁이 났으나 다행히 꿀병 밖으로 빠져나올 수 있었다.

그는 그제서야 더 이상 꿀병 속으로 들어가서는 안 된다는 생각이 들었다. 자칫 잘못하다가는 꿀병에 빠져 죽을 수도 있었다. 죽음을 무릅쓰고 꿀을 먹는다는 것은 참으로 어리석은 일이 아닐 수 없었다.

그는 다시 유리창가에 앉아 창밖을 내다보았다. 여전히 낙엽은 떨어지고 있었다. 마음 또한 여전히 쓸쓸했다. 꿀을 먹어서는 안 된다는 생각은 하고 있었으나 그런 쓸쓸함 탓인지 자꾸 꿀 생각이 났다. 시간이 지나면 지날수록 아카시아꿀의 달콤한 맛이 생각나 견딜 수가 없었다.

'설마 죽기야 할라고.'

파리는 다시 자리를 박차고 일어나 꿀병을 향해 날아갔다.

파리는 날개에 꿀이 묻지 않도록 조심조심하면서 꿀을 먹기 시작했다. 다행히 날개에 꿀이 묻지 않았다.

파리는 행복했다. 위험을 무릅쓰고 다시 꿀병 속으로

날아든 자신의 결단력 있는 행동이 몹시 자랑스러웠다.

아, 그러나 파리의 그러한 행복은 한순간에 깨어져버리고 말았다. 파리의 한쪽 발이 그만 꿀 속에 깊숙이 빠져버린 것이었다. 발이 빠져든다고 느껴지는 순간 얼른 발을 빼내었으나, 그 순간 다른 한쪽 발이 또 빠져버리고 만 것이었다.

발은 점점 꿀 속으로 빠져 들어갔다. 이미 양쪽 날개도 꿀에 젖어버린 지 오래였다. 아무리 날개에 힘을 줘도 날아오를 수가 없었다.

파리는 달콤하나 끈적끈적한 꿀 속으로 점점 빠져 들어갔다. '이왕 꿀 속에 빠져 죽을 거, 꿀이라도 실컷 먹자' 하는 생각을 하면서 점차 의식을 잃어가고 있었다.

어느 손 이야기

　그는 참으로 부지런한 손이었다. 잠잘 때를 제외하고는 잠시도 쉬는 일이 없었다. 봄이 오면 들에 나가 밭을 매고, 가을이 오면 논에 나가 추수를 했다. 추수하다가 낫에 손가락을 베어 피를 흘리면 상처는 오히려 영광이었다. 상처에 새살이 돋고 굳은살이 박이면 그는 그런 자신이 누구보다도 자랑스러웠다. 부지런히 일하는 손이야말로 가장 아름다운 손이라는 믿음과 긍지가 있었다.
　그런데 언제부터인가 손의 그러한 마음에 조금씩 금이 가기 시작했다. 그것은 그가 수몰된 고향을 떠나 강원도 어느 탄광의 막장 광원으로 일하게 되면서부터였다. 지하 700미터 지점에서 다시 수평으로 1200미터 정도 이동한 어느 한 지점의 막장에서 일하는 그는 늘 탄캐는 일이 힘들고 피곤했다. 농사일에 비하면 너무나 고되고 힘든 일이었다. 나무와 꽃들이 사는 땅 위에서 일한다는 것이 그 얼마나 행복한 일인지 참으로 뼈저리게 느껴졌다.

하루는 몸살감기 때문인지 집에 돌아오자 그는 몹시 피곤했다. 뜨뜻한 구들목에 자신을 누이고 추위와 노동에 시달린 몸과 마음을 마냥 쉬고만 싶었다. 그러나 그는 부엌으로 내려가 솥에 끓여놓은 뜨거운 물을 한 대야 퍼서 발을 씻기지 않으면 안 되었다. 사실 늘 발을 씻겨온 그로서는 발을 씻기는 일이 뭐 별로 새삼스러운 일도 아니었다. 발을 씻기면 자연히 자신도 깨끗해진다는 것을 잘 알고 있었으므로 단 한 번도 발을 씻기는 일을 싫어해본 적이 없었다.

그러나 그날따라 그는 꼼짝도 하기 싫었다. 뜨거운 물에 닿는 것조차 싫고 짜증스러웠다. 그렇지만 그동안 늘 그랬던 것처럼 발을 씻기지 않을 수 없었다. 그런데 그날 그는 하얗고 깨끗한 발을 씻기다가 문득 발이 밉살스럽게 여겨졌다. 시커멓게 탄가루가 묻을 정도로 열심히 일한 그가 일하지 않은 허연 발까지 씻겨주어야 한다는 사실은 무척 잘못된 일이라는 생각이 들었다.

그날 밤. 그는 잠이 오지 않았다. 그렇게 피곤한 가운데서 정성껏 씻겨주었음에도 불구하고 조금도 고마운 줄 모르고 쿨쿨 잠만 자는 발을 보자 몹시 마음이 언짢았다.

'나는 왜 항상 발을 씻겨주어야 하지? 발이 나를 씻겨주면 안 되나?'

그는 왜 자신이 늘 발을 씻겨주어야 하는가 하는 문제에 대해서 깊은 생각을 하게 되었다.

'발은 나를 위해 아무 일도 하지 않잖아. 항상 나의 도움을 받으면서도 고마워할 줄도 모르잖아.'

잠이 오지 않는 가운데 생각은 꼬리에 꼬리를 물었다. 그는 생각할수록 늘 자신의 융숭한 대접만 받고 주인 노릇까지 하려고 드는 발이 섭섭하다 못해 괘씸한 생각이 들었다.

'난 발의 하인이 아니야. 난 나야. 내일부터 난 발을 위해 살지는 않을 거야.'

그는 그런 생각을 하면서 그날 밤을 뜬눈으로 새웠다.

그러나 다음 날에도, 또 그다음 날에도 그는 발을 위해 일을 하지 않으면 안 되었다. 갱차를 타고 지하 막장으로 가서 일일이 자신의 힘으로 곡괭이질을 해서 탄을 캔 뒤, 고단한 몸으로 집으로 돌아와서는 조금도 쉴 틈

없이 또 발을 씻기지 않으면 안 되었다.

그는 그렇게 살아야만 하는 자신이 몹시 못마땅했다. 자신이 오직 발을 위해서만 사는 것 같아 몹시 억울한 생각이 들었다.

'무슨 좋은 수가 없을까?'

그는 몇 날 며칠 곰곰 생각하다가 일부러 갱목 사이에 자신을 처박아버렸다. 당장 손등이 시퍼렇게 부어오르고 피멍이 들었다. 조금만 움직여도 아픔이 엄습해 아무 일도 할 수 없었다.

'내가 이렇게 아픈데 발도 어쩌지 못하겠지. 이제 발을 위해 사는 일은 없을 거야.'

그는 은근히 그렇게 된 자신이 좋았다. 어떻게 하면 오랫동안 앓아누울 수 있을까 하는 생각 끝에 상처를 속으로 덧나게 만들어 한 일주일간 더 오래 앓아누워 있었다.

그렇게 앓아누워 있는 동안 그가 알게 된 것은 상처의 고통보다는 게으름의 즐거움이었다. 게으름은 그를 즐겁게 했다. 그는 그 즐거움을 놓치고 싶지 않아 숟가락을 드는 일조차 싫어할 정도로 게을러지려고 애를 썼다. 배가 고파 견딜 수가 없을 정도가 되어서야 어쩌다가 겨우 숟가락을 들었다.

그런데 그의 생각과는 달리 손이 게을러지자 발도 적

당히 게을러지고 있었다. 어디 크게 아프지도 않으면서 발은 가만히 앉아 있거나 누워 있기 일쑤였다. 손은 그런 발을 보자 몹시 속이 상했다.

하루는 오른손이 왼손을 보고 말했다.

"왼손아, 우리가 왜 발을 위해서 살아야 하니? 난 저 발이 미워죽겠어. 어떻게 하면 좋겠니?"

"그냥 이해해. 우린 누구를 위하든 위하면서 살도록 태어났어. 그게 우리의 숙명이야."

왼손은 갱목에 다친 상처의 흔적이 아직 남아 있는 오른손을 가만히 쓰다듬어주면서 말했다.

"아니야, 난 이제 발을 위해 살 수는 없어. 난 발의 하인이 아니야. 난 그동안 쥐가 나면 문질러주고, 더러우면 씻어주고, 발톱이 길게 자라면 깎아주고, 발가락이 아프면 열심히 약을 발라주었어. 그런데 발은 나를 위해 아무것도 한 일이 없어. 그동안 내가 너무 어리석었던 거야."

"네가 어리석은 게 아니야. 우리들의 사랑에는 그런 맹목성이 필요한 거야."

왼손과 오른손이 이런 이야기를 나누고 있는 동안에도 발은 그들의 이야기에 조금도 귀를 기울이지 않고 딴 짓만 하고 있었다.

"발아, 넌 왜 나를 위해 아무 일도 하지 않니?"

화가 난 오른손이 참으로 섭섭하다는 눈초리로 발을 쳐다보았다. 그러나 발은 여전히 아무런 관심도 없다는 듯 멀뚱한 눈으로 손을 한번 힐끔 쳐다볼 뿐이었다.

오른손은 발의 그런 무표정한 얼굴을 보자 자기도 모르게 미움의 칼날이 시퍼렇게 곤두섰다. 언제까지나 발을 위해 살아야 한다면 아예 지금 발을 없애버리는 게 더 낫다는 생각이 들었다.

그날 밤, 막장에서 야간 근무를 할 때였다. 오른손은 탄을 캐던 곡괭이로 왼손 몰래 발을 힘껏 찍어버렸다. 순간, 손은 일찍이 단 한 번도 느껴보지 못한 통증에 몸부림치다가 그만 정신을 잃고 말았다.

창덕궁 잉어

　창덕궁 후원에는 부용정芙蓉亭도 아름답지만, 부용정을 끼고 있는 연못도 아름답다. 비록 인공으로 만들어진 좁은 연못이지만, 그 속에는 수십 마리의 잉어들이 살고 있었다. 연못은 여름에 가뭄이 들었다고 해서 물이 마르는 일이 없었으며, 먹이 또한 부족한 일이 없었다. 특히 가을에 붉은 단풍잎이 떨어지면 누가 잉어이고 누가 단풍잎인지 알 수 없는 아름다운 풍경이 펼쳐졌다. 겨울에는 두껍게 언 얼음장 밑에서 고요히 휴식을 취할 수도 있어 잉어들은 그곳에 사는 일이 더없이 행복했다.
　잉어들 중에 임금님이 즐겨 찾으시는 창덕궁 후원에 산다는 사실에 대해 유난히 자부심을 지닌 한 젊은 잉어가 있었다. 그는 임금님께서 신하들을 거느리고 후원에 라도 나오면 언제나 가슴이 뿌듯했다.

"참 아름다운 곳이야. 저 잉어들을 좀 보게나. 마치 우릴 마중 나온 것 같지 않은가."

임금님께서 파안대소破顔大笑하며 그런 말씀이라도 하실 때는 창덕궁 후원 연못에 사는 한 마리 잉어로서의 자부심은 더욱 깊어졌다.

그날도 임금님이 신하들과 함께 후원으로 산책을 나온 날 밤이었다. 밤하늘엔 휘영청 보름달이 떠 있었다. 연못의 맑고 잔잔한 물결 위에도 두둥실 보름달이 떠 있었다.

"연못에 달이 뜨니 더욱 아름답구나."

임금님은 흡족한 미소를 띠며 천천히 발걸음을 옮기고 있었다.

임금님 말씀대로 둥근 보름달이 비친 연못은 아름답기 그지없었다. 살며시 손을 뻗으면 연못에 뜬 달을 그대로 손에 움켜쥘 수 있을 것만 같았다.

"연못아, 이제 알겠지? 네가 왜 아름다운 줄 말이야."

그때 연못의 귀에 느닷없이 보름달의 목소리가 스쳐지나갔다. 연못은 행여 달이 일그러지기라도 할까 봐 미동도 하지 않고 그대로 가만히 있었다.

"넌 지금 나 때문에 아름다워진 거야. 내가 연못에 뜨니까 이 얼마나 아름다우냐 말이야."

보름달은 약간 으스대면서 이번에는 목에 약간 힘이 들어간 목소리를 내었다.

"만일 내가 연못에 비치지 않았다면 넌 아름답지 않았을 거야. 그러니까 앞으로 나한테 늘 고맙다고 해. 알았지?"

연못은 갑자기 말문이 막혀서 무슨 말을 해야 할지 알 수 없었다.

"너, 지금, 갑자기 무슨 소릴 하는 거니? 내가 너 때문에 아름답다고?"

연못은 보름달의 말에 은근히 마음이 상했다. 이대로 가만히 있다간 보름달의 말을 인정하는 꼴이 될 수 있다 싶어 말을 이었다.

"보름달아, 제발 그런 소리 좀 하지 마. 지금 내가 널 고요히 품고 있으니까 네가 아름다운 거야."

"무슨 소리! 임금님께서도 방금 그러셨잖아. 연못에 달이 뜨니 더욱 아름답다고 말이야. 내가 연못에 뜨지 않았으면 임금님께서 그런 말씀을 하실 리 없지."

"그래, 네가 비치니까 내가 더욱 아름다워진 건 사실이야. 그렇지만 내가 움직이지 않고 가만히 있기 때문에 네가 비친 거야. 네가 지금 둥글게 제 모습을 지니고 있는 건 바로 나 때문이라는 걸 알아야 해."

연못은 산책하시는 임금님께 방해가 될까 봐 조심조심 낮은 목소리를 내었다.

"하하, 그렇지 않아. 그건 원래 내가 아름답기 때문이야. 연못이 아름다운 것도, 밤하늘이 아름다운 것도 다 나 때문이라구."

보름달의 목소리는 더욱 힘이 들어가 거만하게 느껴졌다. 그러나 연못은 임금님이 들으실까 봐 걱정이 돼 더욱 낮은 소리를 내었다.

"난 지금 당장이라도 널 부숴버릴 수 있어. 그렇지만 임금님이 지금 계시니까 내가 참는 거야. 그런 줄이나 알아."

"하하, 네 말에 내가 겁낼 줄 알고?"

보름달은 좀처럼 물러설 기세가 아니었다. 연못 또한 쉽게 물러나고 싶지 않았다.

"왜 이렇게 시끄러운 거니? 너희들 좀 조용히 해주면 안 되는 거니?"

이번에는 연못 속에서 그들의 언쟁을 지켜보고 있던 잉어가 참다못해 그들 사이에 끼어들었다.

"임금님께서 나오셨는데 너희들, 도대체 왜 그러는 거니?"

"아, 알았어, 알았어. 조용히 할게……."

잉어가 소리치자 보름달도 연못도 입을 다물고 가만히 있었다.

그러나 임금님이 궁궐로 돌아가자마자 그들은 다시 말다툼을 하기 시작했다.

"우린 달이 없어도 얼마든지 아름다울 수 있어."

연못이 그동안 참고 있었다는 듯 먼저 불쾌한 심사를 드러내었다.

"하하, 내가 없어봐, 넌 그냥 초라한 연못에 불과해. 네가 아름다운 건 어디까지나 내 덕이야. 그러니까 고마운 줄 알라 이거야."

보름달 또한 가만히 있지 않고 연못을 무시하는 태도를 취했다.

"하하, 난 널 산산조각 낼 수도 있다니까!"

"난 강물 위에도 바다 위에도 비쳐. 너한테만 비치는 게 아니야. 바로 내가 있기 때문에 이 세상 모든 밤이 다 아름다운 거란 말이야."

싸움은 쉽게 끝나지 않았다. 날이 갈수록 격화되어 임금님이 산책 나오지 않는 밤이면 후원에 사는 꽃과 나무와 물고기들은 도대체 시끄러워 잠을 잘 수가 없었다.

잉어도 잠을 잘 수 없어 고통스러웠다. 그래도 그는

달보다 연못 편을 들었다. 일단 달이 물에 비치지 않으면 아무런 문제도 발생되지 않는다는 게 그의 생각이었다. 그런데 달은 밤이 되면 꼭 연못에 얼굴을 내비쳤다. 보름달뿐만 아니라 초승달도 반달도 내비쳤다. 잉어는 그게 달의 잘못이라고 생각했다.

"달이 저렇게 고집을 부리니 무슨 좋은 수가 없을까?"

잉어가 옆에 있는 연꽃한테 물어보자 연꽃은 빙긋 미소만 띤 채 아무 말이 없었다.

"넌 무슨 좋은 수가 없겠니? 넌 파문을 일으키는 데는 선수잖아."

연꽃 위에 앉아 있는 개구리한테 물어보아도 그저 가만히 웃기만 할 뿐이었다.

"좋아, 그럼 내가 나서는 수밖에!"

잉어는 빠른 속도로 헤엄을 치기 시작했다. 그러자 다른 잉어들도 평소보다 몇 배나 빠른 속도로 그의 뒤를 따라 헤엄을 치기 시작했다.

고요하던 수면이 갑자기 일렁거렸다. 그러자 달이 이리저리 찌그러지기 시작하더니 그만 산산조각 나버리고 말았다.

"거봐. 큰소리치지 말라고 그랬잖아!"

잉어가 달을 보고 말했다. 그러나 달은 뿌연 달빛만

남긴 채 어디로 갔는지 보이지 않았다.

"잉어야, 고마워!"

연못이 잉어의 손을 잡고 눈물을 글썽거렸다.

그러자 다시 수면이 거울처럼 잔잔해졌다. 부서져 보이지도 않던 달이 다시 물 위에 두둥실 나타났다.

"아니, 저럴 수가!"

잉어는 놀라 다시 힘껏 헤엄을 쳤다. 달은 다시 산산조각 나버리고 말았다.

그날 이후 잉어는 밤이 되면 잠시도 쉬지 않고 헤엄을 쳤다. 날이 흐리거나 비나 눈이 오는 날이 아니면 헤엄을 치느라 밤새도록 잠 한숨 자지 않았다.

"잉어 저 녀석! 내 가만두지 않을 거야!"

달은 그런 잉어를 그대로 가만히 두고만 볼 수가 없었다. 어떻게 하면 잉어가 다시는 그런 짓을 할 수 없도록 할 수 있을까 하고 생각에 생각을 거듭했다. 그러다가 어느 날 바람의 힘을 빌려 잉어를 연못 귀퉁이에 놓여 있는 커다란 돌 속에다 집어넣어버렸다.

지금도 그 잉어는 창덕궁 후원 연못 모서리에 있는 네모진 돌 속에 갇혀 있다. 부용정 쪽을 향해 꼬리가 약간 치켜 올라간 것을 보면 잉어는 돌 속을 빠져나오려고 여간 몸부림친 게 아닌 듯하다.

물론 밤이 되면 달과 연못은 지금도 다툰다. 서로 자기 때문에 아름다운 것이라고 언성을 높이면서…….

탁목조啄木鳥

경기도 깊은 숲속에 사는 외롭고 늙은 나무 한 그루. 그는 제법 나이가 많아 사람들이 그를 부를 때 가끔 고목이라고 부르기도 한다. 나무는 사람들이 자기를 그렇게 부를 때마다 늘 마음이 언짢았다.

"나는 아직 젊어! 아직 청년이야. 이 튼튼한 둥치를 보라고!"

그는 누가 고목이라고 부르기만 하면 마음속으로 그렇게 크게 소리쳤다. 그러나 그것은 어디까지나 그의 생각일 뿐 그는 인간으로 치면 환갑을 막 넘긴 나무라고 할 수 있었다.

그도 그럴 것이 그는 요즘 예전과는 무척 달랐다. 겨

울에 찬바람이 조금만 불어와도 쉽게 추위를 타고 허리를 구부렸으며, 눈이 조금만 내려도 가지 위에 쌓인 눈의 무게를 이겨내지 못하고 밤새 끙끙 앓는 소리를 내었다. 어디 그뿐인가. 벼락이 내리치는 여름날에도 예전과 같지 않았다. 예전엔 번개와 천둥소리가 숲을 가르고 벼락이 내리치면 "그래, 칠 테면 한번 쳐봐!" 하고는 늠름한 숲의 아버지와 같은 모습을 보여주었다. 그러나 요즘은 번쩍 번개만 쳐도 잔뜩 웅크리고 겁부터 먹었다. 고목다운 기품이라고는 찾아보려고 해도 좀처럼 찾아보기 어려웠다.

더구나 그는 예전과 달리 외로움을 많이 탔다. 평소 슬하에 자식 하나 없어도 대수롭지 않게 여기던 그였다.

"이 숲속의 모든 나무가 다 내 자식들이지."

여유만만하게 늘 그렇게 말해왔으나 그는 이제 깊은 외로움에 몸을 떨었다.

그건 누굴 진정으로 사랑해본 적이 없는 까닭이었다.

그는 젊을 때부터 외톨이였다. 도통 누구와 다정하게 지내질 못했다. 새들이 가까이 가기만 하면 몸을 흔들어 쫓아버렸다. 별빛이 쉬었다 가려고 나뭇가지에 잠시 내려앉기라도 하면 "누굴 잠 못 자게 하려고 작심을 했나, 왜 나한테 와서 이러는 거야?" 하고 소리를 질러 별빛을 멀리 쫓아버렸다. 그러니 달빛인들 살갑게 다가갈 수 있었겠는가. 저녁이 오기 전까지 하루 종일 비치는 햇빛을 싫어하지 않는 것만 해도 다행이었다.

그러니 그는 숲속의 고독자일 수밖에 없었다. 아무도 그와 친하게 지내려 하지 않았다. 그의 몸을 굴처럼 파고 땅속 깊이 들어가 그의 뿌리를 먹고 사는 유지매미 애벌레가 그와 친한 녀석이라면 친한 녀석이었다. 그래도 그는 애벌레가 매미가 되어 그의 몸에 붙어 하루 종일 울어대면 시끄럽다고 야단이었다.

그런 어느 날, 그는 자신이 늙어가고 있다는 사실을, 그 늙음을 통해 죽음과 보다 가까워지고 있다는 사실을 스스로 인정하지 않을 수 없었다.

'푸석푸석한 게 내 껍질이 이게 뭔가. 벌레들도 이젠 내가 무섭지 않나 봐. 겁 없이 기어오르는 걸 보니. 저 맵시벌도 전엔 얼씬도 하지 못했는데, 이젠 침을 다 놓고 가는군.'

그는 자신을 물끄러미 내려다보았다. 곰팡이균에 의해 희끗희끗 말라가는 게 껍질뿐만이 아니었다. 그토록 단단하고 건강했던 체관부와 물관부도 어느새 저항력이 약해져 분해균들에게 침범당해 바싹 말라 있었다.

'이제 죽어 흙이 될 때가 됐나 보군. 참 아쉽네, 아쉬워.'

그는 지난날을 돌이켜보았다. 후회되지 않는 일보다 후회되는 일이 더 많았다. 무엇보다도 숲속에 사는 이웃들과 다정하게 지내지 못한 일이 더 크게 후회되었다.

'내가 참 잘못했어. 이제부터라도 나를 좀 나누어 주도록 하자. 이제 내가 무엇을 아까워할 것인가. 지금이라도 내가 해야 할 아주 중요한 일이 분명 있을 거야.'

그는 앞으로 무엇을 가장 중요하게 생각하며 살아야 할 것인가 하고 곰곰 생각에 잠기는 날이 잦아졌다. 그러자 자신을 지키려고 애쓰며 살아올 때에는 미처 느껴보지 못한 평안함이 느껴졌다. 그러면서 문득 가슴속에 샘처럼 솟아오르는 것이 있었다.

그것은 새들에 대한 사랑이었다.

'그래, 이 숲속의 모든 새들이 지금이라도 나를 찾아왔으면 좋겠어. 지난날, 새들을 다 쫓아내버린 나는 그 얼마나 어리석었던가.'

그는 자신도 모르게 새들을 향해 크게 소리쳤다.

"새들아, 이제 날 좀 찾아오렴!"

그러나 아무리 소리쳐도 새들은 날아오지 않았다. 오히려 시끄럽다고 잔소리를 늘어놓았다.

"좀 조용히 하세요. 전엔 우릴 쫓아내더니 지금 와서 그게 무슨 소리예요?"

"전엔 그랬지만 지금은 그렇지 않아. 어디 쉴 데가 없으면 나한테 날아와 쉬렴."

"싫어요. 쉴 데는 많아요."

새들은 좀처럼 그를 찾지 않았다.

"그동안 참 미안했다. 용서해다오."

새들은 그가 진정으로 용서를 청해도 듣는 척 마는 척 다른 젊은 소나무 위로 날아가 버렸다.

그는 우울했다. 남은 삶을 새들과 함께 지내겠다는 생각이 크게 잘못된 생각이라고 여겨지자 날이 갈수록 외롭고 우울한 심사에 빠져들었다.

'아, 차라리 내가 새들에게 날아갈 수 있다면……'

그는 점차 기다림의 우울함에 지쳐갔다.

그런 어느 봄날 아침이었다. 느닷없이 새 한 마리가 그에게 날아와 앉아 그를 빤히 쳐다보았다. 처음 보는, 머리에 빨간 장식털이 있는 아름다운 새였다.

그는 가슴이 쿵쿵 뛰었다.

"넌 누구니?"

새는 말이 없었다. 날카로운 부리로 콕콕 그의 둥치를 쪼아보기만 할 뿐 아무 말이 없었다.

"어쩜 그렇게 예쁘니. 이제 자주 놀러 와. 이 숲에서 내가 가장 편안할 거야. 그러니까……"

그는 계속 말을 하고 싶었으나 새는 그의 말이 채 끝나기도 전에 푸르릉 날아가버렸다.

그날부터 그는 그 새를 기다리기 시작했다. 그가 사랑은 기다림에서부터 시작된다는 것을 알게 된 것은 그때가 처음이었다.

'그래, 나도 누군가를 늘 사랑하고 싶었어. 내 삶이 외로웠던 건 그동안 내가 아무도 사랑하지 않았기 때문이야. 이제 내가 마지막으로 할 수 있는 일은 바로 저 새를 사랑하는 일이야.'

새는 그의 기다림에 보답이라도 하듯 하루 몇 차례씩 날아왔다.

그는 새가 날아와 앉을 때마다 가슴이 떨렸다. 어떤 때는 너무 떨려 숨쉬기조차 힘들었다.

"넌 어디서 사니?"

새는 말을 붙여도 말없이 가지 위로 기어가는 애벌레들을 쪼아 먹을 뿐이었다.

"넌 벌레를 좋아하는구나. 내가 실컷 먹도록 해줄게."

그는 애벌레들이 새잎이 막 돋아난 가지 위로 기어오르는 것을 애써 말리지 않았다. 그러자 유충들마다 깨어나 이리저리 그의 몸 곳곳을 기어다녔다.

"자, 봐! 내겐 네가 좋아하는 벌레들이 많잖아. 마음껏 먹어, 응?"

그는 새가 벌레를 잘 잡아먹을 수 있도록 힘껏 팔을 벌리고 가만히 서 있었다. 새는 정말 맛있다는 듯이 하루 종일 애벌레들을 잡아먹었다.

"겉에 있는 것만 먹지 말고, 내 안에 있는 것도 좀 먹어보렴. 딱정벌레 유충도 내 몸속에 많아."

"그걸 먹으려면 당신 몸을 막 쪼아야 해요."

새는 그제서야 미소를 띤 얼굴을 하고 그에게 입을 열었다.

"그래도 괜찮아."

"쪼면 아플 텐데요."

"그래도 괜찮아, 정말이야."

"정말 괜찮으시다면……."

새는 날카롭고 딱딱한 부리로 그의 몸을 "딱! 딱!" 소리가 날 만큼 강하게 쪼아대었다. 그는 무척 아팠으나 새를 사랑하려면 이 정도 아픔쯤은 참아내어야 한다는 생각이 들었다.

"넌 집이 어디니?"

"이제 지어야 돼요."

"어디다 짓는데?"

"글쎄요. 지금 생각중이에요."

새는 배가 고프면 가끔 날아와 그렇게 애벌레들을 먹고 날아갔다. 어떤 날은 하루 종일 기다려도 오지 않는 날도 있었다. 그런 날은 새가 보고 싶어 그는 봄 햇살조차 따스하게 느껴지지 않았다. 이러다가 새가 영영 찾아오지 않으면 어떡하나 하고 걱정이 되었다.

'나를 찾아준 유일한 새인데 이대로 가만히 있을 수는 없어.'

그는 새를 놓치고 싶지 않았다. 어떻게 하면 가슴속 깊이 품고 늘 만날 수 있을까 하고 곰곰 생각하다가 하루는 새에게 간곡히 말했다.

"이제 이리저리 옮겨 다니지 말고 아예 나한테 집을 짓고 살아. 응?"

"그럼 힘드실 거예요. 전 까치처럼 나뭇가지에 얼기설기 집을 짓지 않아요. 부리로 당신 둥치를 쪼아 굴처럼 집을 지어요. 그래도 괜찮아요?"

"괜찮아. 너의 행복이 곧 나의 행복이야."

"호호, 많이 아프실 텐데요."

"괜찮아."

"피가 날 텐데요."

"괜찮아. 그 정도 고통 없이 어떻게 내가 네 사랑을 얻을 수 있겠니. 사랑에는 고통이 따른다는 거, 나도 잘 알아."

"그럼 좋아요. 집을 짓는 동안, 아파도 아프다는 소릴 하면 안 돼요."

"그래, 안 할게."

그 뒤, 광릉이라고 일컫는 경기도 숲속엔 새가 부리로 "딱! 딱! 따악! 딱!" 나무둥치를 파는 소리가 들렸다. 그리고 또 얼마 뒤 신록이 우거지자 잎새들 사이로 아기새에게 부지런히 먹이를 먹이는 어미새의 모습도 보였다. 사람들은 그 새를 딱따구리라고 하기도 하고 탁목조라고 하기도 했다.

소나무와 사과나무의 대화

 사과 과수원 돌담 한쪽, 초가집처럼 생긴 커다란 바위 한 가장자리에 어린 소나무 한 그루가 살고 있었다. 그 소나무는 바위 곁에 너무 바짝 붙어 있어 얼핏 보면 바위 속에 깊게 뿌리를 내리고 있는 것 같았다. 그래서 하루는 과수원에 사는 사과나무가 소나무한테 말을 걸었다.
 "소나무야, 넌 정말 대단하다. 힘이 얼마나 세면 바위에다 뿌리를 내릴 수 있니?"
 따스한 봄 햇살에 잠깐 졸고 있던 소나무가 눈을 크게 뜨고 사과나무를 바라보았다.
 "내가 그렇게 보이니? 내가 정말 바위에 뿌리를 박고 있는 것 같아?"

"응, 우린 다들 널 부러워해. 어떻게 하면 우리도 너처럼 바위에 뿌리를 내릴 수 있을까 하고."

소나무는 눈을 똥그랗게 뜬 채 아주 진지한 얼굴로 말하는 사과나무가 좀 우습게 생각되었지만 점잖게 가다듬은 목소리를 내었다.

"그건 오해야. 난 바위에 기대고 있을 뿐이야. 나도 너처럼 흙에다 뿌리를 내리고 살아."

"그래? 그렇다면 내가 속았구나. 난 네가 바위를 뚫는 힘이 있는 줄 알고 참 대단하다 싶었는데……."

사과나무는 어처구니없다는 표정을 지으며 한참 동안 소나무를 쳐다보았다.

"오해하지 마. 내가 널 속인 건 아니니까. 바위는 내가 힘들 때 기댈 수 있는 어머니 같은 존재야. 그동안 바위가 없었다면 난 참 힘들었을 거야. 겨울에 바람이 세차게 불어올 때 바위에 기댈 수 없었다면 어쩜 난 뿌리가 흔들려 쓰러지고 말았을 거야."

소나무는 바람도 불어오지 않는데도 아이가 엄마한테 기대듯 은근히 바위에 몸을 기댔다.

"내가 보기엔 넌 조금도 힘들어 보이지 않아. 아무리 강한 바람이 불어와도 넌 흔들리지 않을 것 같아."

사과나무는 그동안 소나무가 바위에 뿌리를 내리고

있다고 생각한 탓인지 그런 소나무의 말이 쉽게 믿어지지 않았다.

"아니야, 그렇지 않아. 난 사실 하루하루가 너무 힘들어. 뿌리를 뻗기가 그리 쉽지 않아. 넌 아무런 장애물이 없기 때문에 흙에 쉽게 뿌리를 내릴 수 있지만 난 그게 아니야. 난 돌투성이 돌밭을 통과해야만 뿌리를 내릴 수 있어. 예전에 과수원을 개간할 때 돌이 많이 나왔는데 그 돌들이 다 여기에 있거든. 여기 이 돌담도 바로 그 돌로 쌓은 거야."

소나무는 정말 힘들어 죽겠다는 듯 한쪽 어깨를 몇 번 흔들었다.

"그럼 뿌리를 내릴 때 무척 아프겠네."

"그럼, 아프지. 지금도 커다란 돌멩이한테 걸려 더 이상 뿌리가 뻗어가지 못하고 있어. 돌멩이를 지나 부드러운 흙이 있는 곳에 다다르려면 오랜 시간이 걸리겠지. 그렇지만 난 참고 견딜 수 있어. 살아간다는 건 바로 이런 어려움을 견디는 일이야."

사과나무는 고개를 숙여 자신의 발밑을 살펴보았다. 거친 돌멩이 하나 없는 부드러운 흙 속에 튼튼하게 뿌리를 내리고 있는 자신이 퍽 다행스럽게 느껴졌다.

"그런데 넌 왜 혼자 여기 있니? 외롭지 않아?"

사과나무는 어린 소나무가 돌담 곁에 혼자 있다는 사실을 그제야 알았다는 듯 화들짝 놀라는 표정을 지었다.

"왜 외롭지 않겠니. 그렇지만 내 곁에 이렇게 바위도 있고, 너희들도 있잖아."

"그래, 나도 외로울 때가 참 많아. 이 세상에 외롭지 않은 이는 아무도 없어. 사과가 붉게 익어가는 것은 결국 외로움이 익어가는 거야."

"그래, 맞아. 외로움을 참고 견딜 수 있어야 빨갛게 익은 아름다운 사과가 될 수 있을 거야. 외로움을 견디지 못하면 이 세상에 그 누구도 아름다운 열매를 맺을 수 없을 거야. 내가 솔씨일 때 엄마가 이 척박한 땅으로 나를 바람에 날려 보내신 건 아마 아무리 힘든 일이 있어도 잘 참고 견뎌낼 수 있는 소나무가 되라고 그러신 걸 거야."

어린 소나무와 사과나무가 소곤소곤 이야기를 하는 사이에 점점 과수원의 밤은 깊어갔다.

그 뒤 한 달쯤 지난 어느 봄날이었다. 어깨에 초승달을 인 어린 소나무가 어디가 아픈지 온몸에 기운이 없어 보였다.

"소나무야, 어디 아프니? 왜 그렇게 힘이 없니?"

사과나무가 길게 가지를 뻗어 소나무의 어깨를 흔들

었다.

"응, 목이 마르고, 배가 좀 고파."

"그럼 밥을 먹어야지. 그러다 쓰러지면 어떡하려고?"

"걱정하지 마. 곧 괜찮아질 거야."

"그런데 도대체 넌 뭘 먹고 살아?"

"땅속에 있는 걸 그냥 간신히 조금만 먹고 살아."

"조금?"

"난 너처럼 그렇게 많이 먹지 않아. 먹고 싶어도 별로 먹을 게 없기도 하지만……."

"미안해. 난 조금만 배가 고파도 사람들이 비료를 줘. 조금만 목이 말라도 물도 주고. 내가 노력하지 않아도 먹을 건 얼마든지 있어. 그래서 먹을 걱정은 안 해."

사과나무는 자신이 아무런 배고픔 없이 사는 데 비해 소나무는 제대로 먹지도 못하고 산다 싶어 무척 안타까웠다.

그러나 그로서는 소나무에게 밥을 줄 수가 없었다. 사람들이 소나무한테도 비료를 좀 주면 좋으련만 사람들은 소나무가 굶든 말든 아무런 관심이 없었다. 그건 소나무가 독감에 걸려 몇 날 며칠 마른기침을 해도 마찬가지였다.

"소나무야, 난 아프면 사람들이 약을 주는데, 넌 아파도 약도 먹지 못하니 정말 미안하다."

"아니야, 난 아파도 괜찮아. 아프면서 크는 거야. 걱정하지 마."

사과나무는 사람들이 소나무한테도 약을 좀 주길 바랐으나 소나무가 아무리 아파도 약 한번 주지 않았다.

세월이 지났다. 어린 소나무는 어른 소나무가 되었다. 푸른 하늘을 향해 약간 구부러진 듯하면서도 길게 쭉 뻗은 모습이 한없이 늠름하고 아름다웠다.

"저 소나무 이름이 뭔지 아니? 바로 적송赤松이라고 해. 우리나라 사람들이 가장 좋아하는 나무야."

소나무 아래 앉아 사람들이 그런 말을 주고받았다.

키 작은 사과나무도 크게 자랐다. 사람들이 키가 자라지 않도록 윗가지를 쳐버리는 바람에 옆으로 가지를 뻗으며 굵게 자라 과수원에 있는 그 누구보다도 사과가 많이 열리는 나무가 되었다.

그러나 다시 또 많은 세월이 지난 뒤, 사과나무는 자기도 모르게 깊은 병에 걸려 시름시름 앓게 되었다. 맑은 햇살 아래 잘 익은 사과를 주렁주렁 매달고 오랫동안 서 있고 싶었으나 이제 그렇게 할 수가 없었다. 그는 껍질이 자꾸 벗겨지고 온몸이 점차 말라가는 '부란병'이라는 암을 앓는 암 환자가 되어 하루하루를 고통 속에서 보내게 되고 말았다. 그것은 조금만 몸이 아파도 사람들이 주는 약을 먹고, 조금만 배가 고파도 사람들이 주는 화학비료를 먹으며 오랫동안 살아온 탓이었다.

벼와 피

잠이 오지 않았다. 내일 모내기를 한다는 말을 들은 이후부터 왠지 마음이 불안했다. 친구들은 "논에 가서 살면 어때? 어디 가서 산들 그게 무슨 대수냐?" 하고 코까지 골면서 잠을 잤으나 나는 통 잠을 이룰 수 없었다.

아무리 생각해도 이대로 못자리에서 사는 게 더 좋을 것 같았다. 그동안 못자리에 사는 데에 아무런 불만이 없었다. 자그마한 씨앗에 불과했던 내 몸에 뿌리가 나고 푸른 줄기가 돋아 마냥 신비스러울 뿐이었다.

"난 이사 안 갈 거야. 이대로 여기에서 살 거야."

나는 혼자서라도 못자리에 남을 결심을 했다. 그러자 친구들은 까르르 웃음을 터뜨렸다.

"그래, 네가 원한다면 너 혼자 여기서 살아. 우리는 넓은 논으로 가서 살 테니!"

"그래, 좋아! 난 여기서 살 거야!"

나는 친구들에게 큰소리를 쳤다.

그러나 그건 나의 허망한 소리에 불과했다. 나는 먼동이 트자마자 논두렁에 내던져졌다. 농부들이 친구들과 나를 한데 묶어 논두렁에 내던져버린 것이다.

논두렁 한구석에 처박힌 나는 한동안 정신을 잃었다. 겨우 정신을 차렸을 때는 이미 해가 중천에 떠 있었고, 일꾼들은 모내기를 잠시 중단하고 막걸리를 마시고 있었다. 논에는 물이 찰랑거리고 있었고, 나는 물속 깊이 뿌리를 내리고 있었다.

"이제 괜찮아?"

바람이 달려와 엄마처럼 내 몸을 쓰다듬어주었다. 누구보다도 변화를 두려워하는 나였지만 못자리를 떠나 논으로 옮겨진 게 그리 싫지는 않았다.

들판은 푸르렀다. 모내기가 끝난 들판은 마치 거대한 푸른 보자기를 펼쳐놓은 것 같았다.

우리들은 하루가 다르게 키가 크기 시작했다. 서로 키 크기 시합이라도 하듯 쑥쑥 자라 들판을 푸르게 가꾸어 나갔다.

어느새 내 몸도 서너 뼘이나 커졌다.

"바람아, 내가 여기 오지 않고 그대로 못자리에 있었다면 어떻게 되었을까?"

"그렇다면 제대로 자라지도 못하고 죽고 말았겠지."

"맞아. 못자리는 더 이상 살 곳이 못 돼. 우리가 계속 자라기에는 너무나 좁은 곳이야."

바람은 계속 나를 쓰다듬어주었다.

나는 바람에게 계속 질문을 퍼부었다.

"바람아, 내가 여기에서 자라 무엇이 되지?"

"그걸 몰라?"

"응."

"그것도 모르다니, 넌 벼가 되는 거야"

"벼가 뭐지?"

"너희들이 다들 되고 싶어하는 거야. 첫가을 무렵에 흰 꽃이 피고 열매를 맺고 익는데, 그 열매를 사람들이 쌀이라고 해. 사람들의 주식이지. 그러니까 사람들은 너희들이 없으면 먹고살 수가 없어."

커서 쌀이 된다는 바람의 말 때문이었을까. 나는 다른 친구들보다 한 뼘은 더 키가 자랐다. 꽃도 다른 친구들보다 더 빨리 피었다. 바람은 내가 초가을이 되어야 꽃이 핀다고 했는데, 나는 한여름에 꽃이 피었다. 그것도 흰 꽃이 아니라 자갈색 꽃이 피었다.

"야, 넌 우리보다 키도 크더니 꽃도 먼저 피는구나."

"글쎄 말이야, 왜 내가 먼저 꽃을 피우는지 모르겠어."

나는 친구들이 부러워할 때마다 자꾸 어깨를 으쓱거렸다.

그런 어느 달밤이었다. 농부 두 명이 논에 물을 대러 왔다가 키 큰 농부가 키 작은 농부를 보고 말했다.

"내일은 피를 좀 뽑아야겠어요."

"그래야겠어요. 피가 아주 많이 자랐는데요."

다음 날 아침 일찍부터 그들은 맨발로 논에 들어와 느닷없이 친구들을 뽑아내기 시작했다. 정말 놀라운 일이 아닐 수 없었다. 나는 그들이 왜 그런 일을 하는지 알 수가 없어 그저 멍하니 바라보고만 있었다.

그때였다. 갑자기 농부 한 사람이 나를 힐끔 쳐다보더니 "하, 요놈 봐라. 여기 숨어 있었네" 하고는 한순간에 나를 뽑아 던져버렸다. "어, 어, 왜 그러세요?" 하고 외마디 소리를 지르다가 내가 뿌리째 뽑혀 논두렁에 내던져진 것은 참으로 순식간의 일이었다.

내가 정신을 잃고 논두렁에 쓰러져 있다가 다시 눈을 떴을 때는 뉘엿뉘엿 해가 넘어가는 저녁 무렵이었다. 산 너머로 노을이 붉게 타오르고 있었고, 들녘에 농부들은 아무도 보이지 않았다.

"바람아, 농부들이 왜 나를 뽑아버렸니? 내가 왜 이렇게 되었는지 도무지 알 수가 없어."

나는 내가 왜 뿌리째 뽑혀버렸는지 알 수가 없어 바람의 옷자락을 붙들고 물어보았다.

"그건 네가 벼가 아니라 피기 때문이야."

바람이 부드러운 미소를 띠며 입을 열었다.

"피? 내가 피라고? 벼가 아니란 말이야?"

"그래, 피는 벼하고 비슷하게 생겼어. 얼핏 보면 잘 몰라. 농부들은 아마 벼가 먹을 영양분을 네가 빼앗아 먹는다고 생각했을 거야."

나는 가슴이 무너졌다. 내가 자라 열매를 맺고 쌀이 될 것이라고 생각한 것은 너무나 큰 오산이었다.

나는 슬픔 가운데서 점차 말라갔다. 목이 말랐으나 더 이상 수분을 빨아올릴 힘은 없었다. 혹시 바람이 지나가다가 빗방울이라도 뿌릴 줄 알았으나, 바람 대신 한 소년이 나를 집어 들어 퇴비 더미 속에다 던져버렸다.

악취가 진동했다. 죽어가는 풀들의 시체 썩는 냄새가 코를 찔렀다.

나도 곧 썩어 들어가기 시작했다. 드디어 나에게도 죽음이 찾아오고 있었다. 나는 죽음이 무엇인지 모른 채

학교 가는 소년의 뒷모습을 쳐다보며 고요히 죽음을 기다렸다. 더 이상 슬프지는 않았다. 내가 누구인지 확실히 알게 된 것만 해도 기쁜 일이라는 생각이 들었다.

얼마나 지났을까. 갑자기 눈앞이 환하게 밝아왔다. 멀리 바다에서 불어온 바람이 부드럽게 나를 감싸는 느낌이 들었다. 그리고 간간이 끊어질 듯 말 듯 바람의 다정한 음성이 들려왔다.

"피야, 너무 슬퍼하지 마라. 넌 지금 거름이 되는 거란다. 네가 썩어 거름이 되지 않으면 이 땅에 풀 한 포기 살 수 없단다. 그러니까 넌 죽는 게 아니라 다시 사는 거란다."

그림 밖으로 날아간 새

개펄이 펼쳐진 바닷가 풍경을 그린 그림 속에 붉은 도요새 한 마리가 살고 있었다. 그림 한쪽 모서리 조그만 갯바위 위에 앉아 있는 도요새는 늘 그림 밖으로 날아가고 싶었다. 하루 이틀도 아니고 매일매일 그림 속에 갇혀 제대로 날개 한번 활짝 펴지 못하고 있는 자신이 정말 답답하게 느껴졌다.

'아, 단 한 번만이라도 저 푸른 바다 위를 날아가봤으면…….'

도요새는 다른 바닷새들처럼 날개를 활짝 펼치고 수평선 위로 마음껏 한번 날아보고 싶었다.

"아저씨, 나를 그린 화가 아저씨, 저 부탁이 하나 있어요."

도요새는 몇 번 망설이다가 화가가 붓을 놓고 잠시 창밖을 내다보는 틈을 타 말을 걸었다.

"이 녀석아, 나를 선생님이라고 불러야지, 아저씨가 뭐냐, 이 녀석아."

화가는 도요새의 말에 대뜸 목소리부터 높였다.

도요새는 '아차 실수했구나' 싶었지만, 다시 목소리를 가다듬고 화가에게 말했다.

"선생님! 저를 그림 밖으로 날아가게 좀 해주세요. 이 속에 이대로 앉아 있자니 너무나 답답해요."

다시 붓을 들고 그림을 그리고 있던 화가는 도요새를 힐끔 한번 쳐다보기만 하고 아무 말이 없었다.

"선생님! 다른 그림만 그렇게 열심히 그리지 마시고, 저를 좀 생각해주세요. 선생님이 저를 그리셨으니 저를 날게 할 수도 있잖아요? 제발 저를 그림 밖으로 좀 날게 해주세요."

"시끄러워, 이 녀석아, 입 다물어. 그림 그리는 데 방해하지 말고!"

이번에는 화가가 붓을 든 채 도요새를 쳐다보며 눈을 부라렸다.

도요새는 얼른 입을 다물었다. 그렇지만 말이 나온 김에 확실하게 부탁을 해야 한다는 생각이 들어 다시 살며시 입을 열었다.

"선생님, 그림 그리시는데 죄송하지만요, 선생님은 날지도 못하고 있는 제가 불쌍하지도 않으세요? 제발 저를 불쌍히 좀 여겨주세요."

"안 돼! 넌 그림 속에 그대로 그렇게 앉아 있어. 그게 너의 운명이야!"

화가는 더 이상 말도 못 붙이게 버럭 소리를 내질렀다.

도요새는 더 이상 아무 소리도 하지 못하고 가만히 갯바위 위에 앉아 있었다. 자기도 모르게 눈물이 주르르 흘러내렸다.

그날 밤, 도요새는 화가가 화실의 문을 잠그고 집으로 돌아가자 어떻게 하면 하늘로 날아갈 수 있을까 하고 곰곰 생각해보았다. 그러나 아무리 생각해도 자기를 그린 화가에게 부탁하는 수밖에 다른 길이 없다고 판단되었다.

'만일 이 그림이 화실을 떠나 다른 사람에게 팔려버린다면 그땐 정말 그만이야. 화가한테 이런 부탁을 할 수 있는 기회조차 없게 될 거야. 내가 이 화실에서 이렇게 살고 있을 때 부탁을 해야 돼. 어떡하든 그림을 액자에 끼워 넣기 전에 화가의 마음을 움직여야 돼. 음, 그러기 위해서는 우선 화가의 따님한테 한번 부탁해보는 거야. 딸의 부탁이라면 무슨 부탁이든 다 들어주는 화가니까

어쩌면 들어줄지도 몰라.'

도요새는 그런 생각을 하고는 잘 부르지 못하면서도 화가의 일곱 살짜리 딸이 화실에 나타나면 일부러 목소리를 가다듬어 노래를 불렀다.

그러나 화가의 딸은 그런 도요새를 쳐다보지도 않았다. 딸이 유치원에서 배운 노래들을 불러도 "아빠, 어디서 시끄러운 새소리가 들려요" 하고 오히려 고자질을 하려고 들었다. 그래서 도요새는 화가의 딸이 화실에 찾아와도 노래를 부르지 않고 그대로 가만히 있었다.

그 대신 화가가 붓을 놓고 잠시 창밖을 내다보고 있을 때 다시 한번 용기를 내어 화가에게 부탁했다.

"선생님, 한 번만이라도 좋아요. 단 한 번만이라도 날게 해주세요."

"글쎄, 안 된다니까 그래."

화가는 창문을 닫고 화가 난다는 듯 손에 힘껏 붓을 움켜쥐었다.

"한 번만 더 그런 말을 하면 아예 이 붓으로 널 지워버릴 거야. 그러면 넌 이 세상에서 영영 사라지는 거야. 그래도 좋겠어?"

"아뇨, 아뇨. 사라지면 안 돼요."

도요새는 슬펐다. 더 이상 아무 말도 못 하고 그림 속

갯바위 위에 우두커니 앉아 있었다.

어느새 창밖은 캄캄한 밤이었다. 밤하늘엔 별들이 찬란했다. 도요새는 눈물을 거두고 별들에게 물어보았다.

"별들아, 너희들은 어떻게 그렇게 하늘 높이 떠 있을 수 있니? 난 정말 날고 싶단다. 너희들처럼 하늘에서 살고 싶단다. 마음껏 하늘을 한번 날아보는 게 내 소원이란다."

"글쎄, 우린 그걸 잘 몰라."

도요새는 별들이 스러지는 새벽녘까지 잠을 자지 않고 있다가 이번에는 새벽하늘에 마지막까지 남아 있는 샛별에게 물어보았다.

"샛별아, 어떻게 하면 내가 그림 밖으로 날아갈 수 있을까? 그 방법을 좀 가르쳐줄 수 없겠니?"

"으음, 그건……."

샛별은 한동안 입을 다물고 있다가 조심스럽게 입을 열었다.

"그건 참 어려운 일이기도 하고, 또 참 쉬운 일이기도 해. 네가 진정으로 누굴 사랑할 수만 있다면 그림 밖으로 날아갈 수 있어."

도요새는 샛별의 말을 듣자 그리 어려울 것도 없다 싶었다. 평소에 누구를 미워해본 적이 없는 도요새로서는 남을 사랑하는 일이야말로 정말 식은 죽 먹기라는 생각이 들었다.

그날 이후 도요새는 그림 속에 사는 모든 것들을 다 사랑했다. 부서져 더 이상 움직일 수 없는 고깃배와, 멀리 무인도에 사는 소나무와 갈매기와, 개펄 속에 사는 갯지렁이까지도 다 사랑했다.

그러나 도요새는 그림 밖으로 날아갈 수가 없었다. 날개를 한번 펼쳐보자 조금도 움직이지 않았다. 그래서 이번에는 그림 밖 화실에 사는 모든 것들, 시계와 전화기와 인형과 꽃병과 심지어 도둑고양이와 바퀴벌레까지도 사랑했다. 그래도 도요새는 그림 밖으로 날아갈 수가 없었다.

도요새는 다시 슬픔에 빠졌다. 샛별을 원망하는 마음이 가득 차올랐다.

"샛별아, 네가 말한 대로 사랑할 수 있는 모든 것들을 다 사랑하는데도 그림 밖으로 날아갈 수가 없어. 혹시 너 나한테 거짓말한 거 아니니?"

"아니야, 그건 네가 쉽게 사랑할 수 있는 것들만 사랑하기 때문이야. 그건 진정으로 사랑하는 게 아니야."

샛별은 자신을 원망하는 도요새를 가엽게 여기는 눈길로 바라보았다.

"그럼 어떻게 하면 진정으로 남을 사랑할 수 있니?"

"그건 나도 잘 몰라. 너 스스로, 네 힘으로 알아야 하는 거야."

도요새는 답답했다. 스스로 무엇을 어떻게 알아야 하는 것인지 알 수가 없어 매일 바다만 바라보았다.

멀리 무인도에는 붉은부리갈매기들이 날고 있었다. 언제부터인가 갈매기들이 절벽의 갈라진 틈새에 알을 낳더니, 어느새 새끼 갈매기들이 알에서 부화하고 있었다.

도요새는 마음껏 하늘을 나는 갈매기들이 부러워 한순간도 갈매기들한테서 눈을 떼지 않았다.

알에서 깨어난 새끼 갈매기들은 쑥쑥 잘 자랐다. 아직 날지는 못했지만 엄마 갈매기가 물어다 주는 먹이를 입을 쫙쫙 벌리고 냉큼냉큼 잘도 받아먹었다.

그런데 하루는 어디에서 무슨 일이 일어났는지 모르지만 하루 종일 엄마 갈매기가 보이지 않았다. 새끼 갈매기들은 저녁 무렵쯤 되자 배가 고파 둥지 밖으로 몸을 거의 반쯤이나 내밀고 쩍쩍거렸다.

어느새 바다에는 붉은 해가 지고 있었다. 저녁노을이 수평선을 붉게 물들여도 엄마 갈매기는 어디에도 보이지 않았다.

'참 이상한 일이군. 이런 일이 한 번도 없었는데……

무슨 사고를 당한 건 아닐까?'

도요새는 그런 생각을 하며 여전히 새끼 갈매기한테서 눈을 떼지 않고 있었다.

그런데 그때, 너무 배가 고픈 탓이었을까? 새끼 갈매기 한 마리가 그만 몸의 균형을 잃고 둥지 밖 절벽 아래로 툭 떨어졌다.

순간, 도요새는 자신도 모르게 그림 밖으로 날아갔다. 오직 새끼 갈매기를 살려야겠다는 생각뿐이었다.

기차 이야기

　나도 사람들처럼 몸속에 물과 피가 흐르는 하나의 생명체다. 사람들이 물과 밥을 먹고 힘을 얻듯이 나도 물과 석탄을 먹고 힘을 얻는다. 처음에는 중앙선을 따라 청량리에서 원주, 제천을 거쳐 안동과 경주까지 오고 갔으나, 나중에는 전라선을 따라 주로 서울과 목포 사이를 오갔다. 아침에 서울역을 출발하면 별들이 총총 빛나는 밤에서야 종착역인 목포역에 도착했다. 그리고 다음 날 아침에 잠이 덜 깬 얼굴을 하고 허둥지둥 다시 서울로 올라오곤 했다.
　나는 목포로 떠날 때마다 이제 막 첫사랑을 하게 된 소년마냥 마음이 늘 들떴다. 목포에는 이난영 여사가 부른 '목포의 눈물'을 흥얼거릴 수 있기 때문이기도 하지만 목포, 그곳에는 바다가 있기 때문이다. 바다가 없는 서울에서 답답하게 살다가 바다가 있는 목포에 도착하면 누구보다도 먼저 유달산이 수평선을 데리고 와 나를 반긴다. 시원한 바닷바람도 데리고 와 먼 길을 달려오느라 지칠 대로 지친 내 몸을 식혀준다. 그리고 갈매기들도 다투듯이 날아와 나를 반긴다. 그러면 나는 지붕 위에 갈매기들이 앉아 있는 아름다운 기차가 된다.

나는 그렇게 아름다운 기차가 되는 나 자신이 늘 기뻤다. 그렇지만 더 이상 달리지 못하고 멈춰 서야 한다는 사실은 슬펐다.

나는 계속 바다 위를 달리고 싶었다. 내 꿈은 바다 위에 철길을 놓고 수평선을 향해 계속 달리는 것이었다. 아니, 바다에 철길이 없으면 어떤가. 목포역에 승객들을 다 내려놓은 뒤 지붕 위나 객실에 갈매기들을 싣고 그대로 수평선을 향해 달리는 것이었다.

그러나 그것은 한낱 이룰 수 없는 꿈에 불과했다. 열심히 목포를 향해 달려가도 결국 종착역인 목포역에 멈춰 서지 않으면 안 되었다.

그런 어느 날이었다. 하루는 목포에서 허겁지겁 서울에 도착하자 기관사 김씨 아저씨가 나를 부둥켜안고 눈물부터 먼저 흘렸다.

"아저씨, 왜 우세요? 집에 무슨 일 있어요?"

나는 병석에 계신 김씨 아저씨의 노모가 돌아가셨나 싶어 깜짝 놀랐으나 그게 아니었다. 이제 나를 더 이상 목포로 데려갈 수 없게 되었다는 것이었다. 디젤기관차가 새로 나와서 증기기관차인 나는 이제 운행을 중지시킨다는 것이었다.

"철도청에서 그런 결정을 내린 건 벌써 오래전 일이야. 그래도 난 너랑 헤어지기 싫어서 지금까지 널 운전하고 다녔는데 이젠 어쩔 수가 없어. 새로 부임한 철도청장이 증기기관차는 이제 더 이상 운행하지 말라는 거야."

김씨 아저씨는 내가 마지막 남은 증기기관차로 다른 증기기관차들은 운행을 중단한 지 벌써 여러 해가 되었다는 것이었다. 몇 해 전부터 나보다 빠른 속력을 자랑하는 날렵한 기차가 다니기 시작했는데 아, 그러고 보니 그게 바로 디젤기관차를 머리에 단 기차였다.

"아저씨, 그럼 나는 어떻게 되죠?"

"글쎄, 넌 아마 수색이라는 동네로 갈 거야. 거기가 증기기관차들의 창고거든. 거기 가더라도 결코 희망을 잃지 말아라."

"네, 아저씨."

"희망이란 세상을 살아갈 수 있는 힘이다. 네가 먹던 석탄과 같은 거란다."

"네, 알았어요. 아저씨도 희망을 잃지 마세요."

나는 김씨 아저씨와 그렇게 아프게 헤어졌다. 그리고 곧바로 서울의 모든 기차들이 모여 잠자고 세수하고 고장 난 곳을 정비하는 수색이라는 곳으로 옮겨졌다.

"어, 네가 여기 웬일이니? 너만은 여기 오지 않길 바랐는데, 결국 너도 여길 오고 말았구나."

나보다 먼저 수색에 와 있던 친구들이 나를 보고 깜짝 놀라는 표정을 지었다.

"우리는 지금 죽을 날만을 기다려. 곧 어디론가 팔려 갈 거야."

한 친구가 내 손을 잡으면서 눈물을 글썽였다.

"울지 마. 기관사 김씨 아저씨가 희망을 잃지 말라고 그러셨어."

나는 친구의 손을 꼭 잡아주었다. 그러면서 나도 희망을 잃지 않아야겠다고 생각했다.

그러나 수색에서 사는 일은 힘들었다. 무엇보다도 아무 데도 갈 데가 없다는 것이 견디기 힘든 일이었다. 디젤기관차들은 아침 일찍 일어나 부산이든 목포든 어디든 신나게 돌아다녔지만, 나는 아무 데도 갈 수가 없어 참으로 답답했다. 밤늦게 머리에 별을 이고 돌아와 쿨쿨 코를 골며 자는 디젤기관차들이 부러운 밤이면, 친구들과 이런저런 이야기를 나누는 것만이 유일한 즐거움이었다.

"난 서울 가는 손자를 향해 고무신이 벗겨진 줄도 모르고 손을 흔들며 따라오던 할머니가 생각이 가끔 나."

"하하, 난 창문 밖으로 아기 고추를 내어놓고 오줌을 누이던 엄마 생각이 나. 그때 아차 하는 순간에 아기를 떨어뜨릴까 봐 내 간이 콩알만 해졌지."

"차표 검사를 하면 화장실로 쏙 들어가 안 나오던 아저씨들은 지금쯤 어디서 무얼 하고 있을까?"

친구들과 이런 이야기를 하다 보면 나도 어느새 잠이 들곤 했다.

그러나 친구들과 나누는 그런 즐거움의 시간도 한때였다. 어느 날부터인가 우리들은 하나둘 어디론가 끌려가 돌아오지 않았다. 한번 끌려가면 그 누구도 다시 돌아오지 않았다.

"우릴 아주 비싸게 고철 덩어리로 팔아버린대."
"정말?"
"정말이야. 디젤기관차 아저씨들이 하는 얘기를 들었어."
"우린 기차지 고철 덩어리가 아니야."

"그건 우리 생각이지 사람들 생각은 그게 아니야."

우리들은 흉흉한 소문에 몸을 떨었다. 철도청 직원들이 어디론가 우리를 끌고 가 고철 덩어리로 해체해 팔아버린다는 소문은 단순히 소문으로만 그치지 않았다. 우리들은 하루에도 몇 명씩 한꺼번에 끌려가 결코 돌아오지 않았다. 밤에 잠이 오지 않아 별들을 바라보면 고철 덩어리로 해체된 불쌍한 벗들의 울음소리가 간간이 들려왔다.

나는 단 하루도 잠을 이룰 수 없었다. 이제 남은 벗들은 나를 포함해서 단둘뿐이었다. 언제 어디로 끌려가서 어떻게 죽을지 알 수가 없어 두려웠다. 그렇지만 나는 고요히 죽음을 맞이할 각오를 했다. 눈앞에 푸른 목포 앞바다가 어른거렸다. 내가 끌고 가던 객차의 지붕 위에 앉아 멀리 수평선을 바라보던 어린 갈매기들의 모습이 아련히 떠올랐다.

그런데 참으로 이상한 일이었다. 죽을 마음을 먹으면 다시 살게 되나 보았다. 하루는 디젤기관차 아저씨들이 나누는 이야기를 우연히 엿듣게 되었다.

"마침 두 대라도 남아 있으니까 다행이야. 아, 그럴 생각이라면 진작 그랬어야지 이것마저 팔아버렸으면 어떡할 뻔했어. 우린 증기기관차를 다 없애버리는 줄 알았잖

아. 그런데 이 녀석들을 파주에 있는 경의선 철도중단점에 갖다 둔다는 거야."

나는 내가 죽지 않고 살아남게 된다는 사실에 가슴이 벅차올랐다. 조용히 디젤기관차 아저씨들의 이야기에 귀를 기울였다.

"왜 파주에 갖다 둔다는 거야?"

"남북으로 분단된 현실에서 지금은 기차가 북으로 달릴 수 없잖아. 그래서 철도가 중단된 지점인 임진각에다 증기기관차를 하나 갖다 둔다는 거야."

"기차가 계속 달릴 수 있도록 통일을 염원한다는 뜻이로군."

"그렇지. 이 녀석들마저 고철로 팔아버렸으면 정말 큰일 날 뻔했어."

"우리가 분단되기 전에는 경의선을 타고 서울에서 신의주는 물론 시베리아까지도 갈 수 있었잖아."

"그렇지. 그런 날이 하루빨리 다시 와야 할 텐데……"

"아마 이 녀석들이 우리의 소원을 들어줄지도 몰라."

디젤기관차 아저씨들의 이야기를 듣자 나는 나도 모르게 가슴이 뜨거워졌다. 살아남았다는 기쁨보다도 언젠가는 이루어질 통일을 위해 소중하게 쓰이게 되었다는 사실이 무엇보다도 기뻤다.

얼마 뒤 친구와 나는 임진각이 있는 경기도 파주로 가게 되었다. 먼저 죽어간 벗들의 슬픔은 컸지만 파주에서 그들의 몫까지 내가 최선을 다해야 한다는 생각이 들었다.

이렇게 나는 죽지 않고 살아 눈이 오나 비가 오나 지금도 파주 임진각에 있는 '철도중단점'이라는 곳에 살고 있다. 친구는 내가 있는 곳에서 조금 더 북쪽인 임진강 옆에 있다. 내 곁엔 '철마는 달리고 싶다'라는 글귀도 쓰여 있다. 비록 지금은 철로가 끊어져 달리지 못하지만, 언젠가는 휴전선을 뚫고 "칙칙폭폭" 소리도 우렁차게 허연 연기를 내뿜으며 통일된 나라를 달릴 수 있을 것이라고 확신하고 있다. 왜냐하면 나는 아직 희망이라는 석탄을 먹고 있기 때문이다.

3부

모닥불

나는 뗏목으로 이 세상에 태어났다. 깊은 산에서 벌채한 나무를 운반하기 위해 강에 띄우는 그런 뗏목으로 태어난 것은 아니고, 그저 강을 건너기 위해 몇 그루 소나무로 얼기설기 엮어져 태어난 초라한 뗏목에 불과하다.

사실 내가 사는 곳의 강심은 그리 깊지 않아 굳이 배를 띄울 필요가 없다. 강을 건너는 사람도 어쩌다 하루에 한두 명뿐이어서 강을 건너기에는 나같이 작고 볼품없는 뗏목이 가장 알맞다. 나는 사람이 서너 명만 타면 더 이상 탈 자리가 없을 정도로 몸피가 작아 어떤 때는 강물에 떠 있는 것조차 아주 신기하게 느껴질 때가 있다.

강의 하류에 있는 커다란 나룻배에 비하면 너무나 초

라한 나 자신이지만 그래도 나는 늘 감사하는 마음이다. 강가에 사는 갈대와 비오리들과 재미있게 이야기하다 보면 하루가 금방 지나가버린다. 강가에 어둠이 깃들고 밤이 오면 별들 또한 은근히 말을 걸어와 긴긴밤이 조금도 지루하지 않다.

이렇게 나의 생활은 늘 기쁨 가운데서 이루어지고 있다. 누가 와서 나를 타고 강을 건너면 내겐 그것보다 더 큰 기쁨이 없다.

나는 보다 많은 사람들이 나를 타고 강을 건너기를 바랐다. 바람과 갈대와 장난을 치며 놀면서도 마음속으로는 늘 강을 건너갈 사람들을 기다렸다. 비록 작고 보잘 것없는 뗏목에 불과하지만 많은 사람들이 나를 타고 가 자신의 갈 길을 무사히 가주기를 바랐다.

나는 엄마의 손을 잡고 외갓집에 가는 소년을 태운 적이 있다. 부모님 몰래 애인을 만나러 가는 젊은 여인도 태운 적이 있다. 어떤 때는 죽은 사람의 시체도 태운 적이 있으며, 또 어떤 때는 잿가루가 된 한 젊은이의 유해를 태워 강물에 뿌린 적도 있다.

이렇게 여러 사람들을 태우다 보면 그만 그들과 정이 들고 만다. 그리고 그들 중에서도 유독 정이 들어 늘 태우고 싶어하는 이가 있게 된다.

내가 가장 태우고 싶어하는 이는 강 아랫마을에 사는 한 소녀다. 소녀는 나를 만들어 강가에 매어둔 아저씨의 따님으로 이름은 연이다. 강 건너 윗마을 학교로 소녀가 입학하게 되자 아저씨는 어느 날 소나무 몇 그루를 베어 나를 만들었다. 그러니까 나는 그 소녀를 태우기 위해 이 세상에 태어났다고 할 수 있다.

나는 십여 년 동안 방학 때를 제외하고는 아침저녁으로 소녀를 태우고 강을 건넜다. 다른 사람들이 타면 그렇지 않은데 웬일인지 그 소녀만 타면 내 가슴은 늘 두근거렸다. 어디 몸이 아파 결석이라도 하는지 어쩌다가 소녀가 보이지 않는 날이면 나도 모르게 물결에 거칠게 출렁대는 나 자신을 발견할 수 있었다.

이제 곧 첫눈이 내릴 것 같다. 오늘은 소녀가 몹시 그리워진다. 소녀는 학교를 졸업하고 도시로 시집을 간 뒤 새댁이 되어 어느 해인가 첫아기를 안고 한 번 나타난 뒤로 아직 다시 나타난 적이 없다.

소녀가 떠나간 뒤로 내 마음속에는 그리움이 생겼다. 그리움은 기다림을 낳았다. 기다림 때문에 나는 강물에 거칠게 출렁이는 일이 잦았다. 누구의 일생이든 그 속에 하나씩의 기다림이 숨어 있다는 것은 이제 나는 안다.

나는 오늘 소녀가 몹시 보고 싶다. 오늘은 어쩐지 그

녀가 나타날 것만 같아 가슴이 두근거린다. 이제 첫얼음이 꽝꽝 얼면 나는 강가에 그대로 얼어붙어버리고 만다. 얼어붙기 전에 그녀를 단 한 번 만나고 싶다. 훌쩍 자랐을 그녀의 아이도 태우고 떨리는 마음으로 고요히 강을 건너가고 싶다. 강 건너 친정집으로 가는 소녀의 뒷모습을 눈시울이 붉어지도록 오랫동안 지켜보고 싶다.

나는 해마다 강물이 얼어붙기 직전에 소녀를 간절히 기다렸다. 내가 소녀를 가장 간절히 기다리는 순간은 해마다 첫얼음이 얼기 직전이었다. 강물이 얼면 소녀가 와도 태워줄 수가 없기 때문에 겨울이 오고 첫얼음이 얼 때쯤이면 내 가슴은 늘 두근거렸다.

드디어 첫눈이 내린다. 눈송이가 강물에 닿자마자 녹아버린다. 나도 소녀를 만나면 저 눈송이처럼 녹아버릴 것만 같다.

눈은 좀처럼 그치지 않는다. 마른 갈대들이 추위에 떨며 함박눈을 맞고 있다. 멀리 눈발 사이로 한 사람이 걸어온다.

누굴까? 혹시 연이는 아닐까?

나는 숨도 쉬지 않고 뚫어지라 그 사람을 쳐다보았다.

아, 연이는 아니다. 머리에 털모자를 쓰고 허름한 옷차림을 한 사내다.

"으음, 이 뗏목을 타고 건너가면 되겠군."

사내는 천천히 느린 걸음으로 휘적휘적 걸어오더니 나를 묶어둔 말뚝의 줄을 풀었다. 내가 기다리는 연이가 아니라서 무척 실망스러웠지만 나는 연이를 대하는 마음으로 정성껏 그 사람을 건너편 강가로 건너다 주었다.

그런데 참으로 이상한 일이다. 강을 건넜으면 나를 강가에 그대로 두어야 하는데, 사내가 강둑 위로 나를 자꾸 끌어올렸다.

더럭 겁이 났다.

"아니, 왜 이러는 거요? 뗏목을 타고 강을 건넜으면 뗏목을 강가에 둬야지 왜 나를 끌고 가려고 하는 거요?"

사내는 아무런 대꾸를 하지 않았다.

자칫 잘못하다가는 사내한테 끌려 강둑 위로 올라갈 형편이었다. 나는 호시탐탐 도망갈 기회를 노렸다.

기회는 빨리 찾아왔다. 사내가 강둑 위를 잠시 올려다보는 틈을 타, 있는 힘을 다해 강기슭 아래로 굴러 내렸다. 그러나 사내는 나를 포기하지 않았다. 사내는 굴러 내리는 나를 얼른 다시 움켜잡고 강둑 위로 끌어올렸다. 내가 아무리 강기슭 아래로 굴러 내리려고 몸부림쳐도 역부족이었다.

"나를 이대로 둬! 두란 말이야!"

사내는 내 말을 들은 척도 하지 않고 기어이 나를 강둑 위로 끌어올렸다.

더욱 겁이 났다. 사내가 나를 어디로 끌고 갈지 모른다 싶어 더욱 힘껏 소리쳤다.

"나를 타고 강을 건넜으면 강가에 둬야지 도대체 이게 뭐 하는 짓이오?"

사내는 내가 아무리 소리쳐도 아무런 대답도 하지 않았다. 물끄러미 나를 쳐다보기만 할 뿐이었다. 그러다가 한순간에 강둑길을 따라 어디론가 떠나버리고 말았다.

"아니, 나를 다시 강가로 데려다줘야지 그냥 가면 어떡해?"

사내는 내가 소리쳐도 뒤도 돌아보지 않았다

나는 그렇게 강물이 빤히 내려다보이는 강둑 위에 버려졌다. 강기슭에 놓여 있다면 비탈의 힘을 빌려 굴러 내리기라도 하겠지만 평평한 강둑 위에서는 꼼짝달싹도 할 수 없었다.

곧 겨울이 찾아왔다.

내리던 눈이 그치고 날은 몹시 추웠다.

강물은 곧 얼어붙었다. 강물이 얼어붙자 겨울은 점점 더 깊어갔다.

나는 강둑 위에 버려진 채 쩡쩡 얼음이 갈라지는 겨울

강의 울음소리를 들으며 속으로 울음을 터뜨렸다. 소녀가 보고 싶어 간혹 길게 고개를 내밀고 강 건너편을 바라보았으나 소녀의 모습은 보이지 않았다.

사람들은 꽁꽁 언 강 위를 걸어 다녔다. 얼어붙은 강 한가운데다 구멍을 뚫고 얼음낚시도 했다. 쇠막대로 얼음에 구멍을 뚫고 낚싯줄을 드리우면 빙어들이 잡혀 올라왔다. 어떤 빙어들은 올라오자마자 산 채로 초고추장에 찍혀 사람의 입속으로 들어갔다. 인간들의 낚싯줄에 걸려 올라오지 않기를 바라도 빙어들은 자꾸 잡혀 올라왔다. 그럴수록 인간들이 자꾸 미워졌다.

나는 은빛 빙어들이 불쌍해서 잠이 오지 않았다.

얼음장 밑이 얼마나 추울까. 내가 모닥불이 되어 어린 빙어들을 따뜻하게 해줄 수는 없을까.

잠이 오지 않는 밤마다 나는 그런 생각을 하며 뒤척거렸다.

그런 생각 때문이었을까. 어느 날 나는 정말 모닥불이 되었다. 빙어 낚시하는 사람들이 강둑에 있는 나를 뜯어다가 강가에 모닥불을 피웠다.

사람들의 몸과 마음이 따뜻해졌다. 얼음장 밑에 있는 빙어들의 몸과 마음도 따뜻해졌다.

나는 그렇게 보고 싶은 소녀 연이를 보지 못하고 모

닥불이 되어 세상을 떠났다. 혹시 어디선가 겨울 강가에 피어오르는 모닥불을 보시면 소녀를 기다리는 내 기다림이 타오르는 것이라고 생각해주세요.

오동도

바다에도 봄이 오고 있었다. 그는 멀리 바다의 수평선을 바라보며 이제 섬을 떠나야 할 때가 되었다는 생각이 들었다. 이렇게 섬에 갇혀 아버지처럼 물고기나 잡으며 살아서는 안 된다는 생각이 그의 마음을 흔들었다.

무엇보다도 그는 봄이 오는 들길을 한없이 걷고 싶었다. 하루든 열흘이든 쉬지 않고 계속해서 들길을 걷다가 피곤하면 잠시 눈을 붙였다가 일어나 하늘의 별을 바라보고 싶었다.

그동안 그는 봄이 올 때마다 아버지 몰래 몇 번이나 섬을 떠나려고 했으나 선뜻 떠날 수가 없었다. 그것은 그가 한 소녀를 사랑하고 있기 때문이었다. 소녀에게 사랑을 고백하고 몇 번이나 같이 섬을 떠나자고 말했으나 소녀는 늘 안타까운 표정만 지을 뿐이었다.

"난아, 우리 같이 이 섬을 떠나자. 멀리 뭍으로 가서 아들딸 낳고 같이 살자."

그가 그런 말을 하면 소녀는 늘 "이듬해 봄이 오면……" 하고 미루었다.

그는 다시 소녀를 찾아갔다. 다시 봄이 찾아왔기 때문이었다.

"난아, 올봄엔 나랑 같이 떠나. 나만 믿어."

그는 파르르 입술을 떨며 용기를 내어 말했다. 그러나 소녀는 여전히 말없이 고개를 가로저었다.

"좋아. 이젠 나 혼자라도 떠날 거야."

그는 굳게 입술을 다물고 육지 쪽을 바라보았다. 육지는 그리 멀지 않은 곳에 있었다. 열심히 두세 시간만 헤엄치면 가닿을 수 있는 곳에 있었다. 배를 타도 군불을 때고 아버지 저녁상을 차려드릴 시간이면 충분히 가닿을 수 있는 거리였다.

"이제 널 찾는 일은 다시는 없을 거야. 이게 마지막이야. 잘 있어."

그 말 때문이었을까. 소녀는 한동안 말끄러미 그를 쳐다보다가 가만히 고개를 끄덕였다.

"정말이야?"

"응."

소녀는 다시 고개를 끄덕였다.

"꼭 약속할 수 있지? 말해봐!"

"응."

그는 너무나 기쁜 나머지 한참 동안 멍하니 바위처럼 서 있다가 와락 소녀를 껴안았다.

"그럼, 보름달이 뜨는 날 새벽에 솔숲이 있는 바닷가로 나와. 내가 배를 준비할게. 알았지?"

그는 보름달이 뜬 날 새벽에 떠날 것을 약속하고 조각배 한 척을 준비했다. 마음은 급했으나 아버지와 형들이 눈치채지 않게 여느 때와 다름없이 행동했다.

휘영청 보름달이 뜬 새벽은 곧 찾아왔다. 그는 식구들 모르게 살며시 일어나 바닷가로 나갔다. 바닷가엔 희붐하게 날이 밝아오고 있었고, 샛별이 막 스러지기 직전이었다.

소녀는 약속대로 바닷가 해송 앞에 미리 나와 그를 기다리고 있었다. 그는 반가운 마음으로 얼른 소녀한테 달려갔다. 그러자 소녀는 눈물을 떨구며 함께 떠날 수 없다고 말끝을 흐렸다.

"어젯밤에 엄마가 쓰러지셨어. 언제 돌아가실지 몰라."

그는 온몸에 힘이 쭉 빠졌다. 더 이상 소녀의 말이 귀에 들어오지 않았다.

"엄마를 동생한테 맡기고 떠날 수는 없어. 미안해. 지금은 엄마 때문에 같이 갈 수가 없지만, 나중에 뭍에서 자리잡고 돌아오면 그때는 같이 떠나. 내가 꼭 기다릴게."

그는 어떻게 해야 될지 몰라 몹시 망설여졌다. 섬을 떠나지 말까 하는 생각이 먼저 들었다. 난이를 두고 떠날 수는 없는 일이었다. 그러나 이번에 떠나지 못하면 영영 섬을 떠나지 못할 것만 같았다.

"그래, 꼭 돌아올게, 기다려줘. 그땐 내가 결혼하자고 해도 다른 말 하면 안 돼. 알았지?"

그는 바다를 향해 가만히 배를 밀었다.

"그래, 약속할게. 너무 오래 있지는 말고, 빨리 돌아와. 돌아올 땐 동백 열매를 좀 구해 가지고 와. 그걸로 기름을 짜서 너를 위해 머리단장을 예쁘게 하고 싶어."

"그래, 꼭 구해 가지고 올게. 기다려."

그는 소녀를 남겨두고 바다를 향해서 가만히 배를 밀었다.

소녀는 바닷물이 발을 적시는지도 모르고 그의 뒤를 따라갔다. 그러나 배는 곧 그녀의 시야에서 사라졌다. 보름달만 높이 떠서 그녀를 내려다볼 뿐이었다.

그는 소원대로 봄의 들길을 한없이 걸었다. 발이 아프고 잠이 오면 나무에 기대어 잠시 눈을 붙였다가 일어나 밤새도록 밤하늘의 별들을 바라보았다. 다행히 남의 집 머슴으로 들어가 일을 할 수 있게 되어 배는 고프지 않았다. 다만 고향 섬에 두고 온 소녀가 그립고 보고 싶은 것만 참으면 되었다.

'한 삼 년 정도 열심히 일해서 돈을 모아 섬으로 돌아가야지.'

그는 소녀가 보고 싶을 때마다 그런 생각을 하면서 부지런히 일했다.

삼 년은 사흘처럼 금세 지나갔다. 그러나 그는 막상 섬으로 돌아갈 수가 없었다. 온몸에 자꾸 반점이 생겨 이상하다 했더니 그것은 천형天刑이라고 일컫는 문둥병이었다.

그는 동네에서 쫓겨나 이리저리 산야를 헤맸다. 같은 문둥이끼리 모여 밥을 얻어먹고 목숨은 부지했으나 하루하루가 죽은 목숨이었다.

'난이가 기다릴 텐데…… 이런 몸을 하고 돌아갈 수도 없고…….'

그는 괴로웠다. 밤하늘 별을 바라보아도 아름답지 않았다. 고향 섬에서 자기를 기다리고 있을 소녀를 생각하면 가슴이 찢어질 듯 아플 뿐이었다. 뒤늦게 고향을 떠난 사실을 후회해보아도 이미 아무 소용도 없는 일이었다.

시간은 빠르게 흘러 지나갔다. 그는 섬을 떠나올 때의 청년이 아니라 이미 늙고 병든 중년의 사내가 되어 있었다. 그렇지만 단 한시도 소녀를 잊은 적이 없었다. 지금이라도 당장 소녀를 찾아가고 싶었다.

'아, 난이가 보고 싶구나!'

그러나 늙고 병든 몸으로 선뜻 소녀를 찾아갈 용기가 나지 않았다.

그러던 어느 해 봄, 그는 양지쪽 산기슭 무덤가에 피어난 할미꽃을 보고 있다가 어쩌면 자기가 이대로 죽어버릴 수도 있다는 생각이 들었다. 다시 봄은 찾아왔건만 어쩌면 그대로 벼랑에 몸을 날려버릴 수도 있다는 생각 또한 들었다. 그는 그런 생각이 들면 들수록 섬에 두고 온 소녀가 보고 싶어 견딜 수가 없었다.

'맞아, 내가 언제 죽을지도 몰라. 죽기 전에 난이를 꼭 한번 만나봐야 돼.'

'마지막으로 섬에 한번 찾아가자. 죽더라도 난이를 한번 만나보고 고향 앞바다에 빠져 죽자!'

그는 몇 날 며칠 그런 생각을 하다가 소녀가 부탁했던 동백 열매를 몇 개 구해 호주머니 속에 깊숙이 찔러 넣고 떠나온 고향 섬으로 발길을 옮겼다.

봄을 맞이한 고향 섬에는 수평선이 꽃처럼 피어나 그를 반겼다. 그는 급히 소녀의 집부터 먼저 찾아갔다. 선뜻 안으로 들어서지 못하고 한참 대문 앞을 서성거리자 소녀와 닮은 한 여인이 우물가로 물을 길으러 나왔다.

그는 살며시 다가가 말을 걸었다.

"저, 혹시, 예전에 여기 난이라는 아가씨가 살던 집 아닌가요?"

"네, 맞아요. 그런데 누구신데 언니를 찾으세요?"

그는 그녀가 소녀의 동생인 걸 알고 가린 얼굴을 더 깊게 가렸다.

"뭘 전해줄 게 있어서 그러는데, 어디로 시집가서 사는지 좀 가르쳐주세요."

"언니는 시집도 안 가고 누굴 기다리다가 죽은 지 오래됐어요."

"네?"

그는 놀라 손에 들고 있던 동백 열매를 땅에 떨어뜨릴 뻔했다. 다른 사람과 결혼해서 아들딸 낳고 잘살고 있으리라고 생각했던 그로서는 너무나 청천벽력 같은 소식이 아닐 수 없었다.

그는 그길로 바로 소녀의 무덤을 찾아갔다. 소녀의 무

덤은 멀리 뭍을 향해 있었다. 그는 소녀의 무덤에 얼굴을 파묻고 오랜 세월 동안 참았던 울음을 터뜨렸다.
 "난이야, 미안해! 내가 잘못했어. 나를 용서해줘. 동백 열매도 갖다주지 못하고 미안해……."
 얼마나 울었을까. 언제 밤이 찾아온 것일까. 그가 얼굴을 들자 수평선 위로 둥그렇게 보름달이 떠올라 있었다. 보름달이 흡사 그를 기다리던 소녀의 얼굴만 같아서 그는 또다시 울음을 터뜨렸다.
 다음 날, 그는 소녀의 무덤 주위에 동백 열매를 심었다. 바다에 몸을 던져 죽으려던 마음을 고쳐먹고 소녀의 무덤 곁에 움막을 지어 그곳에 살기 시작했다. 그리고 해마다 봄이 되면 동백나무 열매를 심었다.
 세월은 여전히 빠르게 흘러 지나갔다. 언제 그렇게 수많은 세월이 흘렀는지 봄이 되면 섬은 온통 붉은 동백꽃으로 뒤덮였다.
 사람들은 그 섬을 동백섬이라고 불렀다. 지금도 여수에 있는 동백섬 오동도에 가면 그가 소녀를 위해 심어놓은 동백꽃을 볼 수 있다.

나무의 말

예전에 나는 사람과 말을 주고받았다. 아침에 사람들이 나를 보고 "나무야, 잘 잤니?" 하고 물으면 "응, 잘 잤어. 넌?" 하고 서로 다정히 인사를 나누었다.

"나무가 어떻게 사람하고 말을 할 수 있어? 세상에 그런 거짓말이 어디 있어?"

이렇게 이야기하는 분이야 내 말이 믿어지지 않겠지만 내가 예전에 사람들하고 이야기를 나누었던 건 사실이다. 날씨 이야기든 농사 이야기든 정말 무슨 말이든 나눌 수 없는 말이 없었다. 그뿐 아니라 나는 사람들과 서로 깊은 사랑도 나누었다.

내가 살던 곳은 어느 농가의 사립문 앞이었다. 그래서

특히 그 집에 사는 중년의 한 농부와 이야기를 많이 나누었다. 농부는 못자리를 낼 때나 모내기를 할 때나 물꼬를 틀 때에 내게 농사에 관한 이야기를 많이 해주었다. 어떤 때는 "너도 한잔해. 나무도 가끔 막걸리를 한잔 해야 잘 자라는 거야" 하고 내게 막걸리를 부어줄 때도 있었다. 또 어떤 때는 간밤에 자다가 부부싸움 한 이야기까지 하는 바람에 하루 종일 키득키득 웃어댈 때도 있었다.

그런데 내가 그와 그렇게 가까워진 데에는 사실 다른 이유가 있었다. 그것은 그의 막내따님 때문이었다. 그에게는 예쁜 따님이 세 명 있었는데, 그중에서 나는 막내따님을 무척 좋아했다.

내가 아주 어릴 때였다. 하루는 달 밝은 밤에 누가 와서 내 가슴을 쓰다듬으면서 "네가 자라면 난 너한테 시집갈 거야" 하고 말했다. 깜짝 놀라 쳐다보자 바로 그 막내따님 명희였다.

"그게 무슨 말이야? 난 나무야. 그런 말 하지 마."

나는 놀라 나도 모르게 나뭇잎을 몇 개를 떨어뜨렸다.

"나무면 어때? 꼭 사람하고 결혼해야 하나 뭐?"

명희는 내가 좋은지 내 가슴에 볼을 마구 부비며 "난 널 사랑해!" 하고 말했다.

내가 사랑이라는 말을 들은 것은 그때가 처음이었다. 나는 사랑이라는 말이 무슨 말인지 몰랐지만, 그 말을 듣고 나서부터는 명희만 보면 자꾸 가슴이 두근거렸다.

명희도 그런 말을 한 다음부터 나를 더 자주 찾았다. 여름에 가물 때에는 샘물을 한 통씩 길어와 아낌없이 부어주었으며, 툭하면 내 가슴에 기대어 밤하늘 별들을 바라보았다.

나는 명희가 밤하늘 별들을 바라볼 때면 명희가 바라보는 별을 따다 주고 싶었다. 또 명희가 눈물을 흘릴 때면 그 눈물을 단 한 방울도 남기지 않고 다 받아먹었다.

이렇게 나는 명희와 사랑을 주고받으며 나날이 키가 쑥쑥 자랐다. 나중에는 해마다 온몸에 수백 개씩 감이 열리는 나무가 되었다.

그런데 언제부터인가 명희가 내 가슴에 기대어 우는 일이 잦았다.

"왜 자꾸 우는 거야? 무슨 안 좋은 일이라도 있어?"

명희는 아무 대답도 하지 않았다. 그렇지만 그녀가 왜 자꾸 울었는지 곧 알아차리게 되었다.

그것은 명희가 결혼을 하게 되었기 때문이었다. 아마 하고 싶어 하는 결혼은 아닌 듯했다. 부모님 말씀을 거역할 수 없어 어쩔 수 없이 하게 된 결혼인 듯했다.

혼례를 올리기 전날, 명희가 나를 찾아왔다.
"미안하다. 너랑 결혼하고 싶었는데……."
명희의 목소리는 슬픔에 젖어 있었다.
"아니야, 난 나무고 넌 사람이야. 우리가 어떻게 결혼을 하니?"
나는 슬픈 명희를 위로해주려고 애를 썼다.
"난 언제든지 여기에 있으니까 자주 찾아오기나 해. 기다릴게."
"그래, 자주 찾아올게. 멀리 다른 마을로 시집가는 게 아니니까 괜찮아."
얼굴에 연지곤지를 찍은 명희는 참으로 어여뻤다. 그러나 마당에 초례청을 차려놓고 혼인예식을 치르는 동안 명희는 조금도 기쁨 어린 얼굴이 아니었다.
그런 명희를 보자 내 마음도 슬펐다. 그렇다고 내가 그녀와 혼인할 수는 없는 일이었다. 나무와 사람이 서로 대화는 나눌 수 있다 할지라도 결혼할 수 있는 사이는 아니었다.
나는 마음속으로 명희의 행복을 빌었다. 명희를 위해 더욱 맑은 바람과 그늘을 제공했다. 명희가 다른 마을로 시집가 살지 않고 바로 옆집에 사는 것만 해도 내겐 큰 기쁨이었다.

그 뒤 몇십 년의 세월이 흘렀다. 나는 명희가 보고 싶을 때마다 자꾸 자라나, 명희가 사는 집을 위에서 내려다볼 정도로 키가 커졌다.

아리땁던 그녀의 얼굴에도 잔주름이 많이 생겼다. 비단같이 곱던 머릿결도 퍼석퍼석해 보이고 희끗희끗 흰머리가 생겼다.

불행히도 명희는 슬하에 자식이 없었다. 자식을 낳지 못하면 칠거지악七去之惡에 속한다고 남편은 늘 그녀를 못살게 굴었다. 툭하면 손찌검을 했다. 농사도 짓지 않고 노름에 빠지거나 다른 여자와 딴살림을 차리고 살다가 돈이 떨어지면 다시 명희를 찾아와 돈을 내어놓으라고 윽박질렀다.

"나는 왜 이렇게 복이 없는지 몰라. 남편 복이 없으면 자식 복이라도 있어야 하는데, 자식도 낳지 못했으니……."

그녀는 나를 찾아와 남몰래 한숨짓는 일이 잦아졌다.

"그래도 잘 참고 견뎌야 해. 살다 보면 좋은 날이 찾아올 거야."

나는 명희가 내 가슴에 기대어 한숨지을 때마다 위로의 말을 건넸다. 말없이 눈물을 흘릴 때는 길게 손을 뻗어 그녀의 눈물을 닦아주었다.

그런 어느 겨울밤이었다. 밤하늘엔 초승달이 파르르 떠 있었다. 무심코 바라본 명희의 방에 그녀가 남편과 싸우는 그림자가 비쳤다. 격렬하게 다투는 말소리도 들렸다.

"그 돈 어디 갔어? 내놔!"

"그 돈은 못 줘요. 아버님 약값이에요."

"그래도 내놔! 자식도 낳지 못하는 주제에, 남편이 내어놓으라면 내어놓아야지, 무슨 잔소리야?"

"못 내놔요!"

"그럼 집문서 내놔!"

"못 내놔요."

"내놓으라면 내놔!"

"못 내놔요!"

"이년이?"

"가져가려면 날 죽이고 가져가요!"

"뭐라고?"

'날 죽이고 가져가라'는 말 때문이었을까. 명희의 말이 끝나기도 무섭게 남편이 득달같이 달려들어 명희의 목을 졸랐다. 그 모습이 창호지를 바른 방문에 똑똑히 비쳤다.

나는 놀라 방 안으로 뛰어가고 싶었으나 꼼짝할 수가

없었다. 까치밥으로 남겨놓은 홍시만 그만 땅바닥에 떨어뜨렸다. 잠시 저러다가 그만두지 싶었으나 그게 아니었다. 명희는 남편에 의해 허수아비처럼 서서히 쓰러져갔다. 명희가 '날 죽이라'고 한 말은 화가 나서 한 말이지 정말 죽이라고 한 말은 아니었다. 그런데도 남편은 그러지 않았다.

그것은 너무나 놀랍고 슬픈 일이었다. 사람들이 말 한마디 때문에 살인을 저지른다는 사실은 내게 너무나 큰 충격이었다.

명희가 누구인가. 어릴 때부터 진정으로 나를 사랑하고 보살펴준, 어쩌면 나 자신이라고 해도 결코 지나치지 않은 분 아닌가. 그런데 그런 분이 화가 나서 내뱉은 말 한마디 때문에 죽임을 당했다 싶어 나는 인간들에게 정나미가 뚝 떨어져버리고 말았다.

그날부터 나는 입을 굳게 다물었다. 말을 시키는 사람이 있어도 결코 말을 하지 않았다. 사람들이 말 한마디 때문에 살인도 저지른다는 사실이 나무와 풀들 사이로 널리 퍼져나가 나뿐 아니라 다른 나무와 풀들도 저마다 입을 다물어버리고 말았다. 자연히 사람과 나무 사이에 나누는 대화의 길이 끊어져버리고 말았다.

많은 시간이 지났다. 나는 차차 인간의 말을 잊어갔다.

또다시 많은 시간이 지나갔다. 나는 인간의 말을 다 잊고 말았다.

그러나 아직도 단 한 마디 잊지 않고 있는 말이 있다. 그것은 내 어릴 때 명희가 내게 한 말, 요즘 사람들도 잘 쓰지 않는 말, '사랑해!'라는 말이다.

종과 종메

 소나무들이 오랫동안 평화롭게 살아오던 솔숲에 아파트 단지가 들어섰다. 몇천 가구나 되는 대단지 아파트로 솔숲의 일부는 살아남고 일부는 잘려나갔다. 불행히도 나는 잘려나간 곳에 살고 있었다. '웨에엥' 하고 요란한 소리를 내는 엔진톱이 내 몸을 사정없이 자르던 날을 나는 평생 잊지 못한다.
 그날은 아침 안개가 엄마처럼 내 몸을 부드럽게 감싸고 있던 날이었다. 나는 안개에 얼굴을 묻고 먼 길을 떠나는 달팽이 한 마리를 바라보고 있었다. 달팽이는 솔숲에서 나와 오솔길을 천천히 가고 있었고, 그 뒤로 실안개가 따라가고 있었다. 그런데 달팽이가 가던 그 길로 안개가 걷히고 아침 햇살이 눈부시게 비치자 장정 몇 명이 성큼성큼 솔숲으로 걸어 들어왔다. 어떤 사람은 손에 삽을 들고 있었고, 또 어떤 사람은 손에 커다란 도끼나 톱날이 날카로운 엔진톱을 들고 있었다.

그들은 숲에 들어오자마자 일을 하기 시작했다. 손에 삽을 든 사람들은 나무들을 어디론가 옮겨 심으려고 조심스럽게 땅을 팠으며, 손에 엔진톱을 든 사람들은 사정없이 나무의 밑동을 잘라버렸다. '웨에엥!' 하는 엔진톱 소리가 나자마자 여기저기에서 내 사랑하는 벗들이 쓰러져갔다.

나는 엔진톱을 든 사내가 내 곁에 다가오지 않기를 간절히 바랐다. 그러나 그것은 나의 바람일 뿐 엔진톱을 든 사내가 천천히 다가와 내 밑동을 잘라버린 것은 참으로 순식간의 일이었다. 나는 너무 아파 비명도 지르지 못했다. 혹시 다른 곳으로 옮겨지지는 않을까 하고 기대한 나 자신이 너무나 어리석게 여겨졌다.

나는 쓰러진 채 숨을 몰아쉬면서 그래도 정신을 차리고 찬찬히 주위를 살펴보았다. 여기저기 여러 벗들이 쓰러져 신음 소리를 내고 있었다. 그들은 대부분 곧고 늠름하게 잘 자란 나무들이었다. 몸통이 휘어지고 구부러진 나무들은 잘리지 않고 어디로 옮겨 심을 작정인지 실

뿌리까지 조심스럽게 다루어지고 있었다.

　평소에 곧게 쭉 뻗은 내 몸매를 자랑한 일이 후회되었다. 구불구불 굽고 못생긴 나무들을 놀리고 얕잡아보았던 일 또한 후회되었다. 굽은 나무가 살아남을 줄 알았더라면 일부러 허리를 부러뜨려서라도 굽은 나무가 되었을 것을 이제 아무리 후회해보아도 소용없는 일이었다.

　나는 곧 서너 토막으로 잘린 통나무가 되어 어디론가 떠나갔다. 흙먼지를 뒤집어쓰며 트럭에 실려 몇 날 며칠 걸려 도착한 곳은 어느 도시에 있는 제재소였다. 그곳은 나무들의 도살장이었다. 나무들의 몸을 얇게 혹은 굵게 갖가지 모양으로 나누고 쪼개는 곳이었다. 나무들은 모두 아무 소리도 하지 못하고 운명인 양 제재소 톱날 아래 자신의 몸을 누이고 있었다.

　'아, 나도 저렇게 죽어가겠구나.'

　나는 제재소의 날카로운 톱날 소리에 정신이 아득해졌다. 그렇지만 이왕 이렇게 된 이상 사람들을 위해 좋은 물건으로 다시 태어나야 한다고 마음을 굳게 먹었다.

　'아이들이 사용하는 책상이나 걸상이 되면 좋겠어. 불타 없어지는 장작이 되고 싶지는 않아.'

　내가 무엇으로 다시 태어날지 몹시 궁금했다. 그런데 그런 궁금함조차 사치스러운 것이었다. 나는 톱날 아래

몸을 누일 필요도 없이 그대로 제재소 마당 한구석에 처박혀 몇 년을 보냈다. 다른 통나무들과 함께 십여 미터나 되는 높이로 높게 쌓여 있었다. 어쩌다가 내가 통나무 더미 맨 위에 올려져 비가 오면 그대로 비를 맞고, 눈이 오면 그대로 눈을 맞았다. 한여름에는 뜨거운 햇볕에 몸이 밀라비틀어지는 것 같았으며, 추운 겨울날에는 온몸이 얼음덩어리처럼 꽁꽁 얼어붙었다.

'아, 내가 무엇이 되려고 이 고생일까? 차라리 빨리 무엇이 되어버렸으면 좋겠다.'

나는 참으로 견디기 힘들었다. 차라리 죽든지 살든지 빨리 무엇이 되어버리기를 원했으나, 아무것도 되지 못하고 그저 참고 지내는 수밖에 다른 도리가 없었다. 간혹 밤하늘의 별들에게 이것이 어쩔 수 없는 나의 운명이라면 하루속히 제재소를 벗어나게 해달라고 부탁할 뿐이었다.

그런 어느 봄날이었다. 나와 함께 있던 통나무들이 하나둘 다른 데로 떠나가기 시작했다. 더러는 몸이 납작한 판자가 되기도 하고, 더러는 토막토막 쪼개진 막대기가 되어 어디론가 멀리 떠나가 버리고 말았다. 그런데 도대체 무슨 일인지 나만 떠나지 못하고 제재소 바닥에 그대로 버려져 있었다.

"이 녀석은 그대로 둬! 나중에 다른 데 쓸 데가 있을 거야."

어느 날 제재소 주인이 그런 말을 한 뒤로는 아무도 나를 건드리지 않았다.

나는 제재소 주인이 왜 그런 말을 했는지 알 수 없었다. 왜 나 혼자만 제재소 마당 한구석에 버려져 있어야 하는지 알 수 없었다.

몇 년이 지났다. 나는 속으로 무척 단단해졌다. 내가 무엇이 되기 위하여 고통의 세월을 보내야 하는지는 알 수 없었으나, 고통을 참고 견디기 위해서는 내 마음이 단단해지지 않으면 안 되었다.

그러던 어느 해 가을이었다. 사람들의 발길이 분주히 내 주위를 맴돌았다.

"이게 어떨까?"

"으음, 괜찮은데, 아주 좋아."

"내 생각에도 이게 좋을 것 같아. 너무 고르지 말고 이걸로 하는 게 좋겠어."

두런두런 사람들의 말소리가 들리더니 나는 곧 대패로 잘 다듬어진 뒤 트럭에 실려 다시 어디론가 떠나게 되었다.

내가 간 곳은 서울 종로에 있는 보신각이었다. 보신각

엔 조선시대 때부터 사용해오던 종이 균열이 심해 새로 만든 종을 덩그렇게 매달아놓고 있었다.

"종아, 사람들이 왜 나를 이리로 데려왔지?"

나는 사람들이 왜 나를 보신각에 데려왔는지 알 수가 없어 종에게 물었다.

"그건 네가 꼭 필요해서야. 난 네가 없으면 종소리를 낼 수 없어. 조금만 기다려봐. 곧 알게 될 거야."

보신각 종이 나를 향해 살며시 미소를 지었다.

나는 보신각 종의 말대로 입을 다물고 가만히 기다렸다. 그러자 사람들이 다가와 내 몸에 쇠줄을 걸 수 있는 고리판을 단단히 씌우고, 그 고리에 긴 쇠줄을 걸었다. 그리고 내 몸을 번쩍 들어 올려 종각의 천장에 매달았다.

그때 나는 비로소 내가 무엇이 되었는지 알 수 있었다. 나는 종을 칠 때 사용되는 나무봉인 종메가 된 것이었다.

'아, 내가 종을 칠 수 있다니!'

나는 어린아이인 양 가슴이 벅차올랐다. 내가 그토록 오랜 세월 동안 버려져 있다가 종메가 된 게 도무지 믿어지지 않았다. 하루속히 종을 한번 쳐보고 싶어 견딜 수가 없었다.

드디어 12월 31일 제야의 밤이 되었다. 많은 사람들이 보신각 주위로 몰려들었다. 새해가 시작되는 0시가 되자 흰 장갑을 낀 서울시장이 처음으로 힘껏 종을 쳤다.

아, 새해의 밤하늘에 아름다운 종소리가 울려 퍼졌다. 그러나 종소리는 아름다웠지만 나는 너무나 고통스러웠다. 갑자기 온몸이 으깨지는 것 같은 아픔에 정신을 차릴 수가 없었다. 더군다나 미처 아픔이 채 가시기도 전에 연이어 종신鐘身에 내 몸을 힘껏 부딪쳐야만 했다. 서른세 번 종을 칠 때마다 나는 거의 까무라칠 뻔했으나 아무도 내 아픔을 아는 이는 없었다.

그 후 새해가 다가오는 일이 나는 두려웠다. 두려움 가운데서 새해를 맞고 내 몸이 으스러지도록 제야의 종소리를 울리는 일이 너무나 고통스러웠다.

내 몸은 온통 상처투성이가 되었다. 어디 한군데 멍들지 않은 곳이 없었다. 만신창이가 된 나 자신이 너무나 불쌍해 더 이상 종소리를 울리고 싶지 않았다.

'그래, 이제 더 이상 움직이지 않는 거야. 이대로 버려져 썩어버려도 좋아.'

나는 그런 결심을 하고 바람이 불어도 더 이상 움직이지 않았다. 그러자 보신각 종이 슬픈 목소리로 내게 말했다.

"종메야, 네가 그러면 내가 어떻게 되니."

나는 못 들은 척 가만히 있었다.

"종메야, 그러지 마. 네가 그러면 난 종소리를 낼 수가 없어."

"내 몸을 좀 봐. 온통 상처투성이야. 한 번씩 종을 칠 때마다 나는 거의 초죽음이 돼. 난 이제 그러기는 싫어!"

나는 정말 어쩔 수 없다는 단호한 표정을 지으며 내 몸의 멍 자국을 보여주었다. 그러자 보신각 종이 내 멍 자국을 쓰다듬어주면서 말했다.

"종메야, 너만 아픈 게 아니야. 나도 아파. 넌 왜 너의 아픔만 생각하니?"

"너도 아프다고?"

"그래, 나도 아파. 네 몸이 내게 꽝 부딪칠 때마다 나도 온몸이 부서지는 듯한 고통을 느껴."

나는 보신각 종이 자기도 아프다고 하는 말에 깜짝 놀랐다. 종을 칠 때마다 나만 아픈 줄 알았지 나 때문에 종이 아픈 줄은 미처 생각하지 못하고 있었다.

보신각 종의 말은 계속 이어졌다.

"아파도 참는 거야. 우리가 참지 않으면 아름다운 종소리를 낼 수가 없어. 우린 서로 함께 아픔으로써 아름다운 종소리를 내는 거야. 어떻게 고통 없이 아름다워질 수 있겠니."

나는 보신각 종의 말을 듣자 나의 아픔만 생각한 나 자신이 무척 부끄러웠다.

"미안하다. 나의 아픔이 곧 너의 아픔이구나. 우리가 서로 한 몸인 줄 몰랐구나."

"괜찮아. 실은 나도 너 때문에 내가 아프다고 생각한 적이 있었어. 서로 한 몸인 줄 모르고 널 원망한 거지. 그런데 사람들은 그걸 모르고 다들 종이 되려고만 해. 다들 종이 된다면 이 세상에 종소리는 존재할 수 없는데도 말이야."

"맞아. 나 같은 종메가 있어야 이 세상에 종소리가 울려 퍼지는 거야."

나는 그제서야 나 자신이 참으로 소중하게 느껴졌다. 온몸에 멍이 들면서 종이나 치는 신세가 되었다고 원망했던 날들이 후회되었다. 내가 왜 엔진톱에 온몸이 잘린 채 솔숲을 떠나오게 되었는지, 왜 제재소 뒷마당에 버려져 나 혼자 오랫동안 외로운 세월을 보내야만 했는지 그제서야 그 까닭을 알 수 있었다.

"종메야, 오늘은 우리 스스로 종소리를 한번 내어볼까?"

"그래, 좋아. 바람이 불어올 때를 기다렸다가 우리 스스로 종소리를 한번 내어보자."

곧 바람이 불어왔다.

나는 힘껏 종을 때렸다. 아름다운 종소리가 울려 퍼졌다. 종소리는 사람들의 마음속으로 멀리멀리 퍼져나갔다.

월식月蝕

 우주가 만들어지자 밤하늘엔 수많은 별들이 떠돌았다. 지구와 달도 그 수많은 별들 중의 하나였다. 그러나 그들에겐 다른 별들한테서는 찾아볼 수 없는 아주 특별한 점이 하나 있었다.
 그것은 그들이 서로 사랑한다는 점이었다. 수많은 별들 중에서 오직 그들만이 서로 사랑하고 있었다. 어느 날 지구별이 달별을 보고, 달별이 지구별을 보고 그만 첫눈에 반해버리고 만 것이다.
 그들은 늘 서로를 그리워했다. 아직 제 궤도를 찾지 못하고 무질서하게 우주 공간을 떠돌던 그들이 서로 잠깐 얼굴이라도 보게 되는 날이면, 그날 밤에는 서로 보고 싶어 잠을 이루지 못했다.

　사랑은 그들로 하여금 늘 함께 있고 싶게 만들었다. 사랑은 그들로 하여금 늘 한 몸이 되고 싶게 만들었다. 그들은 늘 우주 공간을 떠돌아야 했으므로 서로 한 몸이 되지 않으면 함께 있을 수 있는 방법이 없었다.

　지구는 달과 하나가 되고 싶어 견딜 수가 없었다.

　하루는 지구가 하느님한테 달려가 소리쳤다.

　"하느님, 저와 달을 하나가 되게 해주세요!"

　하느님은 지구의 말을 들어주지 않았다. 당돌한 지구의 언행이 마음에 들지 않은 탓이었다.

　"하느님, 지구랑 한 몸이 되게 해주세요. 우린 서로 사랑한답니다."

　이번에는 달이 하느님을 찾아가 말했다. 하느님은 달별의 부끄러워하는 태도에 그만 말문을 열었다.

　"그래, 어느 정도 사랑하느냐?"

　"하나가 되고 싶을 정도로요."

　"사랑은 변하는 것이다. 보다 깊게 생각해보아라."

　"우리의 사랑은 변하지 않아요. 우리의 별빛이 변하지 않듯이 우리의 사랑도 변하지 않을 거예요."

　"사랑에는 기쁨만 있는 게 아니다. 반드시 고통도 따른다."

"어떠한 고통이라도 감당할 수 있어요."

"고통뿐만이 아니라, 반드시 책임도 따른다."

"어떠한 책임도 다 질 수 있어요."

"서로 싸우지 않고 잘 살 수 있겠느냐?"

"네, 결코 그런 일은 없을 것입니다."

"맹세할 수 있느냐?"

"네, 맹세할 수 있습니다."

하느님은 달별의 푸른 눈동자를 가만히 들여다보았다. 그녀의 눈에는 오직 사랑의 빛만 있을 뿐 거짓의 빛은 없었다.

하느님은 그들을 하나로 만들어주었다가 불행한 삶을 살게 할까 봐 적이 걱정되었다. 그러나 우주 만물의 사랑을 가장 으뜸으로 여기는 하느님으로서는 그들의 사랑을 외면할 수는 없었다.

"그래, 내가 너희들을 한 몸으로 만들어주겠다."

하느님은 그들의 소원대로 그들을 하나로 만들어주었다.

달과 지구는 한없이 기뻤다. 우주가 만들어진 것은 바로 자신들의 사랑을 위해서 만들어진 것이라는 생각이 들었다. 그들에게 있어서 사랑은 둘이 하나가 되는 것이었다.

하나가 된 그들은 참으로 아름다운 별이었다. 그들의 사랑의 마음이 뿜어내는 별빛은 우주를 찬란하게 만들었다.

"참으로 아름답구나!"

"너희들이 우주에서 가장 아름다운 별이구나!"

바람도 구름도 햇살도 심지어 아침이슬까지도 그들의 아름다움을 칭송했다.

그런 어느 날이었다. 그들의 칭송에 귀를 기울이던 달이 말했다.

"우리가 우주에서 가장 아름다운 별이 된 것은 바로 내가 아름답기 때문이야."

지구는 달이 그런 말을 하자 적이 마음이 상했다.

"아니야, 그렇지 않아! 우리가 아름다운 건 바로 나 때문이야. 내가 아니면 우리가 이렇게 아름다워질 수가 없어."

그들은 하나이면서도 동시에 둘이라는 점을 간과한 나머지 서로 자기 때문에 아름답다고 주장했다.

달은 지구의 주장이 섭섭하게 느껴졌다. 지구 또한 달의 주장이 너무 지나치다고 여겨졌다.

서로의 주장은 갈수록 팽팽하게 대립되었다. 누구 먼저 양보할 생각을 하지 않았다. 사랑하기 때문에 하나가 되었으며, 하나가 되었기 때문에 서로 아름다워졌다는 점을 인정하려 들지 않았다.

날이 갈수록 그들의 다투는 소리가 우주를 시끄럽게

만들었다.

"좀 조용히 하거라."

바람과 햇살이 그들에게 충고했다. 심지어 가장 멀리 떨어진 명왕성이 달려와 충고를 했다. 그래도 그들은 자꾸 소란을 떨었다.

"좀 조용히 하라니까!"

드디어 하느님도 참지 못하고 그들을 나무랐다. 그러나 그들은 하느님의 말씀도 듣지 않았다.

"그렇게 자꾸 싸우기만 하면 다시 둘로 갈라놓겠다."

하느님이 그렇게 말해도 그들은 막무가내였다.

우주는 그들의 싸움 때문에 날이 갈수록 더 소란스러웠다. 그 찬란하던 빛도 점차 빛을 잃었다.

하느님은 말씀하신 대로 그들을 다시 둘로 갈라놓았다.

"오늘부터는 달이 지구 주위를, 지구가 달의 주위를 영원히 돌게 하겠다. 이제 너희들은 영원히 하나가 되는 일은 없을 것이다."

하느님은 달과 지구로 하여금 서로의 궤도를 일정한 속도로 떠돌게 만들었다.

그들은 더 이상 다투지 않게 되었다고 좋아했다. 달은 달대로 자기가 가장 아름답다고 생각하고, 지구는 지구대로 자기가 가장 아름답다고 생각했다.

그러나 차차 시간이 지나자 그들은 다시 서로가 그리워지기 시작했다.

"하느님, 제가 잘못했어요. 지구하고 다시 하나가 되게 해주세요."

달이 염치없이 다시 지구와 함께 있게 해달라고 하느님께 빌었다.

"하느님, 저도 잘못했습니다. 용서해주세요. 다시는 싸우지 않겠습니다."

지구 또한 참회의 눈물을 흘리며 달과 함께 있게 해달라고 하느님께 빌었다.

하느님은 분노의 하느님이기도 하지만 용서의 하느님이기도 했다.

"내 너희들을 용서하마. 그렇지만 다시 하나가 되게 할 수는 없다. 그 대신 가끔 만나게는 해줄 테니 다시는 싸우지 말거라."

하느님은 그들을 용서하고 가끔 서로 만나게 했다. 특히 지구가 달과 태양 사이에 있게 되었을 때는 서로 한 몸이 되게 했다.

지구에서 보면 지구의 그림자가 달을 껴안아버리는 순간이 있다. 그때가 바로 그들이 하나가 되는 순간이다. 지구에 사는 사람들을 그것을 '월식'이라고 말한다.

서울역 눈사람

하늘에 있는 눈의 나라에도 겨울이 왔다. 눈의 나라 임금님은 아침에 일찍 일어나 흰 눈으로 뒤덮인 산과 들을 바라보았다. 멀리 산등성이 위로 해가 뜨기 시작하자 눈 덮인 흰 산마다 은빛으로 빛났다.

"역시 우리나라는 겨울이 가장 아름다워!"

눈의 나라 임금님은 긴 수염을 쓰윽 쓰다듬으며 만족한 미소를 머금었다.

"이제 이 아름다움을 다른 나라에도 전해줄 때가 되었군. 다들 모일 때가 되었어."

눈의 나라 임금님은 눈의 나라에 사는 모든 눈들에게 즉시 모이라고 명을 내렸다.

첫눈이 가장 먼저 임금님 앞으로 달려와 머리를 조아렸다. 곧이어 싸락눈과 가랑눈이 싸르르 싸르르 옷자락 끄는 소리를 내며 어전으로 달려와 허리를 굽혔다. 그 뒤를 이어 풋눈과 밤눈이 달려오고, 진눈깨비가 물기에 푹 젖은 얼굴을 하고 달려왔으며, 맨 마지막으로 함박눈이 헐레벌떡 달려와 임금님께 머리를 조아렸다.

"내 그대들에게 말하노라. 그대들은 지금 즉시 다른 나라로 가서 우리나라의 이 아름다움을 전하도록 하라. 우리는 이날을 위해 지난 일 년을 기다려왔노라."

임금님의 목소리는 맑고 우렁찼다.

"이번에도 다들 착한 일을 하고 돌아오도록 하라."

"네에."

눈들은 모두 기쁜 얼굴을 하고 머리를 조아렸다.

"특히 함박눈 그대는 이번에 착한 일을 하지 못하면 다시는 돌아오지 못할 것이다."

"네에, 명심하겠습니다."

함박눈은 다른 눈보다 더 크게 머리를 조아렸다. 해마다 늘 다른 나라에 가서 큰 소동만 일으키고 온 터라 몸 둘 바를 몰랐다.

눈들을 그길로 즉시 눈의 나라를 떠났다. 신나는 여행을 떠나는 길이라 다들 들뜬 표정이었다. 그러나 함박눈은 그다지 신이 나지 않았다. 이번에도 착한 일을 하지 못하면 다시는 돌아오지 못할 것이라는 임금님의 말씀에 걱정만 쌓였다.

"싸락눈아, 정말 걱정이다. 어떻게 하면 착한 일을 할 수 있지?"

함박눈은 길을 가다 말고 옆에 있는 싸락눈한테 말을 걸었다.

"걱정하지 마. 나만 따라와."

싸락눈은 함박눈을 쳐다보지도 않고 싸락싸락 앞으로 달려가기만 했다.

"난 지금 지구로 가는 길이야. 이번에는 지구에서도 한국이라는 나라로 갈 거야. 그러니 날 따라만 와."

"정말? 널 믿어도 돼?"

"믿어도 돼. 믿고 싶지 않다면 네 마음대로 해. 난 이번에야말로 지구로 가볼 거니까."

"지구라…… 나도 늘 지구에 가보고 싶었어."

하늘에서 보면 늘 푸른 공처럼 보이는 지구에 함박눈도 늘 가보고 싶었다. 지구에는 인간이 산다고 해서 그들을 만나보고 싶을 때도 있었다.

함박눈은 싸락눈을 따라 지구를 향해 달려갔다. 이번에야말로 착한 일만 하고 돌아갈 수 있도록 해달라고 하느님께 간절히 기도를 하고 힘을 내었다.

　지구는 그리 멀지 않는 곳에 있었다. 이틀 밤이 지나고 사흘 밤을 자고 나자 지구 위로 걸어가는 사람들과 그들이 살고 있는 집들이 보였다.

　함박눈은 싸락눈을 따라 지구 위로 내려앉았다. 혹시 다른 별에서처럼 무슨 소동이라도 일으킬까 싶어 함박눈들 중 젊은 함박눈만 싸락눈을 따라 내리게 했다.

　지구는 곧 하얀 눈으로 뒤덮였다. 지구 중에서도 한국이라는 나라가 온통 하얗게 뒤덮였다. 특히 대관령과 미시령과 한계령이라는 높은 고개가 있는 강원도 지역에 젊은 함박눈들이 많이 내렸다.

　한국의 기상청에서는 강원도 산간지역에 곧 폭설주의보를 내렸다. 수많은 사람들의 집과 길들이 눈 속에 파묻혔으며, 대관령과 미시령과 한계령을 넘던 자동차들이 더 이상 운행을 하지 못하고 죽은 자벌레처럼 그대로 가만히 있었다. 물론 수많은 사람들이 차 안에 갇혀 추위와 배고픔에 시달렸다.

　그뿐이 아니었다. 아름드리 소나무들이 눈의 무게를 이기지 못하고 '뚜욱 뚝' 가지가 꺾이고 부러지는 소리를 내었으며, 내설악에서는 눈사태가 나 사람들이 눈 속에 파묻혀 죽는 일도 벌어졌다.

지상에 내리지 않고 하늘에 남아 있던 나이 든 함박눈은 그런 사태를 보자 기가 막혔다. 이번에도 세상을 아름답게 하기는커녕 커다란 소동만 일으켰다 싶어 싸락눈을 따라온 자신이 너무나 어리석게 느껴졌다.

'어떡하나. 이제 눈의 나라로 돌아갈 수가 없게 되었는데 어떡하나.'

함박눈은 걱정이 되어 자기도 모르게 자꾸 눈물이 났다. 그러자 아직 지상에 내리지 않고 있던 싸락눈이 함박눈에게 말했다.

"울지 마. 날 따라와."

"아냐, 난 넌 믿을 수가 없어. 안 따라갈 거야."

"글쎄, 따라오라니까. 오늘이 바로 아기 예수가 태어나신 날이야. 그래서 이번엔 정말 착한 일을 할 수 있을 것 같아."

"아기 예수? 아기 예수가 누군데?"

"세상을 선하고 아름답게 하는 분이야. 그분이 태어나신 날이니까 우리도 착한 일을 할 수 있을 거야."

함박눈은 싸락눈의 말에 마음이 솔깃해서 다시 싸락눈을 따라나섰다.

함박눈이 싸락눈을 따라 내린 곳은 서울역 광장이었다. 기차에서 내린 사람들이 함박눈을 보고 모두 "와!"

하고 탄성을 내질렀다.

함박눈은 사람들이 좋아하는 모습을 보자 너무나 기뻐서 하늘에 조금 남아 있던 함박눈마저 모두 서울역에 내리게 했다. 그러자 서울역에 사는 노숙자들이 하나둘 모여들어 눈덩이를 굴리기 시작하더니 한 사람 두 사람 눈사람을 만들었다.

눈사람들은 곧 서울역 광장 곳곳에 세워졌다. 함박눈은 눈사람이 된 자신이 자랑스럽게 느껴져 오가는 사람들을 보고 손을 흔들었다.

어느새 눈은 그치고 밤이 찾아왔다. 새하얀 솜이불을 덮은 듯 서울역은 포근하고 아름다웠다. 고색창연古色蒼然한 서울역 푸른 돔 위로 별들은 자꾸 빛났다.

그러나 함박눈은 한 가지 걱정을 떨칠 수가 없었다. 서울역의 눈사람이 되었다는 사실이 곧 착한 일을 한 것이라고는 생각되지 않았다. 아무리 생각해도 그것만으로는 착한 일을 했다고 인정받을 수 없을 것 같았다.

"무슨 좋은 수가 없을까?"

눈사람이 된 함박눈들은 다들 입을 다물고 가만히 있었다.

"말을 좀 해봐. 우리가 눈의 나라로 돌아갈 수 없다는 것은 곧 죽음을 의미해. 좋은 의견이 있으면 말들을 해보란 말이야."

가장 어른 눈사람으로 만들어진 함박눈이 답답하다는 듯이 주위를 둘러보았다.

그때 소년 눈사람으로 만들어진 함박눈이 선뜻 나서서 입을 열었다.

"제 생각엔 이렇게 가만히 서 있지만 말고, 착한 일을 할 수 있는 일이 있는지 없는지 우선 찾아 나서는 것이 더 중요하다고 생각돼요. 아마 우리를 눈사람으로 만든 노숙자들을 위해 우리가 해야 할 일이 있을 거예요. 우리를 눈사람으로 만든 사람들이 누구입니까. 바로 노숙자들 아닙니까."

"맞아, 맞아. 우리가 그들을 위해 꼭 하지 않으면 안 되는 일이 있을 거야."

눈사람들은 다들 고개를 끄덕거렸다.

그날 밤. 서울역엔 눈사람들이 노숙자들을 찾아가 이불을 덮어주거나 여기저기 흩어진 종이 박스를 주워 찬 바람을 막아주는 일이 벌어졌다. 어떤 눈사람은 편의점에 가서 빵을 얻어와 배고픈 노숙자들에게 나누어주기도 했다.

눈의 나라 임금님은 하늘에서 그런 광경을 보고 빙긋이 미소를 머금었다.

노숙자들 중엔 차가운 시멘트 바닥에서 자다가 일어나 눈사람과 같이 성탄송을 부르는 이도 있었다.
 "고요한 밤 거룩한 밤 어둠에 묻힌 밤 주의 품에 안겨서……."

극락조極樂鳥

 부처님이 하늘에 사는 별들을 불러 모았다. 부처님은 별들을 쭉 둘러보면서 다정한 목소리로 "너희들이 지금 지구에 가서 산다면 무엇으로 태어나 살고 싶으냐?" 하고 물으셨다. 나는 조금도 망설이지 않고 아름다운 꽃으로 태어나 인간을 위해 살고 싶다고 말했다.

 부처님은 내 말을 듣고 처음에는 조금 망설이는 표정을 지었다. 지구에는 이미 많은 꽃들이 피어 있기 때문에 그것만으로도 지구는 충분히 아름답다는 것이었다. 그러나 나는 부처님께 자꾸 졸랐다.

 "부처님! 꽃으로 태어나는 게 제 소원이에요. 꼭 그렇게 해주세요."

내 목소리가 너무 간곡한 탓이었을까. 다른 별들도 꽃으로 태어나 지구에 살고 싶다고 했지만 부처님은 오직 나만을 지구의 꽃으로 다시 태어나게 해주셨다.

나는 별똥별이 되어 지구로 내려와 처음에는 장미꽃으로 태어났다. 사람들이 사랑하는 이에게 장미꽃을 바치면서 사랑을 고백하는 모습이 보기에 좋아 나도 그런 역할을 하는 꽃이 되고 싶었다.

그런 기회는 곧 찾아왔다. 햇살이 따사로운 5월 어느 날이었다. 키가 크고 잘생긴 한 청년의 손에 들려 나는 한 여자의 집을 방문하게 되었다.

"어머, 자기!"

여자는 나를 받아들자마자 활짝 웃음을 터뜨렸다. 나로서는 장미꽃으로 태어난 일이 더없이 행복한 순간이었다.

그러나 장미꽃으로 태어난 일이 꼭 행복한 일만은 아니라는 것을 나는 곧 알게 되었다. 장미꽃을 바쳐도 사람들 사이에 사랑이 이루어지지 않는 경우도 더러 있다는 것을 알게 된 것이다.

한번은 남자한테서 받은 나를 쓰레기통에 던져버린 여자도 있었다. 또 어떤 여자는 사람들이 많이 오가는 지하철역 구내에다 나를 버린 일도 있었다.

그럴 때마다 나는 얼마나 놀랐는지 모른다. 일단 한번 그렇게 버려지면 아무도 나를 거들떠보지도 않았다. 한번은 어떤 남자가 버려진 나를 주우려고 하자 그 남자의 애인인 듯한 여자가 "줍지 마. 저건 사연이 있는 꽃이야. 기분 나빠" 하고 말했다.

장미꽃으로 태어난 나는 그렇게 버려져 사람들 발에 짓밟히면서 외롭게 죽어갔다. 환경미화원 아저씨가 나를 쓰레기통에 처박아버릴 때는 장미꽃으로 태어난 일이 그 얼마나 후회스러웠는지 모른다.

이듬해 봄, 나는 부처님께 말해 저수지가 있는 어느 시골의 둑길 위에 제비꽃으로 다시 태어났다. 처음엔 저수지 수면 위에 고요히 반짝이는 햇살을 바라보는 것만으로도 참으로 행복했다. 검은제비나비가 나를 찾아오거나 가끔 부드러운 바람이 나를 스치고 지나가면 세상에 나보다 더 행복은 꽃은 없다는 생각이 들었다.

그러나 차차 시간이 지나자 그게 아니었다. 시간이 지나면 지날수록 외로움이 느껴져 견딜 수가 없었다. 학교를 오가는 초등학생들 외엔 아무도 내게 눈길을 주는 이가 없었다. 더구나 내게 제비꽃이라는 이름 외에도 '오랑캐꽃'이라는, 별로 좋은 의미로 여겨지지 않는 또 다른 이름이 있다는 사실에 적이 실망도 되었다. 그래서 이듬해 봄에는 서울의 어느 아파트 화단으로 장소를 옮겨 피어나보았다. 그러나 여전히 아무도 내게 관심을 갖지 않았다. 관심은커녕 잔디 깎는 기계 속으로 빨려 들어가 제비꽃으로서의 일생을 너무나 짧게 마치고 말았다.

그 후에도 나는 부처님께 말해서 갖가지 꽃으로 다시 태어났다. 봄이 될 때마다 진달래로 개나리로 목련으로 산철쭉으로 다시 태어났다. 그러나 그런 꽃들은 얼마 시간이 지나면 왠지 내가 태어나고 싶은 꽃들이 아니다 싶었다. 그래서 어느 해 봄에 우연히 춘란으로 피어나 은은히 향기를 뿜으면서 한 젊은 시인과 같이 살게 되었다.

시인은 가난했지만 마음은 부자였다. 시인은 나를 바라볼 때마다 맑은 미소를 지었다. 나는 그런 시인과 오랫동안 같이 살고 싶었다. 내가 꽃으로 태어난 것은 바로 이 시인을 위해 태어난 것이라는 생각이 들었다. 아마 그런 생각이 바로 사랑이 아닌가 싶었다. 그런데 그 시인이 나와 몇 해를 같이 살지 못하고 그만 간암으로 죽고 말았다.

나는 사랑하는 시인의 죽음을 위해 무엇을 해야 할지 알 수 없었다. 먼 길을 떠나는 그의 영구차 뒤를 향기가 되어 묵묵히 따라가는 일밖에 할 수가 없었다. 그런데 그날 어디서 날아왔는지 온몸에 적갈색을 띤 아름다운 새 한 마리가 날아와 계속 내 뒤를 따라왔다.

"네 이름이 뭐니? 도대체 넌 어디서 날아온 거니?"

나는 새에게 연거푸 질문을 퍼부었다. 새는 계속 내 뒤를 따라오면서 말했다.

"난 극락조라고 해. 저 멀리 바닷가 숲속에 사는데, 시인의 영혼을 위로해주기 위해서 날아왔어. 사람이 죽으면 그 사람의 영혼을 극락으로 인도해주는 일이 내가 하는 일이야."

새는 말을 마치자마자 영구차 꼭대기 위로 날아가 앉아 먼 산길을 바라보았다. 그때 문득 나도 저 극락조와 같은 역할을 하는 꽃으로 피어나고 싶다는 생각이 들었다.

이듬해 봄이 되자 나는 다시 부처님께 부탁해 인간의 영혼을 극락으로 인도할 수 있는 꽃으로 태어났다. 그리고 그다음부터는 일체 다른 꽃으로 피어나지 않고 계속 그 꽃으로 피어나 인간의 영혼을 극락으로 인도하게 되었다.

지금도 영결식장에 놓인 근조화환을 보면 흰 국화꽃 사이로 길게 새 부리 모양을 한 적황색 꽃들이 고개를 내밀고 있을 것이다. 그 꽃이 바로 나다. 내 이름이 극락조라는 사실을 아는 사람은 그리 많지 않다.

작은 예수

내가 예수라고 해서 그리 놀랄 필요는 없다. 나는 단단한 은백색 금속인 니켈로 만들어진 예수다. 받침대가 있는 조그마한 십자가 위에 매달려 산다. 십자가가 아주 작아 내 몸 또한 아주 작다. 초등학교에 갓 입학한 어린이의 가는 손가락만 하다.

원래 나는 프란치스코 성인이 태어난 이탈리아 아시시에 있는 성물聖物 가게 진열대 한 귀퉁이에 살고 있었다. 그런데 하루는 한국인 신부 한 사람이 와서 나를 사 가는 바람에 뜻하지 않게 한국 땅에서 살게 되었다.

한국에 와서 처음에 나는 햇볕이 잘 드는 신부님 책상 위에서 살게 되었다. 창밖 소나무에 새들이 날아와 가끔 노래도 불러주고, 솔바람 소리 또한 잔잔한 물결 소리처럼 부드러워 퍽 평온하고 고요한 날들을 보내며 살고 있었다. 이탈리아 아시시에서나 한국의 서울에서나 십자가에 매달려 사는 고통은 마찬가지였지만, 무엇보다도 햇살이 너무나 따스하고 부드러워 그런 고통쯤은 순간순간 잊을 수가 있었다. 그리고 신부님 방을 찾아와 이런저런 고민을 털어놓은 사람들의 이야기를 몰래 엿듣는 즐거움 또한 나의 고통을 잊게 해주었다.

그런 어느 날이었다. 신부님 방으로 한 여대생이 찾아와 신앙에 대한 이해가 전혀 없는 엄마 때문에 성당에 다니지 못하게 되었다고 호소하는 것이었다. 그러자 신부님이 다정히 여대생을 위로하는 말을 건넸다.

"글라라 양, 그렇다고 엄마를 미워해서는 안 돼요. 엄마를 이해해야 해요. 견디기 힘들더라도 인내하고 기다려야 해요. 언젠가는 엄마가 글라라 양을 이해하는 날이 올 거예요."

신부님은 그런 말씀을 하신 뒤 대뜸 나를 집어 드는 것이었다. 나는 깜짝 놀랐지만 신부님이 어떻게 하시나 하고 가슴 졸이며 그대로 가만히 있었다. 신부님은 어려울 때는 항상 나를 생각하라고 하면서 여대생의 손에 살며시 나를 건네주었다.

"글라라 양, 이거 가져요. 성당에 못 나올 땐 십자가에 매달린 이 작은 예수님을 꼭 한번 안아봐요. 그러면 마음이 아주 좋아질 거예요."

나는 신부님 곁을 떠나고 싶지 않았다. 그런데 신부님이 물어보지도 않고 대뜸 나를 여대생한테 줘버리니 나로서는 아무런 방법이 없었다. 싫다는 말도 못 하고 여대생을 따라가 그녀의 책상 위에서 살 수밖에 없었다.

그녀의 책상 위에도 햇살은 맑고 따스하게 비쳤다. 나는 온몸에 햇살을 받는 순간, 열심히 그녀를 사랑하기로 마음을 먹었다. 신부님이 굳이 나를 그녀의 집으로 보낸 데에는 특별한 까닭이 있을 것이라고 생각하면서 그녀의 작은 예수가 되기로 마음먹었다.

그러나 나는 그런 마음을 먹은 지 며칠 만에 그만 그녀의 책상 서랍 속에 갇혀 사는 신세가 되고 말았다. 그녀가 학교에 간 뒤 빈방에 앉아 커튼 사이로 스며드는 햇볕을 쬐고 있다가 깜빡 잠이 들었을 때였다. 갑자기 내 몸이 덜렁 치켜 들리더니 그만 방바닥에 내동댕이쳐지는 것이었다.

나를 내동댕이친 사람은 바로 그녀의 엄마였다. 그녀의 엄마는 눈에 쌍심지를 켜고 "도대체 이게 뭐야? 왜 이런 걸 집에 두는 거야?" 하는 말을 내뱉고는 내가 미처 정신을 차리기도 전에 방을 나가버리고 말았다.

그날 나는 그렇게 내동댕이쳐진 채 그녀가 돌아오기만을 기다렸다. 그날따라 밤 12시가 되어서야 돌아온 그녀는 나를 보고 놀라 어쩔 줄 몰라했다.

"미안해, 많이 아프지? 어디 다치진 않았니?"

나는 팔이 부러진 듯했지만 그녀가 걱정할까 봐 아무 말도 하지 않았다.

그때였다. 갑자기 방문이 덜컥 열리고 그녀의 엄마가 나타나 고래고래 소리를 질렀다.

"도대체 이게 뭐니? 왜 엄마 말을 안 듣고 맨날 그 모양이야? 내가 성당에 나가지 말랬는데, 이제 이런 거까지 갖다 둬? 지금 당장 네 손으로 쓰레기통에 갖다 버려! 네가 네 손으로 버리라고 이렇게 내버려둔 거야. 알았니?"

엄마가 소리치다가 방을 나가자 그녀는 한참 동안 나를 껴안고 울기만 했다.

"울지 마, 엄마 말씀대로 해. 난 버려져도 괜찮아."

"아니야, 그럴 수 없어. 죽을 때까지 너랑 살 거야. 신부님하고 그렇게 하겠다고 약속을 했어."

그날 밤, 그녀는 꽃무늬가 인쇄된 선물용 포장지에 정성스럽게 나를 돌돌 말아 싸서는 그만 책상 서랍 깊숙이 넣어버리고 말았다.

　서랍 속으로 들어간 나는 갑자기 밀려드는 어둠이 무서웠다. 방바닥에 내동댕이쳐질 때 양쪽 손바닥과 발등에 박힌 작은 못 세 개 중 두 개가 빠져나가고 한 개만 헐렁헐렁한 채 박혀 있어 십자가에 매달려 있기조차 힘들었다. 그렇지만 나는 그녀가 엄마한테 야단맞지 않을 수가 있다면 내가 어떻게 되어도 괜찮다는 생각을 하면서 점점 깊은 어둠 속에 파묻혀버리고 말았다.

　그 뒤 오랜 세월이 지났다. 신부님이 나를 떠나보내고 그만 교통사고로 돌아가신 지 십 년이 지났으니까, 내가 포장지에 싸여 서랍 속에 산 지도 벌써 십 년이 되었다.

　어둠 속에서 고통의 세월을 보낸다는 것은 참으로 견디기 힘든 일이었다. 그동안 나는 햇볕이라고는 단 한 번도 볼 수 없었으며, 맑은 공기 한번 마음껏 들이켜본 적이 없었다. 그렇지만 나에겐 언제까지나 이대로 어둠 속에 갇혀 살지는 않을 것이라는 확고한 믿음이 있었다.

　그 믿음은 어느 날 내 몸을 감싼 포장지를 뜯게 만드는 기쁨을 선사해주었다.

　여대생이 결혼을 하고 한 아이의 엄마가 된 뒤 다시 성당에 나가게 된 어느 날이었다. 그녀는 남편과 같이 성당에 나가게 되자 문득 나를 기억해내었다.

"맞아. 신부님이 주신 그 작은 예수님! 그 예수님을 내가 잊고 있었어!"

그녀는 이사할 때마다 나를 몇 번 풀어보곤 했지만, 그때마다 엄마가 볼까 봐 얼른 다시 포장지에 싸버리곤 했다.

그녀는 성당에서 돌아오자마자 친정에서 가져온 여러 물건들 중에서 급히 나를 찾아내었다.

포장지를 푸는 그녀의 손이 떨렸다. 내 가슴도 그녀 못지않게 떨려왔다.

"예수님, 미안해요."

나는 햇살에 눈이 부셨다.

"아니, 괜찮아."

나는 맑은 공기를 마음껏 들이켜며 그녀를 살짝 안아주었다.

그녀는 예전에 신부님이 그랬던 것처럼 햇살이 잘 드는 넓은 책상 위에다 나를 두었다. 노트북이 놓여 있는 그녀의 책상 위에는 풍란 화분도 하나 있어 풍란과 함께 새로운 삶을 살게 된 나는 참으로 행복했다. 견딜 수 없는 고통을 견디고 난 이의 마음이 얼마나 기쁜 것인지 조금은 알 것도 같았다. 비록 몸에 못이 몇 개 빠져 십자가에 제대로 매달려 있지 못하고 덜렁거렸지만, 다시 그녀의 작은 예수가 된 일은 참으로 기쁜 일이었다.

그런 어느 날이었다. 그녀가 나를 가만히 쳐다보다가 혼잣말로 말했다.

"어머, 못이 두 개나 빠져버린 걸 내가 여태 몰랐네. 언제 이렇게 되었을까? 아, 그때 엄마가 내동댕이쳐버렸을 때, 그렇게 되었구나. 나는 그것도 모르고…… 그동안 얼마나 힘드셨을까. 빨리 못을 사서 못질을 해드려야지."

그녀는 그길로 철물상에 가서 망치와 지름 1밀리미터 정도 되는 작은 못을 몇 개 구해와 내 몸에 못질을 하려고 들었다.

바로 그때였다. 그녀의 여섯 살 된 아들이 유치원에서 막 돌아와 못질을 하려는 그녀한테 말했다.

"엄마, 예수님 또 아프게 뭐 하러 못을 박아? 그냥 두지."

"응? 그래? 민수 말이 맞구나. 엄마가 잘못 생각했다."

그녀는 손에 들었던 망치를 내려놓고 어린 아들을 꼭 안아주었다.

순간, 나는 눈물이 핑 돌았다. 그녀도 눈물이 핑 도는지 손등으로 살며시 눈가를 훔쳤다.

돌멩이의 미소

조그마한 물고기인 내가 작은 돌멩이 속에 갇혀 살게 된 것은 아주 오래전 일이다. 지구에 지각변동이 일어난 시기이니까 아마 신생대의 어느 날이었을 것이다.

그날도 나는 엄마하고 유유히 강물 속을 헤엄치고 있었다. 그런데 갑자기 요란한 굉음과 함께 내가 살던 강물이 그만 땅속으로 푹 꺼져버리고 말았다. 엄마는 어디로 갔는지 보이지 않고 오직 나 혼자만 캄캄한 어둠 속에서 허우적거리고 있었다.

"엄마, 엄마! 어딨어요? 살려줘요!"

아무리 소리쳐 불러보아도 엄마는 아무런 대답도 없었다.

나는 그렇게 부모 형제와 헤어지고 오랜 시간 동안 어둠의 땅속에서 혼자 살았다. 눈물이 마를 날이 없었다. 엄마가 보고 싶고 형제들이 보고 싶어 견딜 수 없었지만 무엇보다도 무섭고 외로워서 견딜 수가 없었다. 강물 속을 헤엄칠 때마다 만나던 햇살과 수초들과 친구들이 너무나 그리웠다.

그러나 차차 시간이 지나면서 나는 어둠 속에서의 내 삶을 참고 견딜 줄 알게 되었다. 그것은 어디까지나 어둠의 도움 때문이었다.

어느 날 어둠이 내게 말했다.

"그렇게 울고 있을 게 아니라, 이제부터 기다릴 줄을 알아야 해. 네가 진정 다시 땅 위로 나가길 원한다면, 네가 진정 강물 속을 헤엄치길 원한다면, 이제 가슴속에 기다림을 하나 품어야 해. 그렇지 않으면 항상 어둠 속에서 눈물이나 흘리면서 살게 돼."

"어둠아, 기다림이 뭐지? 도대체 뭔데 그런 말을 하니?"

나는 그때까지만 해도 기다림이 무엇인지 모르고 있었다.

"그건 네가 살아갈 수 있도록 해주는 힘이야. 네가 소망하는 것을 이루기 위한 시간이며 의지라 할 수 있지."

"나한테 그런 힘이 있어?"

"응, 마음의 힘이지. 희망이라고도 할 수 있어. 이 세상에 그 누구든 기다림을 하나씩 지니고 살아."

"글쎄, 내게 그런 기다림이 있을 수 있을까?"

나는 반신반의했다. 아무리 생각해도 나한테는 기다림을 위한 시간과 의지가 있을 것 같지 않았다. 그러나 어둠은 '이 세상에 그 누구든 기다림을 지니지 않고 사는 이는 없다'고 말했다.

"지금은 네가 비록 땅속에서 나와 함께 살고 있지만, 언젠가는 다시 땅 위로 나가 네가 그리워하는 강물과 햇살들을 다시 만날 수 있을 거야. 그런데 그들을 만나려면 넌 지금부터 기다림을 지니지 않으면 안 돼."

나는 어둠의 말대로 기다림을 지니기로 마음을 먹었다. 그러나 막상 그런 마음을 먹고 나자 기다리기 위해서는 무엇을 필요로 하는 것인지 알 수 없었다.

"어둠아, 기다리기 위해서는 무엇이 가장 필요하지?"

나는 다시 어둠에게 물었다.

"그건 인내야."

어둠은 인내를 필요로 한다고 잘라 말했다. 참고 견디지 못하면 기다림의 결과를 얻을 수 없다는 것이었다.

그때부터 나는 인내를 바탕으로 기다림을 지니게 되었다. 그것은 어둡고 추운 땅속을 벗어나 언젠가는 다시 푸른 강물 속을 신나게 헤엄치는 것이었다.

수많은 시간이 지나갔다.

내 몸은 딱딱하게 굳어갔다. 부드러웠던 흙이 차차 돌이 되어가자 부드러웠던 내 몸도 그만 돌처럼 딱딱해지고 말았다. 조금 움직여보려고 해도 조금도 움직일 수가 없었다.

다시 많은 시간이 지났다.

지구에는 또 한 차례의 지각변동이 있었다. 이번에는 꺼졌던 땅이 다시 위로 불쑥 솟아올랐다. 내가 커다란 바윗덩어리가 되어 지상으로 얼굴을 조금 내밀게 되었다. 지상의 하늘은 여전히 푸르고 햇빛은 찬란했다. 비록 커다란 바위 속에 갇혀 있었지만 푸른 하늘을 바라볼 수 있는 것만으로도 무척 기뻤다. 기다림을 버리지 않는 한 언젠가는 지상으로 올라갈 수 있다는 어둠의 말은 정말 맞는 말이었다.

또다시 많은 시간이 지났다.

나를 가두고 있던 바윗덩어리가 수많은 돌멩이로 쪼개졌다. 나는 나도 모르게 사람들 주먹보다 더 작은 돌멩이가 되어 강가에 나뒹굴게 되었다.

나는 강가에 살게 되었다는 것만으로도 기뻤다. 당장이라도 강물 속으로 풍덩 뛰어 들어가 헤엄칠 수도 있을 것 같았다.

'아, 헤엄치고 싶어. 이 돌에서 빠져나와 저 강물을 신나게 거슬러 오르고 싶어!'

그러나 그건 내 마음일 뿐 나는 여전히 돌 속에 박혀 꼼짝달싹도 할 수 없었다. 그렇지만 나는 여전히 기다림을 포기하지 않았다.

다시 수많은 날들이 지나갔다.

언제부터인가 내가 사는 강가에 수석을 채취하는 사람들이 몰려왔다. 나는 혹시 그 사람들에게 잡혀가는 게 아닌가 하고 늘 마음이 조마조마했다. 그런데 결국 그런 날이 오고야 말았다.

"와아! 이거 굉장한 돌이군! 검은 돌 속에 흰 물고기 한 마리가 박혀 있네!"

나를 집어 든 사내는 놀라 입을 다물지 못했다.

"명품이야, 명품! 마치 물고기가 지금 막 꼬리를 치고 헤엄을 치는 것 같아!"

사내는 내가 무슨 귀한 보물이라도 되는 양 나를 배낭 깊숙이 집어넣고 어느 도시의 아파트로 데리고 갔다.

나는 사내가 사는 아파트 거실장 위에 놓여졌다. 처음에는 이것저것 신기한 게 많아 눈을 두리번거리며 좋아했지만 강물 소리를 듣지 못하자 가슴이 답답했다. 누가 텔레비전을 켜기만 하면 정신을 차릴 수가 없었다. 가끔씩 걸려오는 전화벨 소리에 기겁을 하곤 했다.

나는 견디다 못해 내가 박혀 있는 돌멩이에게 말했다.

"이제 날 좀 내보내줘. 그동안, 그 오랜 시간 동안, 나와 함께 살았으면 이제 헤어질 때도 됐잖아."

나는 진정 강으로 돌아가고 싶었다. 그러나 돌멩이는 살며시 고개를 가로저었다.

"아니야, 난 널 보내고 싶지 않아."

"아니, 왜?"

"난 널 사랑해."

나는 놀라 입을 다물지 못했다. 그렇지만 다시 돌멩이에게 말했다.

"난 물고기야. 물고기가 헤엄을 치지 않으면 그 얼마나 불행한 일이니. 물고기가 이렇게 돌 속에 박혀 있어서는 안 돼. 난 물속에서 헤엄치면서 살고 싶어. 사랑한다는 것은 사랑하는 이가 원하는 것을 들어주는 일이야."

"아니야, 난 아직 그럴 수 없어."

몇 번이나 더 말을 붙여보았지만 돌멩이는 더 이상 대답조차 하지 않았다. 나는 몹시 실망스러웠지만 이제 다시 마음속에 기다림을 지니고 살아갈 수밖에 없었다.

그런 어느 날이었다. 주인집 남자가 어디에서 금붕어

가 담긴 어항 하나를 구해와 거실장 위에 올려놓았다. 어항 속에는 온몸에 붉은빛이 도는 금붕어 한 마리가 살고 있었다.

나는 그만 그 금붕어를 보고 첫눈에 반해버리고 말았다. 웬일인지 그를 볼 때마다 가슴이 두근거렸다. 내가 강가를 떠나온 것은 바로 이 금붕어를 만나기 위한 하나의 과정이었다는 생각이 들었다.

"어머, 너 참 예쁘다. 이름이 뭐니?"

"붉은툭눈이야. 눈이 툭 튀어나왔다고 날 그렇게 불러. 넌?"

"난 이름이 없어. 네가 하나 지어주렴."

"음, 그럴까? 푸른툭눈이 좋겠다. 네 눈이 하늘처럼 파랗거든."

"그래, 정말 좋은 이름이야."

나는 어항 속의 금붕어가 나를 보고 "푸른툭눈!" 하고 부를 때마다 가슴이 떨렸다.

나는 하루 종일 붉은툭눈만 쳐다보았다. 붉고 긴 꼬리를 하늘하늘 움직이는 걸 보면 마치 내가 물속에서 헤엄을 치는 것 같았다.

"날 좀 내보내줘!"

나는 붉은툭눈과 함께 살고 싶어 내가 박혀 있는 돌멩

이에게 다시 말했다. 그러나 돌멩이는 나와 헤어지고 싶지 않다고 하면서 힘껏 고개를 내저었다.

그래도 나는 기회만 있으면 나를 내보내달라고 졸랐다. 그럴 때마다 그는 고개만 가로저었다.

그런 어느 날 아침이었다. 아마 첫눈이 내린 날로 기억된다. 아침에 일어나 눈을 뜨자 내가 어항 속에서 붉은툭눈하고 같이 헤엄을 치고 있었다.

"아니? 이게 어떻게 된 일이야?"

나는 놀라지 않을 수 없었다. 처음엔 이게 꿈이 아닌가 하는 생각이 들었으나 꿈은 아니었다. 분명 내가 박혀 있던 조약돌 속에 내 모습은 보이지 않았다. 그동안 나를 가둬놓고 있던 돌멩이가 손을 흔들고 있는 모습만 보였다.

나는 그제서야 돌멩이가 나를 돌 밖으로 내보낸 것을 알 수 있었다.

"돌멩이야, 미안해!"

"아니야, 괜찮아. 나는 네가 행복해질 수만 있다면 괜찮아."

돌멩이가 보름달처럼 환히 미소를 지었다. 나는 돌멩이의 미소에 그만 가슴이 뭉클했다.

조각배

나는 소금을 싣고 이 마을에서 저 마을로 옮겨 다니는 조그만 조각배다. 원래 바람을 이용하여 멀리 바다가 보이는 곳까지 나가보기도 하는 외돛단배였으나, 어느 날 큰 사건을 저지르고 돛을 없애버리고 말았다.

산과 들이 초록빛으로 물들어가던 신록의 어느 날로 기억된다. 그날은 소금 대신 마을 사람 서너 명을 싣고 막 나루터를 떠나려고 할 때였다.

"여보세요, 잠깐만요! 같이 가요!"

포대기에 아기를 업은 젊은 여인이 소리를 지르며 나루터로 급히 달려오고 있었다. 나는 잠시 기다렸다가 여인을 태우고 나루터를 떠났다.

그런데 얼마 가지 않아서 때아니게 바람이 강하게 불어왔다. 나루터를 떠나기 전까지만 해도 잠잠하던 강물이 갑자기 사납게 출렁거렸다.

"이거, 바람이 너무 거센데."

"쉽게 그칠 바람이 아니야."

"아무 일도 없어야 할 텐데……."

사람들의 얼굴엔 걱정하는 빛이 가득했다.

바람은 그치지 않고 계속 세차게 불어왔다. 바람은 일찍이 내가 겪어보지 못한 아주 강한 바람이었다. 중심을 잃지 않으려고 아무리 애를 써도 한 잎 나뭇잎인 양 바람 부는 대로 기우뚱거렸다.

'이러다가 내가 뒤집히는 게 아닐까?'

나는 마음이 조마조마했다. 젊은 여인은 내 마음을 아는지 모르는지 뱃전에 기대어 아기에게 젖을 물리고 있었다.

"아가, 울지 말고 젖 먹어. 착하지, 응?"

여인은 아기가 자꾸 보채자 아기에게 계속 젖을 물리고 있었다.

나는 더럭 걱정이 되었다.

"아기 엄마, 바람이 심하게 부니까 나중에 젖을 먹이세요."

나는 걱정이 돼 아기 엄마에게 젖을 그만 먹이라고 말하고 싶었다. 그런데 그런 말을 막 하려는 바로 그 순간, 돛대가 꺾이고 내 몸이 한쪽으로 기우뚱 기울어졌다.

"아, 아가!"

날카로운 비명 소리가 들린 것은 바로 그때였다. 젖을 먹이고 있던 아기 엄마가 그만 강물에 아기를 빠뜨리고 만 것이었다. 내 몸이 한쪽으로 휙 기울어지는 순간, 순식간에 아기가 포대기에서 빠져나가 강물에 떨어지고 만 것이었다.

"아가!"

아기 엄마가 그대로 강물 속으로 뛰어든 것 또한 순식간의 일이었다.

"아이구, 이를 어쩌나!"

사람들은 놀라 소리쳤다.

나는 물결에 휩쓸려 정신을 차리지 못하면서도 아기 엄마가 아기를 구해내기를 간절히 바랐다. 그러나 아기 엄마는 아기를 건지지도 못하고 간신히 포대기 자락만 거머쥔 채 거친 물결에 휩쓸려버리고 말았다.

눈물도 나지 않았다. 모든 게 나 잘못이었다. 오직 나 자신만이 원망스러웠다. 아무리 바람이 거세게 불어와도 내가 몸의 중심을 잃지 않았더라면 그런 불상사는 일어나지 않았을 것이라는 생각에 잠을 이룰 수가 없었다.

"북극성아, 이제 내가 어떡하면 좋겠니?"

북극성은 아무 말이 없었다.

"바람아, 네가 어쩜 그럴 수가 있니?"

나는 나 자신을 원망하다 못해 바람을 원망했다. 그러나 바람 또한 아무 말이 없었다.

나는 그런 바람이 미워 견딜 수가 없었다. 어떻게 하면 바람 없이도 살아갈 수 있을까 하고 고민하다가 아예 돛을 없애버리고 말았다.

그러나 돛을 없앴다고 해서 바람이 없어지는 것은 아니었다. 바람은 늘 불어왔다. 달빛처럼 고요하고 부드럽다가도 한번 성이 나면 번개처럼 사납고 천둥처럼 소리쳤다.

나는 바람이 무서웠다. 바람이 불어 풍랑이 일 때마다 사람들이 빠져 죽을까 봐 겁이 났지만, 무엇보다도 나 자신이 고통스러워 견딜 수가 없었다. 바람이 불고 거친 파도가 내 몸을 때리면 나는 거의 빈사 상태에 빠졌다.

"북극성아, 어떻게 하면 바람을 없앨 수 있겠니?"

북극성은 말이 없었다.

"북극성아, 어떻게 하면 저 거친 강물을 없앨 수 있겠니?"

북극성은 여전히 말이 없었다.

그런 어느 날이었다. 바람도 불지 않고 비도 오지 않았다. 오직 햇볕만 쨍쨍 내리쬐는 날들이 계속되었다.

나는 속으로 쾌재를 불렀다. 이대로 햇볕이 계속 내리쬔다면 강물이 말라 더 이상 거센 풍랑에 시달리는 일은 없을 것 같았다.

아니나 다를까. 갈수록 강물이 줄어들기 시작했다. 강바닥이 훤히 다 드러나 보일 정도로 강물은 말라버리고 말았다.

"북극성님! 감사합니다!"

나는 기뻐 소리쳤다. 이제야말로 거센 물결에 고통을 당하지 않고 살아갈 수 있겠다 싶어 마음은 기쁨으로 벅차올랐다. 그러나 그날부터 나는 더 이상 움직일 수가 없었다.

풀과 낫

 들녘에 한바탕 소나기가 내렸다. 벌써 며칠째 물 한 모금 먹지 못했던 풀들이 부지런히 목을 축이고 바람에 몸을 맡겼다. 바람은 풀들을 데리고 한참 동안 장난을 치다가 한순간 움직이지 않고 가만히 있었다.
 "맴맴맴 매엠."
 어디선가 참매미 소리가 요란하게 들려왔다. 간간이 매미 소리 사이로 쓱쓱 풀잎을 스치는 사람의 발소리가 들려왔다. 손에 낫을 들고 꼴을 베러 온 농부의 발소리였다.
 농부는 벌써 며칠째 해가 서산마루에 걸리기만 하면 낫을 들고 꼴을 베러 나타났다. 오늘은 또 얼마나 많은 형제들이 죽음을 맞이하게 될지 풀들은 잔뜩 긴장이 되었다.

농부는 오늘따라 느티나무가 있는 데서부터 꼴을 베기 시작했다. 풀들은 모두 눈에 눈물이 글썽했다. 아침마다 맑은 이슬을 맛보며 가을이 올 때까지 살아 있고 싶었으나 낫은 사정없이 그들의 몸을 밑동부터 잘라버렸다.

"낫아, 우릴 제발 좀 살려줘. 그 은혜는 잊지 않을게."

풀들은 일제히 낫에게 애원했다. 그러나 낫은 들은 척만 척 낫질만 계속했다.

"낫아, 네 귀엔 우리의 이 울음소리가 들리지 않니? 우리가 불쌍하지도 않아? 네가 한 번 지나가기만 하면 우린 초상집이야."

"나한테 그러지 마. 낫질을 하는 건 내가 아니라 주인인 저 농부야."

낫은 큰 선심을 쓰듯 그제서야 자기 주인한테 한번 말해보라고 하고는 잠시도 쉬지 않고 낫질을 계속했다.

풀들은 낫의 말대로 농부에게 매달렸다.

"농부 아저씨! 우릴 살려주세요. 이렇게 두 손 모아 빕니다."

그러나 아무리 두 손 빌며 살려달라고 소리쳐도 농부

는 부지런히 꼴만 벨 뿐 아무런 대꾸가 없었다. 그러나 풀들은 포기하지 않고 계속 살려달라고 농부의 옷자락을 붙들었다.

낫은 풀들의 그런 모습을 보자 자기도 모르게 웃음이 터져 나왔다. 주인은 살려줄 생각도 하지 않는데, 자꾸 살려달라고 매달리는 풀들이 불쌍하기는커녕 우습게만 생각되었다. 그러면서 한편으로는 자신이 아주 위대한 존재라는 생각이 들었다. 비록 주인의 힘에 의존하는 바가 크지만 그래도 풀의 목숨이 자신의 손아귀에 달려 있다고 생각되자 자신의 존재가 더욱 위대하게 느껴졌다.

"맞아, 난 위대한 존재야. 암, 위대하고말고. 아무도 나를 이길 수 없지. 풀의 목숨은 바로 나한테 달렸어."

낫은 계속 혼자 그런 말을 중얼거리며 풀을 베었다. 풀들은 비명을 지르고 푸른 피를 흘리며 낫 앞에 쓰러져 나뒹굴었다. 참으로 처참한 광경이었다.

그날 밤, 살아남은 풀들이 달빛 아래 모여 서로 위로의 말을 나누었다.

"너무 슬퍼하지 말자. 우리가 이렇게 베어져야 우릴 먹고 소들이 살지 않니."

"그래, 맞아. 소들이 먹고 살아야 소를 잡아먹고 인간들도 살지."

"그래, 인간들이 살아야 이 지구가 쓸쓸하지 않지."

"그래, 우리 조용히 죽음을 받아들이도록 하자. 우리의 죽음은 결코 헛된 죽음이 아니야."

"맞아, 소를 사랑하고 인간을 사랑하는 일이야."

"우리의 죽음이 남을 사랑하는 일이라면 그 얼마나 기쁜 일이니."

풀들은 밤새도록 보름달을 쳐다보며 서로를 위로하고 조용히 죽음을 받아들였다.

곧 가을이 찾아왔다. 들녘엔 살아남은 풀들이 누렇게 시들기 시작했다. 서리가 내리자 풀들은 몸에서 물기가 빠져나가 가쁜 숨을 몰아쉬었다. 개풀과 방아풀과 속속이풀은 물론 강아지풀과 개불알풀도 자신들에게 곧 죽음이 다가왔다는 것을 알고 고요히 마음을 가다듬었다.

그때 무논에서 벼를 베던 낫이 풀들을 보고 말했다.

"너희들은 참 보잘것없는 녀석들이구나. 가을이면 이렇게 시들어 죽을 것을, 낫질할 가치도 없는 녀석들이었어."

낫은 그런 말을 하고 나자 자신이 더욱 위대하게 느껴졌다.

곧 첫눈이 내렸다. 첫눈이 내리자마자 겨울은 깊어갔다. 풀들은 눈에 덮여 시들어 죽은 몸마저 보이지 않았다. 낫은 헛간 구석에 버려져 점차 주인에게 잊혀갔다.

아들이 사는 서울로 주인 내외가 이사를 가버린 뒤로는 아무도 낫을 찾는 이가 없었다.

낫은 서서히 몸에 녹이 슬기 시작했다. 십 년이 지나도록 낫은 계속 헛간에 버려져 이제 누가 만지기라도 하면 그대로 부서져버릴 것만 같았다. 그러나 들녘의 풀들은 봄이 올 때마다 다시 살아나 바람이 불어올 때마다 새파랗게 자라나 춤을 추었다.

4부

참게

 달 밝은 밤이면 나는 슬슬 물 밖으로 나와 모래 위를 기어 다니기를 좋아한다. 온몸에 달빛을 받으며 모래 위를 기어가는 나의 모습은 내가 생각해도 참 아름답다. 그것은 어쩌면 내가 목숨을 걸어놓고 하는 일이기 때문인지도 모른다. 사람한테만 죽을 뻔한 일이 생기는 게 아니라 참게들한테도 가끔 그런 일이 생긴다.

 얼마 전 보름달이 두둥실 떠 있던 밤이었다. 나는 달구경을 하러 모래 위로 기어 나갔다가 그만 사람한테 붙잡히고 말았다.

 '아, 이제 죽었구나, 엄마 얼굴을 다시는 못 보겠구나.'

 걱정하실 엄마 생각에 울음이 터져 나왔으나 나중에

정신을 차리고 보니까 내가 텅 빈 소금항아리 속에 갇혀 있었다. 뚜껑을 닫지 않은 것으로 보아 아마 나를 항아리 안에 넣어두기만 해도 도망갈 수 없다고 생각한 것 같았다.

"은우야, 참게 잡아 왔다. 구경하거라."

"아빠, 지 지금 자요. 내일 아침에 볼래요."

안방에서 그런 소리가 들리는 것으로 보아 아마 나를 초등학생 딸아이에게 보여주려고 일부러 항아리 안에 넣어둔 것 같았다.

그런데 내가 누구인가. 온몸에 털이 많고 발톱이 날카로운 참게가 아닌가. 매끄러운 절벽도 기어오를 수 있는 내가 항아리라고 해서 기어오를 수 없겠는가. 시간이 좀 걸리긴 했지만 다음 날 먼동이 트기 전에 나는 날카로운 발톱을 이용해서 유유히 항아리를 빠져나올 수 있었다. 다시 그 사람한테 잡힐까 봐 겁이 났지만 별 탈 없이 집으로 돌아올 수 있었다.

그런데 참으로 어리석게도 일을 한 번 당하고 나면 더 이상 당하지 않아야 하는데 나는 또 그런 일을 당하고 말았다.

그것은 전적으로 보름달 때문이었다. 웬일인지 우리 참게들은 보름달만 뜨면 물 밖으로 나가고 싶어 안달이었다.

그날도 마찬가지였다. 밝은 보름달빛이 물빛에 어른거리자 그만 다들 물 밖으로 기어 나오고 말았다. 그리고 보름달을 쳐다보느라 다들 넋에 빠져 누가 살금살금 우리를 잡으려고 바구니를 들고 다가오고 있다는 사실도 알지 못했다.

"도망쳐라! 사람이다!"

내가 뒤늦게 알고 소리쳤으나 아무 소용이 없었다. 얼마 전에 나를 잡아간 그 남자가 내 사촌들을 포함해서 모두 스무여 마리의 참게를 한꺼번에 잡아버리고 말았다. 물론 그 속에는 나도 포함돼 있었다.

나는 잡혀 죽을지 모르는데도 달구경을 나온 일이 몹시 후회되었다. 이번에야말로 꼼짝없이 죽게 되었다고 생각되자 눈물이 앞을 가렸다.

아, 그런데 이게 웬일인가. 하늘이 도와주셨는지 이번에도 그 남자가 우리를 그 소금항아리 속에 집어넣고 뚜껑도 닫지 않고 그대로 그냥 가버리는 게 아닌가. 나는 속으로 쾌재를 불렀다. 그 사람이 자리를 비운 틈을 타서 형제들을 이끌고 얼마든지 밖으로 도망칠 수 있겠다고 판단되었다. 마침 그 사람은 밥이라도 먹으러 갔는지 아무런 기척이 없었다.

나는 마음을 차분히 가라앉히고 찬찬히 주위를 살펴보았다. 항아리 안에서는 뜻밖에도 내가 전혀 예측하지 못한 광경이 벌어지고 있었다. 우리들은 당장 숨이라도 넘어가는 듯 서로 항아리를 빠져나가려고 야단들이었다.

"너무 서두르지들 마. 내가 한 번 빠져나간 적이 있으니까, 다들 나를 따라 올라오면 돼."

나는 형제들을 안심시킨 뒤 내 자랑스러운 집게발을 움직여 서서히 앞장서서 항아리 위로 기어오르기 시작했다.

아, 그런데 이게 웬일인가. 다른 녀석들이 주르르 내 뒷다리에 매달려 나를 끌어내리는 게 아닌가.

"이러지들 마! 하나씩 차례로 올라가면 돼. 우린 모두 살 수 있어!"

나는 항아리 바닥으로 나동그라지면서 크게 소리쳤다.

그러나 아무도 내 말을 듣지 않았다. 한 마리가 기어오르기 시작하면 다른 녀석들이 뒷다리를 잡고 서로 엉겨 붙어 결국 한꺼번에 바닥으로 나동그라졌다. 참으로 어리석게도 형제들은 계속 그런 일을 되풀이하고 있었다. 시간이 많이 지나도 아무도 항아리 위로 기어오르지 못하고 있는데도 그런 일은 계속되었다.

나는 한참 동안 우리 참게들이 하는 짓거리를 쳐다보

았다. 죽음을 눈앞에 두고 너무나 한심하기 짝이 없는 짓들이었다. 계속 이러다간 아무도 살아나갈 수 없을 게 분명했다.

"남의 뒷다리를 잡지 마! 잡지 말고, 하나씩 차례차례로 빠져나가, 하나씩!"

나는 목에 힘을 주고 다시 소리쳤다. 얼마나 소리를 쳤는지 당장 목이 쉬어버렸다.

내가 그렇게 소리친 때문이었을까. 새벽이 오기 전에 우리는 모두 항아리 밖으로 빠져나올 수 있었다. 다들 부끄러워 말은 없었지만 나보다 남을 먼저 생각하지 않으면 함께 살 수 없다는 것을 뼈저리게 느낀 듯했다.

상처

 내가 비행기를 타고 여행을 하게 될 줄은 정말 꿈에도 모를 일이었다. 내가 진열돼 있던 가게에 조그마한 한 동양인 여자가 들어왔을 때 나는 그녀에게 아무런 관심도 갖지 않았다. 그런데 그녀가 가게에 들어오자마자 선뜻 내가 있는 곳으로 찾아와 아무런 망설임도 없이 돈을 치르고 나를 사 가는 거였다.

 나는 하고많은 사람 중에 하필이면 왜 동양인 여자한테 내가 팔려 가나 하고 속이 무척 상했다. 독일인들은 외국인들 중에 동양인과 터키인을 가장 싫어하는데, 내가 그런 사람한테 팔려 간다는 것은 내 팔자가 별로 좋지 않다는 것을 의미할 수도 있었다. 그렇지만 나는 어디로 팔려 가든 내게 주어진 임무만 잘하면 된다고 생각하고 마음을 편하게 먹었다.

나를 산 그녀는 바로 그 이튿날 나를 가방 속에 집어넣고 함부르크 비행장으로 나가 한국행 비행기를 탔다. 그녀는 한국에서 독일로 파송된 간호사로서 지금 몇 해만에 고국의 부모 형제들을 만나러 가는 중이었다. 한 자루 과도에 불과한 내가 뜻밖에 그녀를 만나 비행기를 타고 여행할 수 있다는 것은 정말 감사한 일이 아닐 수 없었다.

한국은 가을이었다. 거리엔 낙엽이 지고 있었다. 나는 피곤한 탓으로 서울 개포동에 있는 한 아파트에 도착하자마자 깊은 잠에 빠져 있었다. 그런데 잠결에 누가 나를 자꾸 건드리는 것 같아 눈을 떠보니 그녀가 나를 감싼 포장지를 풀고 있었다. 그녀 주위에는 그녀의 식구들이 호기심 어린 눈을 하고 쭉 둘러앉아 있었다.

"언니, 이건 '쌍둥이표 칼'이라고 세계에서 아주 유명한 칼이에요. 집에서 쓰세요."

그녀가 몇 가지 선물꾸러미를 꺼내놓은 뒤 나를 꺼내 그녀의 언니 앞에 내어놓았다. 그러자 그녀의 언니가 아무리 자매지간이라 할지라도 칼은 공짜로 받으면 재수가 없다고 하면서 백 원짜리 동전 하나를 그녀한테 건네주었다. 순간, 나는 내가 멸시당하고 있다는 생각이 들었다. "어머, 이런 좋은 칼을 선물로 주다니! 정말 고맙다"하고 나를 반갑게 맞이해줄 줄 알았으나 그게 아니었다. 나는 한낱 재수 없는 물건일 뿐이었다.

나는 몹시 기분이 나빴다. 나를 좋아하지 않는 이를 새로운 주인으로 섬겨야 한다는 사실이 내 마음을 몹시 어둡게 만들었다.

아니나 다를까. 새 주인은 나를 잘 사용하지 않았다. 바퀴벌레들이 오가는 부엌 싱크대 한구석에 처박아두었다가 어쩌다가 사과나 참외를 깎을 때나 사용할 뿐 나 따위는 있어도 그만 없어도 그만이었다.

한번은 나를 사용하다가 손가락이 베여 피가 나자 "칼이 너무 잘 들어서 탈이야" 하면서 나를 마치 원수라도 되는 양 노려보았다. 내 잘못이 전혀 아님에도 불구하고 "에이, 재수 없어!" 하고 내게 마구 욕을 해댔다.

나는 은근히 화가 치밀어 올랐다. '그래, 좋다. 그렇다면 지금부터 내가 정말 상처를 내어주겠다' 하고 마음을 먹은 것은 바로 그때였다.

그날부터 나는 누가 나를 사용하기만 하면 사용한 그 사람의 손에 꼭 상처를 내었다. 처음에는 사람들의 손에 피가 흐르는 모습을 보면 미안한 생각도 들었으나 갈수록 나 자신도 잘 알 수 없는 짜릿한 쾌감이 느껴져 더 이상 미안한 생각은 들지 않았다.

시간은 흘렀다. 김장을 담그는 어느 해 늦가을이었다. 그날도 나는 덩치 큰 부엌칼과 함께 무를 다듬는 데에 사용되다가 적당히 기회를 봐서 주인 여자의 손을 베어 버렸다.

"에이, 재수 없어! 이놈의 칼은 꼭 쓰기만 하면 손을 다친단 말이야."

주인 여자는 벌컥 화를 내었다. 그러고는 더 이상 참을 수 없다는 듯이 둘둘 신문지에 말아 나를 베란다 창밖으로 휙 던져버렸다. 비행기를 타고 한국에까지 와서 그렇게 버려질 줄 미처 몰랐던 나는 내 신세가 몹시 처량했다.

계절은 곧 찬바람을 몰고 왔다. 찬바람에 떨며 아파트 뒷길에 버려진 채 며칠 지나자 첫눈이 내렸다. 이대로 눈 속에 파묻혀 추운 겨울을 보낼 생각을 하자 참으로 암담했다. 그러나 다행히 주인 여자가 강아지를 데리고 산책을 하다가 나를 발견했다.

"그래도 동생이 멀리 독일에서 사 온 건데 버리기는 아깝네."

그녀는 무슨 마음을 먹었는지 혼자 중얼거리다가 나

를 다시 주워들고 집으로 들어갔다.

그날 밤이었다. 밤늦게 남편이 술 취해 들어오자 주인 여자의 집에 부부싸움이 일어났다. 나는 싱크대 위에 가만히 앉아서 그들의 싸우는 꼴을 지켜보았다. 욕설이 오가는 가운데 서로 뒤엉켜 조금도 물러나지 않았다. 어떻게 저들이 한때 서로 사랑했던 부부란 말인가 하는 생각이 들 정도로 싸움은 격렬했다.

'저렇게 싸우는 걸 보면 인간은 참 보잘것없는 존재야.'

나는 그런 생각을 하면서도 그들 중 누가 나를 싸움에 이용하게 되면 어떡하나 하고 걱정이 되었다. 그런데 걱정은 단순히 걱정으로 그치지 않았다. 여자가 급히 싱크대 쪽으로 달려와 나를 덥석 집어 든 것은 순식간의 일이었다. 여자는 나를 집어 들었다는 사실에 스스로 흥분해 술 취해 비틀거리는 남자의 옆구리를 깊게 찔렀다.

남자가 병원에 실려 가고 나자 나는 온몸에 심한 통증이 일었다. 맑은 햇살을 바라보아도 싱그러운 바람에 심호흡을 해봐도 한번 시작된 통증은 쉽게 가라앉지 않았다.

"사과야, 내가 왜 이렇게 아픈 거지?"

나는 너무 아파 내 곁에 있는 사과한테 물어보았다.

"난 몰라. 참외한테 물어봐."

"참외야, 내가 왜 이렇게 아픈 거지?"

"그걸 내가 어떻게 알아? 토마토한테 물어봐."

나는 다시 토마토한테 물어보았으나 토마토 또한 퉁명스럽기는 마찬가지였다. 나는 하는 수 없이 다시 사과한테 물어보았다.

"사과야, 미안하지만, 얘기 좀 해보렴. 내가 왜 이렇게 아픈 거지?"

사과는 말없이 한참 동안 나를 쳐다보다가 천천히 입을 열었다.

"그건 네가 상처가 많기 때문이야."

"내가?"

"그래, 넌 상처가 많아. 그래서 그 상처가 널 이제 아프게 하는 거야."

나는 사과의 말이 우스웠으나 소리 내 웃지는 않았다.

"아니야. 나는 남한테 상처를 주었지, 내가 상처받은 일은 없어."

"하하, 남한테 준 상처가 바로 너의 상처야. 넌 칼이자 곧 상처란 말이야."

"내가 상처라구?"

"그래, 이 바보야."

나를 비웃는 사과의 웃음소리가 오랫동안 내 귓전을 맴돌았다.

열쇠와 자물쇠

어느 도시에 삼십 년 동안이나 대를 이어 쌀, 보리, 기장 등의 곡물을 팔아온 한 가게가 있었다. 원래 '충남싸전'이라고 불렸던 그 가게에는 개업 당시부터 사용해오던 금고가 하나 있었다. 그 금고는 주인 사내가 아버지한테 싸전을 물려받을 때 동시에 물려받은 것으로 아버지의 소중한 유품이었다.

"우리 집에 복을 가져온 금고다. 내가 평생 아껴온 것이니 네가 각별히 마음을 쓰면서 사용하도록 해라."

병상에 누운 아버지한테 어느 날 유언처럼 그런 얘기를 들은 주인 사내는 늘 아버지를 대하듯 금고를 대했다. 사람들이 요즘 그런 구닥다리 금고를 누가 사용하느냐고 번호를 맞추어 여는 다이얼식 신식 금고로 바꾸라고 해도 주인 사내는 그저 빙긋이 미소만 띨 뿐이었다.

금고의 자물쇠는 그런 주인을 몹시 좋아했다. 세상을 떠난 옛 주인은 말이 별로 없어 무뚝뚝한 편이었는데 지금의 주인은 자상하기 그지없었다. 하루 일을 다 끝내고 금고 문을 잠글 때에는 툭툭 자물쇠의 어깨를 치면서 "잘 부탁해" 하고 다정스레 말을 건네기도 했다.

자물쇠는 주인이 그런 말을 할 때마다 기분이 아주 좋았다. 어떤 때는 "잘 있어" 하고 주인이 손을 흔들고 가게 문을 나설 때도 있었는데, 그럴 때는 고마워 눈물이 다 날 지경이었다. 자물쇠는 그런 주인을 위해서라면 무슨 일이든지 다 할 수 있다는 생각이 들었다. 못생기다 못해 거무튀튀하기까지 한 자기를 지금까지 그렇게 소중하게 여겨준 사람은 아직 없었다.

자물쇠는 주인에게 사랑을 다하고 충성을 다했다. 한번은 가게에 도둑이 들어와 금고 문을 열려고 했으나 입을 악다물고 결코 열어주지 않았다. 덕분에 쌀은 몇 가마니 도둑맞았으나 금고 속에 넣어둔 돈은 한 푼도 잃지 않았다.

"잘했어. 정말 고마운 일이야. 네가 문을 열어줬으면 어떡할 뻔했나."

주인은 자물쇠의 등을 정성스레 쓰다듬어주었다. 그리고 그런 일이 있은 후로 자물쇠를 더욱 믿고 아껴주었다.

자물쇠는 행복했다. 가게 안에 사는 그 누구보다도 주인의 사랑을 가장 많이 받는다고 생각되자 하루하루 사는 일이 즐거웠다.

그런데 하루는 자물쇠의 그런 꼴을 아주 못마땅하게 여기고 있던 열쇠가 자물쇠를 보고 말했다. 주인이 잠시 자물쇠에 열쇠를 꽂아놓고 전화를 받고 있을 때였다.

"자물쇠야, 너무 그렇게 건방떨지 마. 넌 내가 없으면 무용지물無用之物이야. 아무짝에도 쓸모가 없어. 넌 내가 있기 때문에 있는 거야."

자물쇠는 열쇠의 거친 말투에 몹시 마음이 상했으나 열쇠의 말을 가만히 듣고만 있었다.

"넌 네가 가게를 지키고 있다고 생각하는 모양인데, 그게 아니야. 내가 가게를 지키는 거야. 넌 그 점을 확실히 좀 알아두었으면 좋겠어."

"뭐? 가게에 살지도 않는 네가 가게를 지킨다고? 가만히 듣고 있으니까 정말 못 하는 말이 없군."

자물쇠는 자기도 모르게 버럭 화를 내었다. 그러나 주인이 전화를 받는 데 방해가 될까 봐 눈치를 보면서 조용히 목소리를 낮추었다.

"자식, 큰소리치기는. 그래도 자존심은 살아 있어가지고, 정말 우습군."

열쇠도 지지 않았다. 자물쇠가 주먹이라도 한 대 올려붙이면 결코 가만히 있지 않을 듯한 기세였다.

"넌 네가 주인 아저씨의 사랑을 독차지하고 있다고 생각하는 모양인데, 정말 누가 사랑을 받고 있는지 잘 한번 생각해봐. 나는 주인 아저씨의 호주머니 깊숙한 곳에 살아. 주인 아저씨랑 단 한 번도 떨어져 살아본 적이 없어. 사람으로 치면 부부관계쯤 된다고 봐야지. 그런데 넌 주인 아저씨랑 늘 떨어져 살잖아."

자물쇠는 약이 바짝 올라 열쇠를 한 대 쥐어박으려고 주먹을 들어 올렸다. 그런데 그때 주인이 수화기를 내려놓고 돌아와 자물쇠를 잠그고 열쇠를 주머니 깊숙이 넣어버렸다. 열쇠와 자물쇠의 싸움은 자연스럽게 중단되었다.

그런 일이 있은 뒤부터 자물쇠는 열쇠를 유심히 살펴보았다. 정말 열쇠의 말처럼 주인이 자기보다 열쇠를 더 소중히 여기는지 알아보고 싶은 마음에서였다.

가을이 가고 첫눈이 내려도 그다지 특별한 점은 발견되지 않았다. 소한이 지나고 대한이 지나도 주인이 자기보다 열쇠를 더 사랑한다고는 결코 판단되지 않았다.

겨울은 길었다. 봄이 와도 꽃샘추위가 기승을 부렸다. 하루는 기온이 다시 영하로 뚝 떨어져 자물쇠는 밤새도록 오돌오돌 추위에 떨었다. 어서 속히 주인이 가게 문을 열고 불을 지폈으면 하는 생각밖에 없었다. 다행히 주인은 아침 7시가 되자 어김없이 가게 문을 열고 들어왔다. 자물쇠는 반가운 마음에 벌떡 몸을 일으켜 주인을 향해 손을 흔들었다. 그런데 주인은 자물쇠는 거들떠보지도 않고 호주머니에서 열쇠를 꺼내 뭐가 묻었는지 열쇠의 몸을 손수건으로 정성스레 닦아주었다.

자물쇠는 놀라지 않을 수 없었다. 밤새도록 추위와 싸우면서 오직 주인만을 간절히 기다렸음에도 불구하고 주인은 자물쇠를 거들떠보지도 않았다. 더구나 열쇠는 조금도 추위에 떤 얼굴이 아니었다. 주인의 따뜻한 품 안에서 잠을 잔 탓인지 오히려 얼굴에 화기마저 돌았다.

"추워서 밤새 고생 좀 했겠구나, 하하."

열쇠가 자물쇠를 보고 빙긋 웃었다.

자물쇠는 아무 말도 하지 못하고 계속 추위에 몸을 떨었다. 그리고 그때서야 비로소 주인이 자기보다 열쇠를 더 아끼고 소중히 여긴다는 생각이 들었다.

자물쇠는 섭섭했다. 열쇠가 얄밉다 못해 아예 쳐다보기조차 싫었다. 어떻게 하면 열쇠를 없애버릴 수 있을까 하고 생각하는 날들이 많아졌다. 열쇠가 자기의 몸 깊숙한 곳에 들어와 마음대로 헤집고 다닌다는 생각을 하면 할수록 열쇠에 대한 미움의 감정이 일었다.

그런 어느 날이었다. 또다시 꽃샘바람이 불어와 거리의 나무들조차 오들오들 떨던 날 아침이었다. 주인이 금고 앞에 서서 열심히 호주머니를 뒤지기 시작했다.

"어? 열쇠가 어디 갔지?"

주인이 이리저리 호주머니를 뒤지면서 열심히 열쇠를 찾았다. 그러나 한번 잃어버린 열쇠가 나타날 리 만무했다.

자물쇠는 기분이 아주 좋았다. 이제야 열쇠에게 앙갚음을 했다는 생각이 들었다. 길바닥에 떨어져 사람들의 발길에 이리저리 차이거나, 시궁창에 처박혀 숨도 제대로 쉬지 못하고 있을 열쇠의 모습을 떠올리자 입가에 은근히 미소가 떠돌았다.

자물쇠는 주인 사내 모르게 자꾸 미소를 지었다. 주인은 열쇠를 잃어버린 줄도 모르고 한나절 내내 열쇠를 찾다가 그만 화가 머리끝까지 치밀어 올랐다.

"에이, 이걸 그냥 내가!"

주인 사내가 창고로 달려가 쇠망치를 들고 나왔다. 그리고 그 쇠망치로 자물쇠를 단숨에 부숴버렸다. 자물쇠는 말 한마디 제대로 해보지도 못하고 그만 죽어버리고 말았다.

백두산자작나무

백두산에 사는 자작나무 중에서 가장 잘생긴 나무를 보고 싶다면 크게 고민할 필요가 없다. 바로 나를 보면 된다. 나는 백두산자작나무 중에서 가장 잘생긴 나무로 자작나무의 왕자라고 할 수 있다.

"자작나무 중에서 난 이 나무가 제일 좋아. 봐, 얼마나 잘생겼니. 다른 나무들보다 키도 훨씬 크고, 몸매도 늘씬하잖아."

백두산에 사는 새들은 나를 두고 심심하면 이런 말을 한다.

새들만이 아니다. 백두산부전나비도 백두산사슴도 언젠가 이런 말을 한 적이 있다.

"저 자작나무를 보면 내가 다 늠름해지는 것 같아."

그런 말을 들을 때마다 나는 늘 내가 자랑스럽다. 아마 내 가슴을 열어보면 나 자신에 대한 자부심의 덩어리가 꽉 차 있을 것이다. 그 자부심 속에 누가 오만과 교만이 숨어 있다고 해도 굳이 부인하고 싶지는 않다.

"저 건방진 녀석 좀 봐. 자기가 잘났으면 얼마나 잘났다고 저렇게 잘난 체하는 거야?"

가끔 다른 나무들한테 이런 말을 듣긴 하지만 빙긋이 웃으면서 그냥 못 들은 척하면 그만이다.

사실 나는 처음부터 오만한 나무는 아니었다. 다른 나무들처럼 겸손할 줄도 알고 부끄러움도 아는 나무였다. 그런데 어느 날부터인가 다른 나무들보다 키가 훨씬 높이 자라 다른 자작나무들을 눈 아래로 내려다보게 되었다. 아마 내가 오만한 나무가 된 것은 그때부터였을 것이다. 다른 자작나무들이 다들 눈 아래로 내려다보이자 나도 모르게 그들을 대하는 마음이 그만 달라져버리고 말았다.

나는 키가 크기 때문에 구름 속을 뚫고 나온 햇볕도 가장 먼저 쐬였으며, 천지의 겨울바람 사이로 불어오는 따스한 봄바람도 가장 먼저 쐬였으며, 한겨울에 펑펑 쏟아져 내리는 함박눈도 가장 먼저 맞이했다.

그뿐만이 아니다. 나는 피부 또한 깨끗해서 눈이 부셨다. 다른 자작나무들은 마른버짐이 핀 것처럼 그저 희끗희끗하기만 해서 아름다움과는 거리가 멀었다. 그렇지만 나는 젊은 여인의 살결처럼 온몸이 희고 매끈해서 백두산 산새들 사이에서 내 몸에 둥지를 틀고 한번 살아보는 게 소원이라는 말이 나올 정도였다.

시간이 가면 갈수록 나는 세상에서 가장 아름다운 나무라는 자부심과 자만심이 더 강해졌다. 백두산 때문에 내가 아름다운 게 아니라, 내가 아름답기 때문에 백두산이 아름다운 것이라는 생각도 들었다.

그러던 어느 해 여름이었다. 좀처럼 녹을 것 같지 않던 백두산 천지에 눈이 녹자 사람들이 벌목 작업을 하기 시작했다. 자작나무들은 곧 벌목될 자신들의 처지를 생각하고 다들 걱정이 태산 같았다. 그러나 나는 아무런 걱정을 하지 않았다. 자작나무의 왕자로 일컬어지는 내가 벌목의 대상이 된다는 것은 있을 수 없는 일이었다.

'감히 나를 베다니! 아무도 그런 생각을 하지 못할 거야.'

다른 나무들은 언제 어떻게 될지 불안해서 잠도 잘 자지 못했으나 나는 밤이 오면 깊은 잠에 빠져들었다.

그러나 나의 그런 생각은 잘못이었다. 여름 백두산에 본격적으로 벌목이 시작되자 사람들이 가장 먼저 벌목

된 나무가 바로 나였다. 한 벌목꾼이 "저기 아주 잘생긴 놈이 있군. 제법 값나가게 생겼는데, 저놈부터 먼저 자르지 그래" 하고 말하자 날카로운 도끼가 내 밑동을 내리찍어 나는 그만 쓰러지고 말았다.

정말 순식간의 일이었다. 나는 비명도 채 지르지 못하고 쓰러진 내 몸을 멍하니 쳐다보다가 그만 주르르 눈물을 흘리고 말았다.

눈물은 쉽게 그치지 않았다. 그렇지만 자작나무 왕자로서의 체면 때문에 언제까지나 눈물만 흘리고 있을 수는 없었다.

"이렇게 울고만 있을 때가 아니야. 죽음의 고통을 견디지 못하면 훌륭한 자작나무가 될 수 없어. 이제부터 새로운 삶이 시작되는 거야. 내가 하지 않으면 안 되는 어떤 위대한 일이 분명 기다리고 있을 거야. 해인사 팔만대장경도 자작나무를 삼 년 동안 소금물에 절여서 판각한 거야. 그러니 내가 그런 국보급 문화재로 다시 태어나게 될지도 몰라."

나는 애써 그런 생각을 하며 나를 자른 벌목꾼을 원망하는 일보다 나 자신을 위로하는 일에 마음을 다했다. 그래서 그런지 며칠 지나자 마음이 한결 가라앉았다.

난 두 동강 난 몸이 다시 다섯 동강으로 나누어져 트

럭에 실려 중국 조선족자치구인 옌볜을 거쳐 베이징으로 팔려 갔다. 그리고 베이징에서 다시 여러 통나무 조각으로 나누어져 트럭을 타고 상하이로 가서 커다란 배를 타게 되었다.

바다는 무섭기도 하고 아름답기도 했다. 수평선 너머로 붉게 타오르는 저녁놀을 바라볼 때는 한없이 아름다웠지만, 어두컴컴한 배 밑창에 누워 몰려오는 검은 물마루를 볼 때는 소름이 쫙 끼쳤다. 그래도 내 몸을 기어 다니는 쥐들 앞에서 자작나무의 왕자로서의 긍지를 잃지 않으려고 노력했다.

내가 배를 타고 도착한 곳은 한국 서해안에 있는 인천항이었다. 나는 인천항 야적장에서 눈비를 맞으며 아무 할 일 없이 몇 년을 보냈다.

'도대체 무엇이 되기 위하여 이 고생을 하는 걸까?'

대장경에 쓰인 나무처럼 오랜 세월 동안 바닷물에 절여지는 것도 아니었으므로 참으로 답답하기 그지없었다. 이왕 어디론가 팔려 간다면 어디든 하루속히 떠나고 싶다는 생각이 들었지만 때가 오기를 기다리는 수밖에 없었다.

그런 어느 봄날이었다. 나는 다시 트럭을 타고 서울로 향했다. 서울은 거대한 빌딩의 숲이었다. 나는 나 자신의 불쌍한 처지를 잠시 잊고 삭막한 빌딩 속에 사는 사람들이 퍽 불쌍하게 느껴졌다.

그러나 그런 생각도 잠깐이었다. 나는 서울에 도착하자마자 도봉산 아래 어느 허름한 공장에서 온몸이 가늘게 쪼개졌다. 도대체 무엇을 만들기 위해 내 몸을 그렇게 가리가리 쪼개고 또 쪼개는지 알 수 없었다.

"아니, 왜 나를 이렇게 가늘게 쪼개는 거죠?"

만나는 사람마다 붙들고 물어보아도 아무도 가르쳐주지 않았다. 나는 그저 공장의 일꾼들이 하는 대로 내 몸을 내맡길 수밖에 없었다.

나는 결국 아주 조그마한, 바늘보다는 조금 굵고 긴 나무 쪼가리가 되었다. 끝은 사람들이 찔리면 피가 날 정도로 뾰족하게 깎여졌다. 더러 종이에 낱개로 포장되는 것도 있었으나 대부분 작은 종이상자에 알몸 그대로 담겨졌다.

나도 곧 종이상자 안에 담겨졌다. 상자 윗면에는 상표가 붙어 있었고 상표엔 '이쑤시개'라는 글자가 선명하게 인쇄돼 있었다.

"아저씨, 도대체 내가 뭐가 된 거죠?"

나는 궁금증을 견디지 못하고 열심히 상표를 붙이고 있는 아저씨한테 말을 걸었다.

"이쑤시개가 뭐죠?"

"자꾸 묻지 말고 조금 기다려봐. 조금 있으면 저절로 알게 될 테니까."

마지못해 입을 연 아저씨의 대답은 퉁명스러웠다.

나는 곧 공장을 떠나 서울 시내 어느 편의점에 진열되었다. 그러다가 뚱뚱한 배불뚝이 아저씨한테 팔려 가 어느 음식점 계산대 옆에 놓였다. 돼지갈비 굽는 냄새가 코를 찔렀다. 가슴이 벌렁거리고 토할 것만 같았다.

'왜 내가 여기까지 오게 된 것일까? 도대체 내가 어디에 쓰이려고 여기까지 와서 이렇게 기다리고 있는 것일까.'

나는 잠시 백두산을 생각했다. 백두산 천지에 내린 흰 눈을 생각했다. 어디선가 백두산 바람 소리가 들려오는 것 같아 나도 모르게 눈물이 핑 돌았다.

그때였다. 아까 돼지갈비를 열심히 먹던 아저씨가 계산을 다 하고 나서 나를 살짝 집어 들었다. 그러고는 곧 나를 입 안으로 가져가 음식 찌꺼기가 가득 끼인 잇새를 쑤시다가 길바닥에 휙 던져버렸다.

아, 그제서야 나는 내가 무엇이 되었는지 알 수 있었다. 자작나무의 왕자라고 뽐내며 잘난 체하던 내가 그만 하찮은 이쑤시개가 되고 만 것이었다. 오만했던 마음의 결과가 이런 것이었다면 그러지 않았을 것을 하고 후회해보았으나 눈물만 쏟아질 뿐이었다.

몽당빗자루

　내 고향은 전남 담양 죽순밭이다. 우후죽순雨後竹筍이라는 말에 딱 들어맞게 봄비가 내린 다음 날, 삐쭉삐쭉 땅을 비집고 얼굴을 내밀자 빙긋이 웃음 띤 얼굴로 보름달이 나를 축하해주었다. 보름달뿐만 아니라 별들도 산 너머로 자꾸 별똥별을 만들며 축하해주었으며, 먼동이 트자 찬란하게 빛을 뿜으며 햇살들이 골고루 내 몸을 어루만져주었다.
　행복했다. 세상에 태어나는 일은 이렇게 행복한 일이었다. 어둡고 추운 땅속에 살 때는 미처 느끼지 못한 행복감에 나는 하루가 다르게 쑥쑥 키가 커갔다.
　어느 날 아침이었다. 아저씨와 아주머니 몇 분이 바구

니와 괭이를 들고 들어와 죽순을 캐기 시작했다. 처음엔 그들이 냉이나 씀바귀 따위의 봄나물을 캐는 줄 알았으나 그게 아니었다. 여기저기에서 형제들의 울음소리가 들려와 가만히 들어보자 그들은 이제 막 땅 위로 솟아난 여린 죽순을 손으로 힘껏 꺾어버렸다.

'아, 이거 어떡하지?'

나는 그들이 나를 캘까 봐 잔뜩 마음이 졸아들었다.

"여보, 오늘은 장날이니까 좀 서둘러요. 빨리 캐서 내다 팔아야 해요."

"알았어요. 요즘 죽순이 가장 연하고 맛있어서 값이 제법 나갈 거예요."

"살짝 데쳐서 초고추장에 찍어 먹으면 제맛이지."

이런저런 사람들의 이야기에 내 마음은 더욱 졸아들었다.

나는 사람들의 밥상에 오르는 반찬감이 되기는 싫었다. 씩씩하고 당당하게 자라 멋있는 대나무가 되고 싶었다.

그러나 그들은 점점 내 가까이 다가왔다. 온몸에 식은땀이 쫙 흘렀다.

"보름달님! 저 좀 살려주세요. 저는 요리감은 되고 싶지 않아요. 대나무가 되고 싶어요!"

나는 마음속으로 보름달에게 빌었다. 그렇지만 그렇

게 비는 동안에도 그들은 점점 내 곁에 가까이 다가왔다. 그러다가 어느 한순간, 한 여자의 발이 바로 내 앞에 딱 멈추었다. 나는 '이제 난 죽었구나' 하고 눈을 감았다. 그런데 바로 그때 "여보, 이제 그만하지" 하는 한 남자의 목소리가 들렸다. 그리고 곧이어 "그래요, 이제 그만하고 아침 먹으러 가요" 하는 여자 목소리도 들렸다.

나는 속으로 이제 살았다 싶었다.

나는 그들이 발소리가 멀어져간 뒤 찬찬히 주위를 살펴보았다. 나를 경계로 내 뒤에 죽순들은 그대로 살아남아 있었으나, 내 앞에 있는 죽순들의 모습은 거의 보이지 않았다. 어젯밤까지만 해도 나중에 커서 죽부인이 되고 싶다고 수다를 떨던 죽순의 모습조차 보이지 않았다.

나는 나를 살려준 보름달님에게 감사했다. 그러나 마음은 몹시 슬펐다. 죽어가는 형제들을 방관한 채 나만 살기를 원했다는 사실이 나를 고통스럽게 만들었다.

고통은 고통을 낳았다. 그들이 언제 또 찾아와 나를 캐 갈지 두려워 잠이 오지 않았다.

내가 잘 자라지 못하게 된 것은 그때부터였다. 살아남은 다른 죽순들은 다들 잠도 잘 자고 쑥쑥 잘 자랐으나 나만 제대로 자라지 못하고 비실비실했다. 조금만 바람이 강하게 불어도 곧 쓰러질 것만 같아 댓잎을 스치는 바람 소리조차 듣기가 싫었다.

　세월이 흘렀다. 늠름하게 잘 자란 형제들이 하나둘 대밭을 떠나기 시작했다. 죽순이 자라 대밭을 지키는 것은 중요한 일이지만 대밭을 떠나 다른 삶을 사는 것도 중요한 일이었다.

　"우리가 사람들에게 필요한 물건이 되는 것도 중요한 일이야."

　"그래, 그게 우리 대나무를 더 빛나게 하는 일일 수도 있어."

　처음에는 그렇지 않았으나 형제들이 다들 떠나가자 나도 대밭을 떠나 사람들을 위해 다른 무엇이 되고 싶었다. 소쿠리나 광주리가 되어도 좋고, 죽침이나 합죽선이 되어도 좋았다. 어느 시골집 마당의 바지랑대가 되어 빨래를 널어놓거나, 가을 하늘을 나는 고추잠자리가 날아와 앉게 하는 것도 좋을 듯싶었다. 아, 아니, 의로운 검객이나 김삿갓 같은 풍류시인이 쓰고 다니는 삿갓이 되어 우리나라 방방곡곡坊坊曲曲을 돌아다니고 싶었다.

　그러나 그것은 한낱 헛된 꿈일 뿐 나는 아무것도 되지 않았다. 그저 밤마다 대밭을 지키는 대밭지기 역할만 하고 있었다.

　그런 어느 날 밤, 나는 정말 다른 삶을 살고 싶어 보름달님에게 빌었다.

"보름달님! 저도 이곳을 떠나 다른 삶을 살게 해주세요. 정말 부탁합니다."

그렇게 빌었기 때문일까. 하루는 죽순 캐던 아저씨가 와서 내 몸을 싹둑 잘라 집으로 가져가 열심히 무엇을 만들기 시작했다.

'아, 내가 무엇이 되려는 것일까?'

나는 흥분되었다. 내가 무엇이 될지 궁금해서 잠이 오지 않았다.

이튿날 아침, 눈을 떠보자 나는 대나무 빗자루가 되어 있었다. 내 비록 삿갓이 될 수 없다 할지라도 다른 형제들처럼 쥘부채나 대금 같은 좀 고상한 것이 되는 줄 알았으나 그게 아니었다.

"아저씨, 왜 나를 빗자루로 만드셨어요?"

나는 궁금해서 아저씨에게 물었다.

"세상을 깨끗하게 하라고 만들었지."

"제가 그런 일을 할 수 있어요?"

"그럼, 할 수 있고말고. 자, 이제 넓은 세상으로 나가거라."

아저씨는 나를 곧 시장에 내다 팔았다. 나는 시장에 나가자마자 팔려버렸다. 나를 사 간 사람은 어느 절에 있는 젊은 스님이었다. 이왕이면 젊은 새댁이 와서 사 갔으면 했으나 그것 또한 어쩔 수 없는 일이었다.

"스님, 스님은 왜 나를 사셨어요?"

"그건, 네가 세상을 깨끗하게 해주기 때문이다."

"제가요?"

"그래, 그렇단다."

스님의 말씀에 나는 마음이 흐뭇했다.

스님은 매일 아침마다 나를 들고 대웅전 앞마당을 쓸었다. 내가 앞마당을 쓸고 나면 절 안이 환하게 밝아졌다.

나는 열심히 일했다. 대웅전 앞마당뿐만 아니라 해우소 앞마당도 쓸었다.

"절에서는 변소를 '해우소'라고 한단다. 근심을 푸는 곳이라는 뜻이지. 오늘은 해우소 청소도 하자꾸나."

나는 기꺼이 스님의 말씀을 따랐다. 스님들이 똥오줌을 누는 곳이라 속은 좀 메스꺼웠지만 그래도 그곳 또한 부처님 계신 곳이다 싶어 열심히 기쁜 마음으로 마당을 쓸고 또 쓸었다.

그러나 차차 세월이 지나자 부처님 계신 곳을 깨끗하게 청소하는 일을 한다고 해서 마냥 기뻐할 만한 일은 아니었다. 대웅전 앞마당을 쓸면 쓸수록 내 몸이 점점 닳아 없어졌다.

어느 날, 나는 내 몸이 아주 작아진 것을 보고 깜짝 놀라 스님께 말했다.

"스님, 스님께서 마당을 쓰실 때마다 내 몸이 자꾸 닳아 없어집니다. 이러다가 제가 아예 없어져 버리는 게 아닐까요?"

"아니다. 넌 없어지지 않는다. 몸은 닳아도 마음은 그대로 존재한다."

"스님, 죄송하지만 전 이제 마당을 쓸지 않았으면 합니다."

"하하하!"

내 말이 뭐가 그리 우스운지 스님께서 크게 소리 내어 웃으시다가 입을 열었다.

"그러면 너는 마당을 쓸면서 마당이 없어지기를 바라느냐?"

나는 할 말을 잃고 잠시 스님을 바라보았다.

"네가 빗자루인데 어떻게 네 몸이 닳지 않고 마당이 깨끗해지기를 바라느냐? 그럼 넌 너 대신 마당이 닳기를 바라느냐?"

"그건 아닙니다."

"거봐라. 남을 위하는 일이란 항상 자기 자신이 닳아서 없어지는 일이다. 네가 닳아 작아진 것은 그만큼 네가 남을 사랑한 탓이다. 이제 좀 알겠느냐?"

"네."

나는 스님의 말씀이 무슨 말씀인지 몰라 더 이상 아무런 말을 하지 못하고 계속 스님만 바라보았다.

그때였다. 스님의 말씀이 갑자기 아침 햇살처럼 내 마음을 환히 비춰주기 시작했다. 내가 간절히 원하는 삶이 있다면 바로 이것이라는 생각이 들었다. 내 몸이 닳아 이 세상 어느 모서리가 눈부시게 깨끗해진다면 더 이상 바랄 게 없다 싶었다.

그 후, 나는 계속해서 대웅전 앞마당을 쓸었다. 그리고 지금은 닳고 닳은 몽당빗자루가 되어 사람들이 똥과 오줌을 누면서 근심을 푸는 해우소 안을 참 기쁜 마음으로 청소하고 있다. 아마 여러분들은 어느 산사의 해우소에 가서 가끔 나를 만난 적이 있을 것이다.

새 잡는 그물

어느 농가에 새를 잡는 데 쓰는 큰 그물이 있었다. '덮치기'라고 불리는 그 그물은 벌써 몇 해째 외양간 처마 밑에 버려져 있었다. 비를 피할 수 있는 처마 밑에 버려져 있었으니까 망정이지 우물가나 장독대 뒤에 버려져 있었다면, 그물은 이제 온몸이 썩어 흐물흐물해지고 말았을 것이다.

그물은 자신이 왜 그토록 그곳에 오랫동안 버려져 있는지 그 원인을 잘 알지 못했다. 너무 오랫동안 그곳에 버려져 있어서 예전에 자신이 어떠한 삶을 살았는지 잘 기억해내지 못했다. 지금은 그렇게 외양간 처마 밑에 버려져 있는 것만이 자신의 삶의 전부라고 생각했다.

그는 예전에 신나게 새를 잡던 그물이었다. 주인집 외아들이 중학교를 다닐 때만 해도 그는 심심찮게 새를 잡곤 했다. 특히 가을 들판에 추수가 다 끝나고 여기저기 나락들이 떨어져 있을 때 주인 아들은 그를 데리고 나가 곧잘 새를 잡았다.

그러나 주인 아들이 서울에 있는 외삼촌 집에서 고등학교를 다니기 시작하면서부터 그는 지금까지 단 한 번도 새를 잡아본 적이 없었다. 주인 아들이 가끔 방학 때 고향집에 내려오기는 했으나 웬일인지 그에게 눈길 한 번 주지 않았다.

그는 그런 그가 처음에는 몹시 섭섭했다. 그러나 이제 와서는 왜 섭섭했는지도 잘 모르게 되었다. 그리고 시간이 갈수록 그동안 자신이 어떠한 삶을 살아왔는지조차 깡그리 잊어버리게 되었다. 그저 그렇게 그 자리에 놓여 햇살이 비치는 것과 바람이 부는 것과 눈비가 내리는 것과 앞마당의 감꽃이 몇 해째 피었다 지는 것만 물끄러미 지켜보고 있을 따름이었다.

그러던 어느 해, 외양간에서 송아지가 태어나면서부터 그는 달라지기 시작했다. 송아지와 어미 소가 자기를 두고 나누는 이야기를 우연히 엿듣게 된 게 그 계기였다.

"엄마, 저기 저 처마 밑에 버려져 있는 건 뭐야?"

"응, 그거 별거 아니야. 관심 갖지 마."

"도대체 저게 뭔데 허구한 날 저렇게 놀고만 있는 거야?"

"새 잡는 그물이야. 덮치기라고 해. 예전에 주인 아들이 열심히 가지고 놀던 거야."

그물은 그들의 그런 대화를 듣자 정신이 번쩍 났다. 무엇보다도 어미 소가 자기를 두고 별거 아니라고 한 말에 몹시 자존심이 상했다. 그리고 그제서야 그가 예전에 어떠한 일을 했는지 떠올리게 되었다.

그는 다시 새 잡는 그물로서의 삶을 확인하고 싶었다.

하루는 주인이 논에 나가 참새를 쫓고 돌아오는 것을 보고 바로 이때다 싶어 주인에게 말을 걸었다.

"주인님, 저도 이제 일을 하고 싶어요. 제게 일을 좀 시켜주세요. 새를 잡는 게 제 일인데, 왜 저를 이렇게 처박아두기만 하세요? 저를 데리고 나가 새를 잡으세요. 요샌 논에 참새 떼가 극성이잖아요."

주인은 우물가에서 발을 씻다 말고 물끄러미 그를 쳐다볼 뿐 말이 없었다.

그 후 몇 번이나 일을 시켜달라고 이야기해도 주인은 그를 거들떠보지도 않았다. 한번은 주인의 바짓가랑이를 붙들고 늘어져 졸라도 본 척 만 척할 뿐이었다.

그는 하는 수 없이 스스로 새를 잡기로 마음을 먹고

주인 몰래 논으로 나갔다. 논에는 참새를 쫓기 위해 곳곳에 허수아비를 세워 놓았는가 하면, 울긋불긋한 반짝이 종이를 만국기처럼 달아놓기도 했으며, 어떤 이는 공기총을 가져와 펑펑 허공을 향해 공포탄을 쏘아대기도 했다.

그는 새들이 잘 날아올 만한 곳에 자리를 잡고 앉아 새들이 오기를 기다렸다. 그러나 아무리 기다려도 새들은 날아오지 않았다. 벼들이 익어 고개를 숙이고 추수가 다 끝나도 새들은 날아오지 않았다.

이제 그의 소원은 새를 한번 잡아보는 것이었다. 새를 잡지 못하는 그물로서의 삶은 이제 살고 싶지가 않았다. 그러나 아무리 새를 잡아보려고 해도 새는 그물 안으로 날아오지 않았다. 새들은 논바닥에 떨어진 나락을 쪼아 먹으면서도 그의 그물 안으로는 들어오지 않았다.

그는 점차 깊은 절망 속으로 빠져들었다.

'아, 난 이제 어떡하나? 이제 이대로 썩어 죽는 수밖에 없구나!'

그의 목소리가 너무 절망감에 젖은 탓이었을까.

"너무 그렇게 슬퍼할 것 없네."

마을 입구에 있는 느티나무 그루터기 하나가 그에게 말을 붙였다.

"위로의 말씀은 고맙습니다만, 새 잡는 그물이 새를 잡지 못한다면 어떻게 살아 있다고 할 수 있겠습니까."

그는 자조 섞인 어조로 그루터기를 향해 말했다.

"그건 자네가 새를 잡을 생각만 하니까 그런 걸세."

"새를 잡을 생각을 하지 않고 어떻게 새를 잡을 수 있겠습니까?"

"새를 날려 보낼 생각을 한번 해보게. 그러면 새들이 자네의 그물 안으로 들어올 걸세."

"새를 날려 보낼 생각을 하면서 어떻게 새 잡은 그물이라고 할 수 있겠습니까?"

"허허, 자네가 새를 날려 보내는 그물이 되면 되지 않겠는가. 나뭇가지를 한번 보게. 나뭇가지에는 왜 새들이 날아와 앉아 있겠는가? 나뭇가지에 새가 날아와 앉는 것은 나뭇가지가 새를 잡은 것이고, 나뭇가지에 앉았던 새가 포르르 날아가는 것은 나뭇가지가 새를 날려 보낸 것일세."

그루터기의 말에 그물은 잠시 말을 잃었다.

그러나 곧 나뭇가지와 같은 마음이 되었다. 그러자 그토록 오지 않던 새들이 찾아왔다가 날아가고, 날아갔다가 다시 그를 찾아왔다.

하늘로 날아간 목기러기

    나는 어릴 때부터 나무를 잘 다루는 재능이 있었다. 특별히 누구한테 배운 바도 없이 조그마한 칼이나 끌로 나무를 아주 잘 다듬었다. 처음엔 내가 가지고 놀 팽이나 썰매 등을 만들었는데, 차차 집 안에서 쓸 수 있는 자잘한 생활용품들을 만들었다.

    한번은 아버님께 나막신을 만들어 드리자 아버님이 물끄러미 나를 바라보시더니 "널 이대로 집에만 두기가 아깝다"고 하시면서 아랫마을 목공예 하시는 분한테 나를 데리고 가셨다.

    그분은 나라에서도 몇 손가락 꼽힐 정도로 목공예품을 잘 만들기로 유명하신 분이었다.

"못난 자식 맡기고 갑니다. 부디 거두어주십시오."

큰절을 올리는 아버지를 따라 내가 큰절을 올리자 그분은 길고 흰 수염을 쓰다듬으면서 빙그레 미소를 띠었다.

그때부터 나는 그분을 스승으로 모시고 그분 집에서 살게 되었다. 그분이 가르쳐주시는 대로 향나무나 오동나무 등으로 책상이나 걸상, 바둑판이나 필통, 밥그릇이나 밥상, 절굿공이 등을 열심히 만들었다. 나는 손재주가 좋아 무엇이든지 한번 배우면 잊어버리지 않고 잘 만들어 스승께서 늘 칭찬을 아끼지 않으셨다.

그렇게 스승의 칭찬을 받으며 일을 한 지 삼 년쯤 되었을 때였다. 하루는 스승께서 나를 부르시더니 목기러기를 한번 만들어보라고 하셨다.

"내가 오늘 김 대감 집 혼례식에 참석했다가 기러기가 날아가버리는 바람에 혼주들이 아주 낭패를 당하는 딱한 꼴을 보았다. 그래서 아예 목기러기로 혼례를 치르는 게 어떨까 하는 생각이 들었다. 네가 한번 잘 만들어보거라."

"네, 스승님!"

나는 스승의 말씀을 높이 받들었다.

원래 기러기는 사랑을 상징하는 새이기 때문에 아들을 둔 집에서는 아들이 장가갈 정도로 장성하면 암수 기러기 한 쌍을 잡아다가 집 안에서 기르는 게 관례였다. 그러다가 아들이 장가가는 날이 되면 '기럭아범'이라 불리는 사람이 기러기를 등에 지고 신부 집으로 가서 백년해로 서약을 할 때 신부 측에 건넸다. 그러면 신부의 어머니나 하녀들이 치마를 펼치고 기러기를 받았다.

그런데 산 기러기를 주고받으며 혼례를 치르자니 불편한 일이 한두 가지가 아니었다. 자칫 잘못하다가는 기러기가 하늘로 날아가버릴 수도 있었다. 기러기가 날아가지 못하도록 떡시루를 엎어놓고 그 안에 넣어두어도, 아차 하는 순간에 기러기가 날아가버리는 일도 있었다.

나는 참나무 조각으로 정성껏 기러기를 만들었다. 수컷은 크게 만들고 암컷은 보다 작게 만들었다. 두 마리 다 날개를 고요히 접고 앉아 있는 모양으로 만들어 곱게 청색과 홍색으로 채색을 했다.

"으음, 아주 잘 만들었구나. 진작에 목기러기를 사용할 걸 그랬어."

스승께서는 아주 만족하신 듯 누가 혼례를 치르게 되면 꼭 내가 만든 목기러기를 사용하라고 건네주었다.

그 후부터 사람들은 산 기러기 대신 목기러기를 사용하게 되었으며, 나는 스승의 사랑을 더욱 받게 되었다.

그런데 뜻하지 않게 내게 말 못 할 고민이 하나 생기

고 말았다. 정작 내가 장가갈 나이가 되자 그만 스승의 따님에게 장가를 가고 싶은 마음이 들고 만 것이다.

"이건 스승님께 정말 불경스러운 일이야. 그래선 안 돼!"

나는 나 자신에게 늘 이렇게 타일렀지만, 한번 그런 마음을 두게 되자 마음은 걷잡을 수가 없었다. 물론 스승의 따님은 내게 전혀 관심이 없었다. 스승님 또한 나를 사위로 삼으실 생각은 없으신 듯했다.

나는 고민에 빠지지 않을 수 없었다. 누구한테 한마디 말도 못 하고 끙끙 앓기 시작했다. 세월이 가면 갈수록 밥은커녕 물도 한 모금 마시기 힘들었다.

나는 꼭 죽을 것만 같았다. 그래서 하루는 '이왕 죽을 거, 스승님께 말씀이나 한번 올려보고 죽자' 하는 생각이 들어 스승님을 찾아가 넙죽 엎드렸다.

"스승님, 저를 사위로 삼아주시면 죽어도 그 은혜는 잊지 않겠습니다."

스승께서는 입을 굳게 다물고 한참 동안 나를 바라보기만 하셨다. 그러다가 재떨이에 담뱃재를 탁 털고 나서 말씀하셨다.

"좋다. 내 너를 사위로 삼으마. 그런데 한 가지 조건이 있다. 그 조건을 네가 들을 수 있겠느냐?"

"네, 들을 수 있습니다. 어떠한 조건이라도 받아들이

겠습니다."

"그렇다면 좋다. 예전에 어느 유명한 목공이 나무로 새를 깎아 하늘로 날려 보내자 그 새가 사흘이 지나도 내려오지 않았다는 이야기가 있다. 너도 그럴 수 있겠느냐? 네가 만든 목기러기를 하늘로 날려 보낼 수 있겠느냐 말이다."

"네, 날려 보낼 수 있습니다."

나는 급한 마음에 앞뒤 생각할 겨를도 없이 목기러기를 하늘로 날려 보낼 수 있다고 말했다.

"정말 날려 보낼 수 있겠느냐?"

스승께서 재차 물으셔도 나는 그렇게 할 수 있다고 대답했다.

"그러면 목기러기를 날려 보내고 나서 다시 나를 찾아오너라."

"네, 그렇게 하겠습니다."

스승님 앞을 물러나오고 나자 나는 그때서야 덜컥 걱정이 되었다. 오직 혼인을 허락받고 싶다는 생각에 그렇게 말은 했으나 정작 목기러기를 날려 보낼 수 있는 방법은 아무것도 없었다.

나는 또다시 깊은 고민에 빠지지 않을 수 없었다. 그렇다고 가만히 주저앉아 있을 수도 없었다. 나는 부지런히 목기러기를 만들었다. 한 마리 한 마리 만들 때마다 혼신의 힘을 다 기울였다. 새벽에 일어나 반드시 목욕재계沐浴齋戒한 뒤 일을 시작했으며, 한번 일을 시작하면 밤잠도 자지 않고 음식까지 전폐했다.

그러나 아무리 정성을 들이고 노력을 기울여도 내가 만든 목기러기는 하늘을 날지 않았다. 북한산에 올라 목기러기를 날려 보내면 날기는커녕 산 아래로 곤두박질칠 뿐이었다.

나는 실망하지 않을 수 없었다. 그런 일이 되풀이되면 될수록 가슴을 치며 슬피 울었다. 그러나 그 일을 중단할 수는 없었다. 언젠가는 스승님께 한 약속을 지켜 스승님의 사위가 될 수 있으리라는 믿음을 저버리지 않았다.

어느 해 북한산에 단풍이 짙게 물든 가을이었다. 이웃집에 사는 한 소년이 마치 아기를 업듯 병든 기러기 한 마리를 등에 업고 나를 찾아왔다.

"아니, 웬 기러기를 다 업고 왔니?"

"어제 엄마랑 논에 나갔다가 논바닥에 혼자 앉아 있는 걸 발견했어요. 어디가 많이 아픈 모양인데, 엄마가 아저씨한테 데리고 가면 살릴 수 있을 거라고 해서 데리고 왔어요."

나는 소년이 내민 기러기를 받아 안았다. 기러기는 날

개가 부러졌는지 제대로 날지도 못하고 먹지도 못해 곧 죽을 것만 같았다.

'언제 날지 모르는 목기러기만 날려 보내려고 할 게 아니라, 이 병든 기러기부터 살려서 하늘로 날려 보내야겠구나.'

나는 어떻게 하든 기러기를 살려야 하겠다는 생각에 목기러기를 만드는 일보다 더 정성을 기울였다. 바람과 햇살이 잘 드는 방에 기러기를 두고 물과 모이를 주면서 잠시도 그 곁을 떠나지 않았다.

그러자 기러기는 조금씩 기운을 차리기 시작했다. 하루 종일 가만히 앉아 있기만 하던 기러기가 이리저리 서성대며 걷기 시작했다. 그러더니 하루는 하늘로 날아가고 싶은지 자꾸 날개를 푸드덕거렸다.

나는 얼른 창문을 열어주었다. 기러기는 내게 인사라도 하듯 몇 번 방안을 맴돌더니 푸른 가을하늘 속으로 재빨리 날아갔다.

나는 기러기가 날아간 가을하늘을 한참 동안 바라보았다.

'형제들도 없이 저렇게 혼자 외롭게 날아가면 어떡하나. 빨리 형제들을 만나야 할 텐데…….'

나는 한동안 기러기한테서 눈을 뗄 수가 없었다. 그런

데 그때 마침 못 보던 기러기 떼 한 무리가 끼룩끼룩 하늘을 날고 있었다. 기러기는 자연스럽게 그 무리 속으로 끼어들어가 멀리멀리 사라져갔다.

나는 기러기를 향해 몇 번 손을 흔들다가 다시 목기러기를 만들기 위해 천천히 목공소로 발길을 옮겼다.

'저 하늘을 나는 기러기들처럼 언제 내가 만든 목기러기들이 하늘을 날 수 있을까.'

나는 그런 생각을 하자 마음이 무거웠다. 그래도 목기러기 대신 한 마리 죽어가는 기러기를 살려 하늘로 날려 보냈다 싶어 마음속엔 잔잔한 기쁨이 물결쳐왔다.

'그래, 또 열심히 목기러기를 만들어보는 거야. 언젠가는 내가 만든 목기러기들이 하늘을 훨훨 나는 날이 있을 거야.'

나는 다시 마음을 굳게 다지고 목공소의 문을 열었다.

아, 그런데 이게 도대체 어떻게 된 일일까. 목공소 안에는 그동안 내가 만든 수십 마리의 목기러기들이 단 한 마리도 보이지 않았다.

'도대체 어디로 가버린 것일까. 혹시 나도 모르게 하늘로 날아가버린 것은 아닐까. 아니면 누가 훔쳐 가기라도 한 것일까.'

나는 밤새도록 잠이 오지 않았다. 비록 하늘을 날지

는 못했지만 내 자식들처럼 귀하게 여기던 목기러기들이었다.

뜬눈으로 밤을 새우고 나자 스승께서 급히 나를 찾으신다는 전갈이 왔다.

"스승님! 저를 찾으셨는지요?"

급히 스승께 달려가 엎드려 절을 하고 꿇어앉았다.

스승께서는 입가에 엷은 미소를 띠며 오랫동안 나를 바라보시다가 조용히 입을 여셨다.

"그래, 어제 네가 병든 기러기 한 마리를 살려 하늘로 날려 보냈다지?"

"네, 이웃집 소년이 불쌍하다고 가져온 것입니다."

"그래, 수고했다. 네가 마침내 목기러기를 하늘로 날려 보냈구나. 내 너를 사위로 삼으마."

"네?"

스승께서 갑자기 무슨 말씀을 하시는지 잘 몰라 나는 어리둥절한 표정을 지었다.

"스승님, 제가 만든 목기러기들은 아직 하늘을 날지 못했습니다."

"하하, 네 정성이 갸륵해서 목기러기들이 모두 하늘로 날아갔다. 어제 네가 병든 기러기를 살려 하늘로 날려 보냈을 때, 한 무리의 기러기 떼가 하늘을 날지 않았느냐.

그게 바로 네가 만든 목기러기들이다. 이제 알겠느냐?"
 나는 스승님의 말씀에 나도 모르게 주르르 눈물을 흘리고 말았다. 내가 만든 목기러기들이 목공소에 왜 한 마리도 없었는지 그때서야 그 까닭을 알 수 있었다.

자살바위

 사람들은 나를 보고 자살바위라고 부른다. 사람들뿐만 아니라 가까운 친구들도 나를 자살바위라고 부른다. 거북이처럼 생겨서 거북바위라고 불리는 친구도, 촛대처럼 생겨서 촛대바위라고 불리는 친구도 심심하면 "어이, 자살바위!" 하고 나를 부른다.

 처음엔 내가 그런 이름으로 불린다는 사실조차 잘 몰랐다. 원래 내 이름은 자살바위가 아니라 솔바위였다. 바다를 향해 높은 절벽인 양 서 있는 내 몸에 노송 한 그루가 깊게 뿌리를 내리고 있어 다들 그렇게 불렀다.

 그런데 언제부터인가 나를 자살바위라고 부른다는 사실을 알고는 정말 놀라지 않을 수 없었다. 왜 모두들 나를 자살바위라고 부르는지 도무지 알 수 없었다. 그리고 그때까지만 해도 나는 자살이 무엇을 뜻하는 말인지 잘 모르고 있었다.

"자살이 무엇일까? 왜 나를 자살바위라고 부르는 걸까."

어느 날 내가 혼잣말로 중얼거리자 거북바위가 마침 그 말을 해주고 싶어 안달이 났다는 듯이 말했다.

"응, 그건 사람들이 자기 목숨을 스스로 버리는 것을 말하는 거야."

"그래? 그런데 그거하고 나하고 무슨 상관이야?"

"응, 그건 사람들이 너를 이용해서 자살을 하기 때문이야."

"나를?"

"넌 자살하기에 아주 안성맞춤이거든. 너무 높아도 겁이 나서 자살을 못 하는데, 넌 너무 높지도 낮지도 않아. 그대로 바다로 뛰어내려도 죽지 않을 것 같은 착각이 들 정도야. 고개 숙여서 네 발밑을 한번 봐. 넌 발밑까지 바위가 깊게 뿌리박고 있는 데다 아주 날카로운 몸매를 하고 있어서 한번 떨어진 사람은 그대로 부딪쳐 죽고 말아. 그래서 다들 널 자살바위라고 부르는 거야."

나는 억울했다. 듣기에 따라서는 내가 사람들을 죽이는 것이라는 말일 수도 있었다. 거북바위는 정말 내가 그렇다는 듯이 나를 쳐다보는 눈길이 그리 곱지 않았다.

"아니야, 난 자살바위가 아니야. 날 그렇게 부르지 마. 원래 내 이름은 솔바위야. 제발 그 이름으로 불러줘. 너도 내 이름이 솔바위라는 걸 잘 알고 있잖아."

"이름은 남이 그렇게 부르면 할 수 없는 거야. 네 몸에 쓰여 있는 글씨를 한번 살펴봐. 그런 글씨가 쓰여 있으니 다들 널 그렇게 부를 수밖에!"

나는 내 몸을 찬찬히 살펴보았다. 세상에! 도대체 이게 무슨 글씨란 말인가. 내 몸엔 붉은 페인트로 '다시 한번 생각하자'라는 글씨가 쓰여 있었다. 그러니까 자살하기 직전에 다시 한번 심사숙고深思熟考하라는 말이다. 이 말을 다른 뜻으로 해석하면 '여기가 바로 자살바위다. 자살을 하려면 바로 여기에서 하라'는 뜻일 수도 있었다. 그러니까 은연중 자살 장소를 알려주는 말이 아닐 수 없었다.

나는 내 몸에 누가 언제 그런 글씨를 썼는지조차 모르고 살아온 나 자신이 무척 어리석게 느껴졌다. 만일 내 몸에 써져 있는 그런 글씨를 보고 사람들이 자살을 기도했다면 내 책임이 전혀 없는 것도 아니라는 생각이 들었다.

"그동안 죽은 사람이 얼마나 되지?"

나는 기가 죽어 약간 떨리는 목소리로 거북바위에게

물었다.

"부지기수不知其數야. 아예 알려고 하지 않는 게 나아."

거북바위는 내가 아주 꼴 보기 싫다는 듯 눈을 한 번 흘기고는 그만 몸통 안으로 모가지를 쏙 집어넣어버리고 말았다.

나는 심한 자책감에 빠졌다. 사람들이 그렇게 죽어가는지도 모르고 공연히 갈매기들하고 장난이나 치고, 멀리 수평선을 오가는 배들이나 바라보곤 한 일이 후회되었다. 내가 조금만 신경을 썼더라면 사람들을 그렇게 죽게 만들지는 않았을 것이라는 생각이 들어 괴로웠다.

나는 잠을 자지 않고 몇 날 며칠 꼬박 밤을 새웠다. 어떻게 하면 사람들로 하여금 자살을 하지 못하게 할 수 있을까 하는 생각에 잠을 이룰 수가 없었다.

그런 어느 날 밤이었다. 그날따라 유난히 달빛이 푸른 밤이었다. 한 젊은 여자가 내 가슴 위에 가지런히 구두를 올려놓고 맨발로 바다로 뛰어내리려 하고 있었다.

나는 가슴이 떨렸다. 그 여자도 몸을 떨고 있었다. 멀리 달빛에 부서지는 파도가 끝없이 흰 이빨을 드러내며 우리를 바라보고 있었다.

"왜 자살을 하려고 그러세요?"

나는 속삭이듯 살며시 그 여자에게 물어보았다.

"사랑을 잃었어요."

여자가 눈물을 흘리면서 말했다.

"내 목숨만큼이나 사랑하던 남자가 다른 여자와 결혼을 하게 되었어요."

여자의 눈물은 좀처럼 그치지 않았다.

실은 그동안 나는 왜 사람들이 자살을 하려고 하는지 알 수가 없었다. 그러나 그 여자의 눈물이 내 몸을 적시자 자살하려는 사람들의 심정을 어느 정도 이해할 수 있었다.

그날 밤, 여자는 새벽별이 질 때까지 내 몸에 눈물을 쏟아놓았다. 내 몸을 눈물범벅으로 만들어놓고 여자는 다시 구두를 신고 돌아갔다. 달빛이 돌아가는 그 여자의 뒷모습을 오랫동안 비춰주었다.

그 뒤 또 한 여자가 나를 찾아와 내 가슴 위에 하얀 고무신을 가지런히 벗어놓았다. 여자는 예순이 넘은 얼굴에 주름이 퍽 깊은 분이었다.

"자살하지 마세요."

여자가 곧바로 바다로 뛰어들 듯해서 내가 급히 소리쳤다.

"아들을 잃었다오."

여자가 괴로운 듯 한숨을 토해내었다.

"오징어잡이 배를 타고 나간 아들이 폭풍에 돌아오지 못하게 되었다오. 나이 마흔에 얻은 얼마나 귀한 아들인데, 내 목숨보다 귀한 아들인데, 아이고!"

여자가 "아이고!" 하고 소리치면서 "아들 없는 세상은 살고 싶지가 않다"는 말을 채 끝내기도 전이었다. 여자가 바다를 향해 그만 몸을 던져버렸다.

순간, 나는 여자를 살려야겠다는 생각이 들었다. 얼른 내 몸에 깊게 뿌리박고 있는 노송의 솔가지를 길게 늘어뜨려 여자를 사뿐히 안아 내렸다. 여자는 자기 몸이 바다에 던져진 줄만 알고 한동안 깨어나지 않았다.

"고맙다오. 이제 죽었다 살아난 몸이니 아들 몫까지 열심히 살아야겠지요."

여자는 깨어나서 내게 그런 말을 하고는 다시 고무신을 신었다.

그 뒤, 나는 자살하려고 나를 찾아오는 사람마다 그렇게 솔가지를 길게 늘어뜨려 살려놓았다. 내가 그렇게 살려놓은 사람이 몇 명이나 되는지 나도 잘 알 수가 없었.

많은 시간이 지났다.

하루는 거북바위와 촛대바위 친구가 "어이, 복바위!" 하고 나를 불렀다. 처음엔 누구 다른 친구를 부르나 하고 뒤를 돌아보았으나 바로 나를 부르는 소리였다. 그동안 나를 찾아와 복을 빌면 복을 받게 된다는 이야기가 사람들 사이로 널리 퍼져나간 줄을 나만 전혀 모르고 있었다.

발 없는 새

소나기가 쏟아지는 어느 날 오후였다. 소나무 중에서도 가장 귀한 금강송金剛松에 엄마하고 앉아 쏟아지는 빗줄기를 바라보고 있었다. 한여름이라서 그런지 빗줄기는 참으로 시원했다.

"엄마, 이렇게 앉아 있지만 말고, 우리 빗속을 한번 날아봐요."

나는 엄마랑 빗줄기를 뚫고 시원하게 하늘을 한번 날아보고 싶었다. 그러나 엄마는 피곤한지 고개를 가로저었다.

나는 엄마가 어디 아프신가 보다 하고 그대로 엄마 곁에 앉아 쏟아지는 소나기만 바라보고 있었다. 그러다가 어느 한순간, 엄마한테 아무 말도 하지 않고 그만 엄마 곁을 떠나고 말았다.

그것은 무지개 때문이었다. 잠깐 소나기가 그치는가 싶더니 어느새 하늘에 무지개가 떠 있었다.

"야, 무지개다!"

나는 나도 모르게 크게 소리치면서 무지개를 향해 날아갔다. 엄마를 혼자 두고 떠났다는 생각은 들지 않았다.

그렇게 얼마를 날아갔을까. 문득 엄마 생각이 나서 뒤돌아보자 뜻밖에 엄마가 독수리한테 낚아채여 하늘 속으로 막 사라지고 있었다.

"엄마!"

내가 놀라 소리치는 순간, 엄마는 이미 사라져 보이지 않았다.

나는 울면서 급히 소나무 곁으로 돌아왔다. 엄마는 무지개를 향해 날아간 내가 염려스러워 내 뒤를 따라오다가 그만 나 대신 독수리한테 낚아채인 게 분명했다. 그때 만일 엄마가 없었더라면 독수리한테 내가 낚아채였을 게 뻔한 일이었다.

나는 깊은 슬픔에 빠져 몇 날 며칠 울음을 그치지 않았다. 소나무 아래 떨어진 엄마의 깃털을 볼 때마다 울음이 솟구쳐 올랐다. 그대로 엄마를 따라 죽어버리고 싶은 생각밖에 들지 않았다.

"울지 마라. 이제 엄마의 죽음은 어쩔 수 없단다."

금강송이 나를 위로해주었다.

"그렇게 울고만 있는 널 보고 엄마가 얼마나 속이 상하시겠니? 이젠 네가 엄마 몫까지 열심히 살아야지."

금강송에 걸린 달님도 나를 위로해주었다.

그런 어느 날 밤이었다. 나는 물끄러미 소나무 가지에 걸린 보름달을 바라보다가 문득 '죽음 없이는 살 수 없는 것일까' 하는 생각이 들었다.

한번 그런 생각을 하고 나자 밤만 되면 늘 그런 생각이 들었다. 보름달은 죽는 것처럼 점점 사위어 그믐달이 되었다가, 다시 도독하게 살이 올라 보름달이 되곤 했다. 죽는 것 같지만 결코 죽지 않고 되살아났다.

나는 보름달에게 조용히 물었다.

"보름달님! 어떻게 하면 당신처럼 죽음 없는 삶을 살 수 있는지요?"

"글쎄, 그건 나도 잘 몰라. 하느님한테 한번 물어보렴."

나는 해가 뜨기를 기다렸다가 하느님한테 물어보았다.

"하느님, 어떻게 하면 죽음 없이 영원히 살 수 있을까요? 저는 죽음이 없는 새가 되고 싶습니다."

하느님은 아침이슬에 고요히 앉아 나를 바라보기만

할 뿐 아무런 말씀이 없었다.

"하느님! 말씀 좀 해주세요. 엄마의 죽음을 저는 지금도 이해할 수가 없습니다."

내가 엄마의 죽음을 이야기하자 하느님이 천천히 입을 열었다.

"네 뜻이 정말 그러하냐?"

"네."

"정말 죽음 없이 영원히 살고 싶으냐?"

"네, 그렇습니다."

"그렇다면 내가 두 가지 조건을 제시하겠다. 그 조건을 수락해야만 한다."

"네, 무슨 조건이든지 수락하겠습니다."

하느님이 내게 제시한 조건은 간단했다. 우선 내 발을 모두 없애버리겠다는 것과, 일단 죽지 않는 새가 되면 나중에 죽고 싶다고 해도 결코 죽을 수 없다는 것이었다.

나는 즉시 그 조건을 받아들였다. 다들 영원히 살기를 원하지 왜 죽기를 원하겠느냐는 생각이 들었다. 그리고 죽음 없이 영원히 살 수만 있다면 그까짓 발쯤이야 없으면 어떠랴 싶었다.

"그 조건을 수락할 수 있겠느냐?"

하느님의 음성은 부러웠지만 단호했다.

"한번 결정하면 어떠한 경우라도 바꿀 수 없다. 그래도 괜찮겠느냐?"

"네, 괜찮습니다."

"결코 후회해서는 안 된다."

"네, 어떠한 일이 있어도 후회하지 않겠습니다."

"으음, 네 소원을 들어주고, 죽음 없는 삶이 어떤 결과를 가져오는지 그 본보기로 삼아야겠구나."

내가 너무 단호하게 말한 탓일까. 하느님은 그 말을 끝으로 그만 아침이슬과 함께 사라져버리고 말았다.

그날 밤이었다. 소나무 가지에 앉아 잠을 자고 있는데 잠결에 내 몸이 자꾸 아래로 떨어질 것만 같았다. 내 발이 항상 나뭇가지를 움켜쥐고 몸의 중심을 잘 잡고 있기 때문에 지금까지 그런 일은 단 한 번도 없었던 일이었다. 나는 잠자기를 포기하고 얼른 눈을 떠보았다.

아, 정말 내 몸에 발이 없었다. 내 두 개의 발이 어디로 갔는지 보이지 않고 몸통에 날개만 달랑 달려 있었다. 나는 깜짝 놀라 늘 하던 대로 다른 나뭇가지로 옮기려고 하다가 그만 땅바닥으로 떨어질 것만 같아 그대로 하늘로 날아올랐다.

'아, 하느님이 정말 내 소원을 들어주셨구나.'

밤하늘을 날면서 나는 하느님과의 약속을 떠올렸다.

하느님이 약속대로 내 발을 없애버려 좀 불안했지만 죽지 않고 영원히 살 수 있는 새가 되었다고 생각되자 가슴은 기쁨으로 벅차올랐다.

나는 하늘 높이 날아올랐다. 발이 없어서 더 가벼워진 몸으로 밤하늘을 날면 날수록 별빛은 더욱 눈부셨다.

얼마를 날았을까. 별들이 하나둘 스러지고 먼동이 트기 시작할 때쯤이었다. 갑자기 온몸에 피곤이 몰려왔다. 나뭇가지에 앉아 편히 쉬고 싶었다.

나는 편히 쉬고 싶을 때마다 늘 그랬던 것처럼 금강송 나뭇가지에 내려앉았다. 아, 그러나 나뭇가지에 내려앉을 수가 없었다. 발이 없기 때문이었다. 발이 없기 때문에 나뭇가지에 내려앉을 수 없다는 사실을 나는 깜박 잊고 있었다.

다시 하늘로 날아올랐다. 찬란하게 날은 밝았다. 다시 온몸에 피곤이 몰려왔다. 이번에는 풀잎들이 포근한 땅 위에 내려앉으려고 했으나 내려앉지 못했다. 물론 발이 없기 때문이었다.

나는 끊임없이 날 수밖에 없었다. 쉬지 않고 하늘을 나는 것만이 나의 삶이었다. 삶에는 죽음이 필요하고, 죽음이 있기 때문에 삶이 빛난다는 것을 깨달았으나, 이제 후회해도 아무 소용이 없었다.

'아, 내가 잘못했구나. 영원히 살려고 하는 게 아니었어. 때가 되어 죽음이 찾아오면 그대로 받아들여야 하는 거였어.'

나는 후회되었다. 얼른 하느님을 찾아가 용서를 빌었다.

"하느님, 제가 잘못했어요. 용서해주세요. 다른 새들처럼 그냥 평범하게 살게 해주세요."

그러나 하느님과의 약속은 이미 바꿀 수가 없었다. 아무리 하느님께 빌고 또 빌어도 하느님은 아무 말이 없었다.

나는 나무와 바위에도, 배추밭과 사과밭에도, 바다의 섬 그 어디에도 내려앉지 못하고 언제나 하늘을 날 수밖에 없었다.

이제 얼마나 시간이 지났는지 모른다. 보름달이 몇 번이나 그믐달이 되었는지, 초승달이 몇 번이나 보름달이 되었는지 알지 못한다. 다만 한 가지 확실하게 알 수 있는 것은 내가 죽을 때가 지나도 한참 지났다는 것이다. 그리고 내 삶이 너무나 고통스럽다는 것이다. 그동안 몇 번이나 하느님을 찾아가 나에게도 죽음이 찾아오게 해달라고 호소했으나, 약속은 지켜져야 한다는 것이 하느님의 말씀이었다.

가시 없는 장미

내 몸에 장미가 피어났을 때 나는 놀라지 않을 수 없었다. 내 몸속 어디에 그런 아름다움이 숨어 있었는지 정말 나 자신도 알 수 없었다. 나는 아름다운 나 자신에게 반한 나머지 혹시 아름다움의 극치가 있다면 바로 나를 두고 하는 말이 아닌가 하는 생각이 다 들었다.

내가 태어난 곳은 어느 가톨릭 수도원의 정원이었다. 처음에는 어디에서 태어났는지도 잘 몰랐으나 삼각 모자가 달린 검은 수도복을 입고 산책하는 수도자들의 모습을 보고 내가 수도원에서 태어났다는 것을 알 수 있었다.

"아, 당신은 정말 아름답습니다. 당신을 통해 주께서 얼마나 아름다운지 알게 되었습니다."

한 젊은 수도자가 나를 보고 고개를 숙이며 말했다.

"아, 당신의 아름다움이 내게도 찾아와주기를 기도합니다."

또 한 명의 젊은 수도자도 나를 보고 고개를 숙이며 말하고 지나갔다.

수도자들뿐만이 아니었다. 벌과 나비들도 찾아와 내가 아름답기 때문에 자신들도 아름답다고 말했다. 가끔 바람도 찾아와 내가 바람에 흔들림으로써 자신의 존재가 아름답게 입증된다고 말했다. 그리고 밤에는 별빛들도 찾아와 새벽이 지나도록 꽃잎에 코를 박고 잠이 들었다.

나는 행복했다. 내가 아름다운 세상의 한 일부이기도 하지만, 내가 아름답기 때문에 세상이 아름다운 것이라는 생각이 들었다.

어느 햇살이 맑은 날 아침이었다. 건너편에 사는 노란 장미가 나를 보고 힐난하는 목소리로 말했다.

"붉은 장미야, 이제 보니 넌 가시가 없구나. 세상에! 가시도 없는 게 장미 노릇을 하다니!"

나는 내 몸을 찬찬히 살펴보았다. 정말 내 몸에는 가시가 없었다. 다른 장미들은 다들 가시가 있는데 유독 내 몸에만 가시가 없었다.

"가시 없는 장미는 장미가 아니야."

노란 장미는 심심하면 나를 놀려대었다.

"장미는 가시가 있기 때문에 아름다운 거야."

나는 고민이 되었다. 내가 아름답기 때문에 세상이 아름답다는 생각을 했던 나로서는 노란 장미의 그런 말은 참으로 치명적이었다.

"얘들아, 쟤는 장미가 아니야."

노란 장미는 지나가는 새를 보고도 그런 말을 하는 거였다.

"창피하다, 창피해. 이건 우리 장미들의 수치야!"

평소 나랑 가장 친했던 분홍 장미도 나를 놀려대기 시작했다.

나는 괴로워 잠이 오지 않았다. 바람이 불 때마다 노란 장미가 날카로운 가시로 나를 찔러대 내 몸은 온통 피투성이가 되었다.

내 몸은 점점 시들어갔다. 더 이상 먹고 싶지도 살고 싶지도 않았다. 벗들에게 버림받고 산다는 것은 바로 죽음과 같은 것이라는 생각이 들었다.

나는 조용히 죽음의 순간이 다가오기를 기다렸다. 한때나마 세상이 나로 인해 아름다웠다는 것만으로도 나는 행복한 삶을 살았다는 생각이 들었다.

그런 어느 날이었다. 고개를 숙이며 나의 아름다움을

칭송했던 젊은 수도자 아저씨가 내게 다가와 조용히 말을 건넸다.

"붉은 장미야, 그토록 아름답던 네가 왜 이렇게 되었니? 무슨 말 못 할 고민이라도 있니?"

나는 아무 말 없이 바람에 길게 흔들리는 검은 수도복의 옷자락만 바라보았다.

"말해봐, 도대체 이게 무슨 일이니? 모든 꽃은 피면 지고 시들지만, 넌 아직 시들 때가 아니란다."

"아니에요, 아저씨. 이제 난 장미가 아니에요. 나를 장미라고 부르지 마세요."

나는 수도자 아저씨의 다정한 눈빛 때문에 누가 말을 시켜도 아무 말도 하지 않겠다고 생각해놓고 그만 입을 열었다.

"그게 무슨 말이니? 장미가 아니라니? 그럼 넌 누구란 말이니?"

"난 가시가 없잖아요. 가시 없는 장미는 장미가 아니에요."

수도자 아저씨는 한참 동안 말없이 나를 바라보았다. 그러더니 빙그레 웃음 띤 얼굴로 말했다.

"그래, 너는 가시 없는 장미야. 난 그걸 잘 알고 있단다. 그렇지만 가시가 없다고 해서 장미가 아닌 것은 아니란다."

나는 수도자 아저씨가 나를 위로하기 위해 그런 말을 하는 것이라는 생각이 들어 그저 한쪽 귀로 듣고 한쪽 귀로 흘려버렸다. 그러나 수도자 아저씨의 말은 계속되었다.

"가시가 없다고 해서 너무 마음 쓰지 말아라. 넌 우리 수도자들에게 참으로 특별한 존재란다. 우리들이 널 얼마나 소중히 여기는지 넌 잘 모를 거야. 우리들은 널 참으로 소중히 여긴단다."

나는 수도자 아저씨의 눈을 가만히 쳐다보았다. 수도자 아저씨의 눈동자 속에 흰 구름 몇 개가 고요히 흘러가고 있었다.

"그럼 왜 유독 나만 가시가 없는 거예요?"

나는 수도자 아저씨의 눈동자에 흐르는 흰 구름을 쳐다보며 말했다.

"그건 다 이유가 있단다. 아주 오래전에, 아주아주 오래전에, 우리가 있는 이곳 수도원에 한 수도자가 있었단다. 그분은 풀과 꽃과 새들과 이야기를 나누는 분이셨는데, 그분한테는 사랑하는 한 여인이 있었단다. 그분은 여인을 사랑하는 가운데 보다 주님께 가까이 다가가려고 노력을 했단다. 그런데 그분도 인간이셨기에 때로는 본능적인 성적 욕망이 일곤 하셨단다. 그럴 때마다 그분은 자신의 욕망을 책망하면서 붉은 장미 가시를 떼어내 자신의 허벅지를 찌르곤 했단다."

수도자 아저씨는 그분이 그리운지 잠깐 입을 다물고 눈을 감았다. 나는 장미 가시로 허벅지를 찌를 때마다 그분이 얼마나 고통스러우셨을까 하는 생각에 그만 눈물이 핑 돌았다.

"그래서 여기 있던 붉은 장미들은 그만 나중에 가시 없는 장미가 되어버리고 말았단다. 그리고 우리들은 언제나 그분을 대하듯 널 대하고 있단다. 우리는 그분을 프란치스코 성인이라고 부르고, 그분이 사랑했던 분은 글라라 성인이라고 부른단다."

푸른목타조

 나에게도 꿈이 있다. 그것은 다른 새들처럼 훨훨 하늘을 나는 일이다. 우리들 중에 그런 꿈을 안 꾸어본 이가 누가 있느냐고, 이제 그런 꿈은 포기하라고 벗들은 말하지만 나는 그 꿈을 버릴 수가 없다. 벗들뿐만이 아니다. 사랑하는 어머니마저도 이제 그 꿈을 포기할 때가 되었다고 말하지만 나는 포기할 수가 없다.
 "네 아버지도 그런 꿈을 꾸다가 돌아가셨다. 제발 날고 싶다는 그런 생각은 이제 좀 버려라. 삶에는 포기할 일도 있다는 걸 넌 왜 모르니?"
 수많은 타조들이 날기 위하여 있는 힘을 다해 달려가다가 그만 벼랑 아래로 떨어져 죽었다는 사실을 나는 잘 알고 있다. 그러나 날고 싶다는 꿈만은 포기할 수가 없다. 돌아가신 아버지를 생각하면 더욱 그렇다.

아버지가 낙엽이 수북이 쌓여 있는 벼랑 아래로 나를 데려간 것은 내가 서너 살 때의 일이다.

"저 낙엽 더미를 치워보거라."

아버지의 말씀대로 낙엽 더미를 치우자 그곳에는 새하얀 뼈들이 수북이 쌓여 있었다.

"넌 저게 뭔지 아느냐?"

내가 가만히 고개를 저으며 아버지를 바라보자 아버지는 엄숙한 표정으로 천천히 입을 열었다.

"저건 날기 위하여 노력한 우리 선조들의 뼈다. 우리 선조들의 꿈은 새처럼 하늘을 나는 것이다. 날개가 있으면서도 날지 못한다는 것은 크나큰 수치다. 하늘을 나는 꿈을 꾸지 않으면 진정한 타조가 아니란 말이다. 내 어릴 때 아버지가 여기에 나를 데려오셔서 우리에겐 조상들의 꿈을 이루어야 할 의무가 있다고 말씀하셨다. 나 또한 너에게 말한다. 너도 날기 위한 꿈을 꾸어라. 비록 여기 벼랑 아래가 너의 무덤이라 할지라도 날기 위한 꿈을 포기하지 말아라."

"네, 아버님, 포기하지 않겠습니다. 아버님의 꿈을 제가 이루어드리겠습니다."

그날 나는 반드시 약속을 지키겠다고 아버님께 말씀을 드렸다.

그 뒤 아버지는 몇 해 채 되지 않아 날기 위해 노력하다가 그만 벼랑 아래로 떨어져 돌아가시고 말았다. 그날도 나는 아버지의 시신 앞에서 아버지처럼 벼랑 아래로 떨어져 죽는다 해도 결코 하늘을 나는 꿈을 버리지 않겠다고 굳게 약속을 드렸다.

그날 이후, 나는 밥 먹고 잠자는 시간마저 아끼며 날기 연습을 하는 데에만 온 힘을 기울였다. 그러나 나는 날 수가 없었다. 수많은 시간을 흘려보내며 아무리 노력해도 하늘을 날 수 없었다.

'나는 날 수 있어! 날 수 있다는 사실을 스스로 믿어야 해. 신념화해야 해!'

마음을 다잡고 이렇게 소리치며 아무리 들판을 달려 보아도 결코 하늘을 날 수 없었다.

나는 절망한 나머지 하루는 들판에 서서 지평선에 걸린 먼 하늘을 바라보았다. 하늘엔 저녁노을이 지고 있었고, 그 노을빛이 너무나 아름다워 그만 노을에게 말을 걸었다.

"노을님, 어떻게 하면 나도 새처럼 하늘을 날 수 있을까요?"

붉은 저녁노을은 아무런 대답을 하지 않았다. 한순간 들판을 찬란하게 물들이고는 어둠 속으로 몸을 숨기고 말았다.

어둠 속에서는 샛별이 돋았다. 나는 샛별에게 말을 걸었다.

"샛별님! 어떻게 하면 나도 하늘을 날 수 있을까요?"

샛별 또한 말없이 나를 쳐다보기만 할 뿐 아무런 말이 없었다.

"돌아가신 아버지하고 약속한 일입니다. 약속을 꼭 지킬 수 있도록 저를 좀 도와주세요."

아마 이 말 때문이었을 것이다. 샛별이 손가락을 들어 젊은 독수리 한 마리를 가리켰다. 어디에선가 온몸에 별빛을 받으며 독수리 한 마리가 날아와 내 곁에 앉아 있었다. 나는 주저하지 않고 독수리한테 물어보았다.

"독수리야, 어떻게 하면 나도 너처럼 날 수 있을까? 내게도 날개는 달려 있단다."

"응, 그건 아주 쉬운 일이야."

싱긋이 웃는 얼굴을 하고 독수리는 뜻밖에도 너무나 간단하게 대답했다.

"너한텐 쉬운 일이지만 나한텐 참 어려운 일이야. 지금까지 난 단 하루도 날기 연습을 안 해본 날이 없단다."

나는 날 수 있는 독수리가 부러워 계속 독수리를 쳐다보았다.

"그건 정말 쉬운 일이야. 나를 한번 사랑해봐. 그럼 날 수 있어."

"난 지금 장난을 치는 게 아니야."

"나도 장난이 아니야."

"그럼 널 사랑하면 정말 날 수 있어?"

"그럼! 그렇지만 날 사랑하려면 고통이 많이 따를 거야."

"괜찮아. 날 수만 있다면 어떠한 고통이라도 달게 받겠어."

나는 지옥에 가는 일이 있더라도 날 수만 있다면 어떠한 고통이라도 달게 받을 수 있을 것 같았다.

그날부터 나는 독수리를 사랑했다. 그러나 독수리는 나를 사랑하는 것 같지가 않았다. 툭하면 멀리 지평선 너머로 사라졌다가 며칠 만에 나타나 말없이 나를 쳐다보기만 할 뿐이었다. 그래도 나는 그런 그가 좋았다. 처음에는 날기 위하여 좋아했으나 이제는 꼭 그런 것만은 아니었다. 언제부터인가 마음속으로 그를 그리워하는 마음이 일었다.

시간은 흐르고 또 흘렀다. 나는 늙어 조금만 달려도 숨이 찰 지경이었다. 시속 90킬로미터로 힘차게 달리던 때를 이제는 생각조차 할 수 없었다.

그런 어느 날이었다. 독수리가 내게 아직도 자기를 사랑하느냐고 물었다. 나는 아직도 사랑한다고 말했다.

"아직까지 날지 못하는데도?"

독수리가 고개를 갸웃거렸다. 그래도 나는 그를 사랑한다고 말했다. 그를 사랑했음에도 불구하고 날 수 없다는 사실에는 미운 감정이 일었으나 그러면서도 그가 그리워지는 것은 어쩔 수 없는 일이었다.

"아니야, 나를 사랑하는 게 아니야. 넌 날고 싶다는 너의 욕망을 사랑하는 거야."

"아니야, 그렇지 않아. 예전에는 그랬지만 지금은 그렇지 않아. 난 널 사랑해."

"그렇지만 그 정도 사랑으로는 날 수가 없어. 나를 위해 목숨까지도 버릴 수 있어야 넌 날 수 있어. 사랑은 희생이야. 순수한 사랑에는 어느 정도 맹목성이 있는 거야. 고통까지도 받아들이는 그런 사랑 말이야. 그런데 넌 그렇지 못해. 그래서 날지 못하는 거야. 나를 진정으로 사랑할 때만 넌 날 수 있어."

나를 쳐다보는 독수리의 눈빛은 따스했다. 그러나 예전과 달리 목소리엔 힘이 없었다. 흐르는 세월에 그도 어쩔 수 없이 날개에 힘이 빠지고 이미 많이 늙어 있었다.

독수리는 더욱 늙어갔다. 어느 날부터는 눈조차 보이지 않게 되었다. 눈먼 독수리는 제대로 먹이를 찾지 못해 앙상하게 뼈만 남은 몸이 되었다.

"푸른목타조야, 나 배가 고파 죽겠다. 참으로 염치없는 말이다만, 네가 만일 아직도 나를 사랑한다면 네 허벅지 살을 한 조각 뜯어먹게 해주겠니?"

하루는 배가 고파 더 이상 참을 수 없게 된 독수리가 나를 찾아왔다.

"좋다, 먹어라!"

나는 얼른 한쪽 다리를 독수리한테 내어주었다. 독수리는 허겁지겁 내 한쪽 다리를 먹어치웠다.

며칠 뒤, 독수리가 또 나를 찾아와 나머지 한쪽 다리도 먹게 해달라는 부탁을 했다. 나는 기가 막혔지만 독수리가 곧 죽을 것만 같아 나머지 한쪽 다리도 내어주었다.

두 다리를 다 잃게 된 나는 더 이상 걸을 수가 없어 몸통으로 땅바닥을 기어 다녔다. 그러자 붉은목타조들이 나를 보고 놀려대었다.

"날기는커녕 이제는 기어 다니게 되었구나, 이 바보야!"

벗들의 손가락질은 끝이 없었다.

나는 슬펐다. 붉은목타조들이 날 보라는 듯이 일부러

최고속력으로 달리는 것을 멍하니 쳐다보다가, 나는 이제 날고 싶다는 나의 꿈을 버릴 때가 되었다고 생각했다.

나는 며칠 밤잠을 이루지 못하다가 돌아가신 아버님께는 너무나 죄송스러운 일이지만 그만 그 꿈을 버려버리고 말았다. 그러자 더 이상 살고 싶은 생각마저도 없어지고 말았다.

나는 몇 번 망설이다가 어머니 몰래 천천히 피를 흘리며 벼랑을 향해 기어갔다. 그리고 그대로 벼랑 아래로 나를 떨어뜨려버렸다.

내가 언제 정신을 차렸는지는 나도 모른다.

내가 정신을 차렸을 때 나는 죽지 않고 살아 있었다. 벼랑 아래로 굴러떨어져 그대로 산산조각이 나서 죽어버릴 줄 알았던 내가 죽지 않고 유유히 하늘을 날고 있었다.

놀라운 일이었다. 나는 도저히 믿을 수 없어 자꾸 하늘 높이 날아올랐다.

멀리 땅 위에서 이리저리 뛰어다니는 벗들의 모습이 한눈에 다 내려다보였다. 내 곁에는 어느새 독수리가 날아와 나와 함께 날고 있었다.

해설

연필로 눌러쓴 그림일기 같은 우화

정채봉 (동화작가)

이 세상에 또 한 번의 가을이 왔습니다. 나무들은 옷을 벗고 마치 그동안의 죄를 고해하듯이 하늘을 우러르고 있습니다. 이제 곧 준엄한 질책처럼 찬바람이 모질게 불어와도 저들은 저 정겨워하는 자세를 흩트리지 않겠지요.

저는 이제 막 정호승 우화집 《항아리》를 다 보았습니다. 그리고 문득 편지가 쓰고 싶어서 연필을 쥐었습니다. 저는 최근에 연필이 다시 좋아졌습니다. 다른 필기류와는 달리 플라스틱이 아닌 나무의 감촉도 정다울 뿐 아니라 진하고 강하게 나타나는 글자들보다는 조금 흐릿한, 그래서 더 가까이 다가가고 싶은 우화 같은 연필 글씨의 매력 때문입니다.

 정말이지 정호승 시인의 우화는 연필로 또박또박 눌러쓴 작품이라 할 수 있습니다. 우리들 유년 시절의 그림일기처럼 따뜻하고 진솔하니까요. 이 연필 글씨가 화가들의 가장 오래가는 사인이 되는 것처럼 이 책의 우화들 또한 당신의 가슴속에 가장 오래 남는 글이 되리라 믿습니다.

 이 책을 먼저 읽어본 제가 다음 독자인 당신에게 도움말을 드리자면 굳이 처음부터 읽지 않아도 된다는 것입니다. 책을 펼쳤을 때 나타나는 그 장의 우화를 따르면 됩니다. 그리고 내용을 머리 아프게 따지고 해부하려 들지 말고, 먼저 느끼고, 그러고는 남은 의미를 한 번쯤 되새김질해보면 당신 영혼의 일용할 양식이 될 것입니다. 저는 좀 남달라서 그런지 모르겠습니다만 가슴에 들어오는 책이 있을 때는 어떤 한 정경에 머무르곤 합니다. 아마도 그 책이 주는 이미지 때문이겠지요. 그런데 정호승 시인의 이번 《항아리》를 보면서는 가야산 자락의 늦가을 풍경이 자꾸만 떠오르는 것이었습니다.

 우리가 산여울을 따라 걸을 때는 해 질 무렵이었습니다. 산사의 인경 소리가 마른 풀잎 하나하나의 틈새로까지 번져들자 소녀는 낙엽 한 잎을 산여울에 띄우고서 따라갔습니다. 이제 생각해보니 그날 소녀의 뒷모습이 이 우화의 삽화인 것 같습니다. 사랑과 지혜를 찾으러 별이 돋아나는 산 너머로 사라진 길…….

그 길에서 우리는 '항아리'를 만나고 '비익조'를 만납니다. 그리고 '상사화'를 만나고 '동고동락'를 만납니다. 아니 '밀물과 썰물'이며 '물과 불'이며 '왕벚나무'며 '인면조'를 만납니다. 그들은 삶의 진맛과 꿈을 우리 가슴 바닥에 새겨 넣어주기도 하고 사랑의 환희와 눈물을 가슴 깊숙한 곳에 집어넣어주기도 합니다.

〈항아리〉를 보세요. 이 세상에 태어나서 그 많은 용도 가운데 오줌 항아리가 되었을 때 분노를 넘어선 슬픔 가운데서도 꿈을 버리지 않은 항아리. 그리하여 마침내 범종 소리를 되받아내는, 천년의 항아리가 되는 찬연한 기다림에 당신도 조용히 눈물을 글썽거릴 테지요.

〈동고동락〉은 또 어떻습니까. '락'의 편에 있어서 '고'의 배필은 죽기보다 싫은 일 아닌가요? '고'에서 있어서 '락'은 정말 위로자이며 환희의 배필임에 틀림없지만 '고'는 '고'대로 '락'에게 세상의 참맛을 알게 하는 소금과 같은 배필인 것입니다. 어디 인생살이뿐이겠어요? 사랑도 우리는 즐거움만을 기대하나 고통이 따라야 완성이 됩니다. 즐거움 한 가지만으로는 모래성밖에 되지 않습니다. 시멘트가 들어가야 비로소 돌처럼 굳은 벽돌이 되는 이치와 같다고 저는 생각합니다.

그래서 지은이는 하나뿐인 날개로서는 하늘을 날 수 없는 〈비익조〉를 썼는지도 모르겠습니다. 또 한 짝의 날개를 가진 사랑을 찾아 두 날개가 되었을 때 비로소 창공을 날 수 있는 것처럼 사랑은 잃어버린 반쪽을 찾는 일뿐만이 아니라 마음이 하나가 되는 고통을 감내해야 하는 과제가 있는 것입니다.

〈상사화〉의 슬픔이 어디 옛날이야기입니까? 오늘의 남자와 여자가 살아가는 이 지상의 어디에도 피어나서 지고 또 피어나는 슬픈 사랑의 꽃 아닌지요? 아니, 이 땅에 사람이 살아가고 있는 한 이 슬픈 사랑의 꽃은 없어지지 않을 것이라고 저는 생각합니다.

일 년 전(1997년) 제가 병원에 입원했을 때 정호승 시인은 고적한 밤의 제 병실을 자주 지켜주곤 하였습니다. 우리는 때로는 번거로운 말 대신에 창밖에 희미하게 떠오르는 별과 한강 물과 바람 소리로 생에 대한 대화를 대신하였었지요. 어느 날부터인가는 한강변에 공사가 있는지 어두운 밤에 모닥불이 타오르고 그 주변에 사람들이 모여 있었습니다. 지금 저는 문득 그 사람들에게 따뜻한 국물보다도 먼저 정호승 시인의 이 우화를 하루 한 편씩 지상의 양식으로 들려주고 싶다는 생각을 합니다.

부디 당신의 가슴에도 정호승 시인이 파종한 우화가 움터서 한 그루의 청정한 푸른 나무로 성장해주기를 기도합니다.

해설

사랑의 본질을 찾아서

안도현 (시인)

1.

바야흐로 이 세상에는 사랑이 넘쳐난다. 사람들은 사랑을 애써 숨기지 않는다. 숨기는 것이 사랑이 아니라는 듯 사랑을 바깥으로 드러내는 데 여념이 없다. 그리하여 기꺼이 사랑의 노예가 되기를 원한다. 사람들은 사랑 때문에 낮에 만났다가, 사랑 때문에 저녁에는 헤어진다. 멋진 사랑 한번 해보지 못한 사람은 사랑 때문에 울고, 지금 사랑에 빠져 있는 사람도 사랑 때문에 운다. 문학도 영화도 상품 광고도 사랑 일색이다. 마침내 위대한 사랑의 시대가 우리 앞에 도래하였다. 사랑이 없으면 이 세상은 하루아침에 와르르 무너져 내릴 것만 같다.

그러나 정말 이 세상에 사랑이 넘치는가? 아니다. 넘치는 것은 사랑의 말뿐이다. 사랑한다, 사랑한다, 수없이 되풀이되는 가식의 언어일 뿐이다. 사랑은 언어 이전에 있다. 그것이 깃든 곳을 우리는 마음이라고 부른다. 사랑은 마음의 안쪽에 있다. 마음의 바깥에 있는 사랑은 진정한 의미에서의 사랑이라고 할 수 없다. 그러므로 지금, 이 세상에 부지기수로 넘쳐나는 사랑을 쉽게 사랑이라고 말하는 것은 사랑에 대한 모독일 수 있다.

2.

정호승 시인의 문학은 마음 안쪽에 깃들인 사랑의 본질적 의미를 캐는 데서 출발한다. 그는 사랑을 해석하는 시인이다. 이 책에서 그가 풀이한 사랑의 본질은 '상생相生'이라는 말로 요약할 수 있을 것이다. 그는 이 세상에 존재하는 모든 것들은 서로 유기체적인 관계를 가지고 있다는 인식을 바탕으로 자연과 사물을 본다. 아무리 하찮은 것이라 할지라도 함부로 대하지 않으며, 생각 없이 내버리지 않는다. 그의 관심은 상처 입고, 찢어지고, 갈라지고, 모난 것들을 보듬어 끌어안는 데 집중되고 있다.

그렇다고 시인의 세상 끌어안기가 모든 것을 향해 무차별적인 신뢰를 보내는 것은 아니다. 오만한 것들, 위세를 부리는 것들을 향해서는 가차 없는 비판과 채찍을 내린다. 덩치가 크다고 으스대는 백두산자작나무를 이쑤시개로 하나하나 쪼개버리는가 하면, 풀들의 목을 자르며 거드럭대는 낫은 영원히 녹이 슬도록 방치해버린다. 또 시샘 많은 열쇠와 자물쇠는 그 역할을 할 수 없도록 아주 쓸모없는 것으로 만들어버리기도 한다.

하지만 소란을 피우지 않고 깨달음의 길로 고요히 독자를 인도하는 것, 이것이 이 책의 매력이다. 어디를 펼쳐 읽어도 대립과 격정이 문장을 이끌고 가지 않는다. 그의 글에는 고요한 온기가 배어 있다. 그것은 관계에 대한 탐색 때문이다. 나무와 풀과 꽃과 돌멩이와 새들이 서로 끌어안는 관계 말이다. 그리하여 우리도 새로운 관계를 맺거나, 끊어진 관계를 회복할 수 있으리라는 꿈을 꾸게 된다.

어떤 이야기는 마지막 문장 가까이 이르렀을 때 무릎을 탁 치게 만드는 것도 있다. 나는 이 책에서 가장 빛나는 구절을 하나만 뽑으라면 〈상처〉의 끝부분을 들고 싶다.

남한테 준 상처가 바로 너의 상처야.

이 대목을 읽는 순간, 나는 곧바로 나한테 덕지덕지 붙어 있는 상처를 확인했고, 나로 인해 상처 입은 영혼들에게 고개 숙여 사죄하고 싶어졌다. 그런데 이 따끔한 잠언이 질책이나 힐난으로 끝나지 않고 오히려 사랑을 가동시키는 모터 소리로 들리는 것은 어찌 된 일인가.

3.

나는 이 책을 읽으면서, 시인은 없는 이름을 붙이는 사람이고, 이야기꾼은 있는 이름을 풀이하는 사람이라고 생각해본다. 시인은 이름만 붙여놓고 딴전을 부리는 게으른 사람이지만, 이야기꾼은 밤길을 걷는 독자 앞에서 등을 들고 길을 비춰주는 자상한 사람이라는 생각도 해본다.

〈오동도〉〈월식〉〈극락조〉〈가시 없는 장미〉와 같은 이야기는 이 책에 와서 새로운 의미를 부여받고 전혀 다른 존재로 다시 태어났다. 그것은 정호승이라는 자상한 이야기꾼을 만났기 때문인데, 우리가 알다시피 그는 이